闽水泱泱

福建师范大学文学院文学创作丛书

无处安放的思念

黄国林 著

海峡出版发行集团 | 海峡书局
THE STRAITS PUBLISHING & DISTRIBUTING GROUP

图书在版编目（CIP）数据

无处安放的思念/黄国林著. —福州：海峡书局，2022.4
（2024.7重印）
（闽水泱泱：福建师范大学文学院文学创作丛书）
ISBN 978-7-5567-0947-2

Ⅰ. ①无… Ⅱ. ①黄… Ⅲ. ①散文集-中国-当代②诗
集-中国-当代 Ⅳ. ①I217.2

中国版本图书馆 CIP 数据核字（2022）第 037471 号

责任编辑　刘晓闽

无处安放的思念
WUCHU ANFANG DE SINIAN

著　　者	黄国林
出版发行	海峡书局
地　　址	福州市台江区白马中路 15 号
印　　刷	三河市兴博印务有限公司
厂　　址	河北省三河市杨庄镇大窝头村西
开　　本	787 毫米×1092 毫米　1/16
印　　张	19.5
字　　数	290 千字
版　　次	2022 年 4 月第 1 版
印　　次	2024 年 7 月第 2 次印刷
书　　号	ISBN 978-7-5567-0947-2
定　　价	79.80 元

序一

　　相对于中原而言，无论是经济还是文化，福建都是开发较迟的区域。然而，经过唐、五代的发展，至北宋、南宋时期，随着文化南移，处于东南海疆的福建在文化投入方面令人注目，整个宋代福建就出了几千名进士。宋代的福建文化处于崛起的状态，州县学、书院的兴办，科举的发达，刻书业的繁荣，让福建一时文化精英荟萃。北宋著名词人、婉约派代表人物柳永就是今天的武夷山人，南宋著名词人张元幹、刘克庄也是福建人。时间发展到现当代，冰心、庐隐、林徽因、郑振铎、高士其等闽籍作家影响广泛，他们的作品成为经得住考验的长销书，用今天学术界的话来说，就是他们的许多作品都"经典化"了。

　　我无意过分强调福建的灵秀山水对孕育出一代代文人墨客的不可替代作用。地域文化的某些特征有时能让人发挥天赋，有时则制约人的创造力和洞察力。我只是说，从福建这片碧水青山走出来的读书人，他们对世界的思考，他们的审美创造，随着近代伊始"放眼看世界"的时代潮流不断涌动，表现出地域性文化与世界性文化的消化、融合大于冲突的特征。同样，他们的审美书写，既有博大的胸怀，又不乏细腻的精致。而这些特点在福建师范大学文学院创作文库的诸多作品中，亦能得到有力的印证。

　　福建师范大学文学院培养的学生相当大的一部分已经是福建省语文教学的骨干教师，培养优秀的师范类大学生无疑是教学方面的重点。同时，不少博士、硕士、本科毕业生也走上了大学教育、文化传播或行政管理等岗位，与师大文学院有着学缘关系的各类人才活跃在教育与文化建设的各个层面，他们的工作在毕业后已经有了很大的差异，但有些能力的不断强化依然是他们的共同点：一是能写，二是能说。

如果是一位语文老师，能写意味着老师的下海作文要能为学生做出示范，示范性意味着难度。语文老师的高素质表现之一就是老师写出的文章，无论是议论文还是记叙文，学生不但能服气，而且具有带动、启发的作用。近在咫尺，且与学生形成教学共同体的语文老师若"能写"，其为"班级订制"的作品通常能发挥教材上的文章所无法替代的作用。如此，文学院的学生写诗歌、散文、小说、随笔，不是一种"业余行为"，而通过写的"游戏状态"达到写的"专业状态"。这是因为这种"游戏之写"，不是通过必修性的学分制度让学生受约束，而是通过鼓励性的氛围创造来推动进步。一位学生只有通过写小说、写散文、写诗歌，才会有耐心琢磨自我情感如何通过文字获得有效而别致的表达。一个运动员光看教学录像无法成为运动员，只有参加训练和比赛，才可能锻炼体魄，习得技术和战术。文学院从 2009 年开始举办一年一度的文学创作大奖赛，得奖作品汇编成正式出版物，展现学生的创作才能，通过"作品会操"提升创作水准，检讨作品得失，活跃创作氛围。如此持续多届，为形成创作批评与学术研究积极互动之特色打下基础。这样，从"运动员"到"教练员"，今后师大文学院的毕业生，无论是从事教师工作，还是当新闻记者，或是从事其他文字工作，不但自己要写得好，更由于自己有了对写作的深切体验，懂得教他人写出一手好文章，而不是只会用几个既有的概念或术语来敷衍出几则写作方法。能力的培养，许多是习得性的，而不是概念性的。方法的"懂得"不见得会写，从方法学习到应用学习，有一大段距离要去亲自经历，也就是说，写作能力的习得具有不可替代性：只有体验过，受挫过，豁然开朗过，积累了一定量的写作体验，懂得自身的天赋如何通过写作发挥出来，才可能找到属于自己的表达路径。光说不练，写作体验是不可能达到深切的。从这个意义上说，此次创作丛书的出版，对鼓励性的创造氛围的进一步形成，将起到明显的推动作用。其影响也将是长期的。

此次文学院创作丛书的推出，其特色除了学生作品系列，更有教师与校友系列。我们知道，福建师范大学文学院的历史可追溯到1907年清宣统帝的老师陈宝琛创建的福建优级师范学堂的国文系科，是全国较早创办的中文系学科之一。历史上，叶圣陶、董作宾等著名作家曾在此任教，著名的翻译家项星耀也曾任教于师大中文系。创作、翻译、研究、教学，这在诸多现代文学人那儿，多是相得益彰、相映成趣。我们无意倡导高校中文系教师在教学、研究与创作诸方面的全能化，但至少应该欢迎有创作才能的高校教师发表文学作品。文学作品创作不像体操比赛，上了年纪的体操教练很难与年轻的运动员一比高低。创作可类比射击运动，经验丰富的老教练亦可充任赛手，与年轻运动员同台竞技，有时还能获得不俗成绩。此次教师系列与校友系列的创作者，既有名家，又有年轻的小说家、散文家、诗人，说不上洋洋大观，但也是济济一堂。第一次如此集中地推出在文学院工作以及在外就职的知名校友的文学作品，既是文学院教师群体创作实力的阶段性总结，亦通过作品的共同展示，了解知名校友的创作现状，深化知名校友与母校的学缘纽带联系，构建以师大文学院为出发点的创作共同体，让在校与校外的文学院文学创作者的各种作品，从各个侧面体现文学院历史与现阶段教学的成果。

文学院这三个创作作品系列，从年龄的角度看，也可视为老中青三代的不同生活与思想情感面貌的差异性汇合，他们都与师大文学院有着种种"不得不说的故事"，他们的作品也或多或少反映了在母校生活的各种情感痕迹。当然，这是小而言之。就大处看，这三十年来，在我们这片土地上发生了各种变化与各种故事，然而，无论如何变化、如何不同，这三个系列的创作群体至少有些共同记忆密切地联系着福建师范大学，紧紧地联系着他们共同拥有的中文系和文学院。除了这一颇有意趣的共性之外，他们各自的生活与情感面相更可以让我们激动地发现，我们的同学、教师、校友通过他们的笔，对生活有着怎样的发现，又提供了什么样的思想与审美的景象。这犹如一系列的精神橱窗，让我们漫步其中，驻足品味，或会心一笑，或沉思感慨，或退后打量，或移情投入，说一声："看看，毕竟都是师大文学院的人，他们有些地方太像了。"或是："怎么都是师大文学院出来的人，他们的风格真是千差万别，争奇斗艳。"也许，这正是中文系、文学院应该有的写照，他们为了一个共同的爱好、趣味，曾经或现在正走在一起，他们以各自的思想与表达呈现各种看法，同时，又以他们的笔，共同表达对世界、祖国、家乡以及文学艺术的热爱。

福建师范大学副校长　汪文顶

序二

1988 年，我进入福建师大中文系，从那时起，我和文学的不解之缘就开始了。

那是文学创作的黄金时代，文科楼教室和宿舍楼里永远亮着不愿熄灭的日光灯，紧蹙的额头和双眉，格子簿上黑色的笔迹，一簇簇橙红明灭的烟头，都在暗示着文学风尚在那个时代是多么为人尊崇。我记得，中文系的闽江文学社云集了一大批文学爱好者。当年的文学爱好者，大多数现在已成了作家、评论家，他们将爱好做成了事业；更多的人，他们在工作岗位上发挥中文专业的特色和优势，在柴米油盐中眺望自己的理想。尽管当年的爱好已默默沉潜到生活的褶皱里，但毫无疑问，我和他们一样，用四年的时光培育了一生的情怀。

我们为什么需要文学？每个人都有各自的判断。毫无疑问，文学让我们更清楚地看见人生和世界，我们在艺术的视距里"看见"从来没有看到的，这也许就是文学永恒的意义。因此我们说文学是一项不朽的事业，所有曾经和正在进行文学创作的人们都值得嘉许和崇敬！

热爱文学的方式有多种：一种人以文学创作为终生的事业，另一种人持续阅读文学作品并关注文学的发展，用读者的身份和阅读的力量来影响文学的发展。大学毕业后，我曾经在莆田一中当过语文老师，经常鼓励和指导学生多写作文，写好作文，不断提高写作能力。如今虽然沉浮商海多年，但我依旧对文学创作怀有深深的情结。我愿意做后一种人，虽然放下了文学创作，但永远不离开它！

福建师大中文系是一个文学人才荟萃之地，这里有很多优秀的文艺创作者，有的作品还对当代中国文学的发展产生过重要影响，而我也因之受益良多。今天，欣闻"福建师范大学文学院文学创作丛书"即将出版，我非常荣幸能为这套丛书的出版尽绵薄之力，一方面表达我作为一名中文学子的拳拳之心，另一方面我也想对那些依然在进行文学创作的老师和同学们表示敬意！持续关注福建师大文学院的文学创作和研究发展情况，并能有所助益，这是设立"文学创作与研究奖励基金"的初衷。"福建师范大学文学院文学创作丛书"的出版不仅是福建师大文学院老师和学生文学创作成果的一次重要结集，更是一次集体展示，它不仅总结过往，更预示着将来。我想，福建师大文学院的文学创作传统也必将因之迈上新的台阶，继续发扬光大！

福建师范大学文学院 1988 级　　林　　勤

目录 CONTENTS

第一辑　时间煮雨

如果可以许一千个愿

新世纪的第一个春节很快就要到了。

当我把名字签在一张张别致的贺卡上，让它们带去我深切的祝福与问候时，我知道我唯一无法用卡片传递的是对母亲的祝愿。可是，如果可以许一千个愿，我一千个愿都是祝福母亲平安。

母亲一直在顽强地同死神搏斗，虽然过了这个春节她也才 51 岁，但早在两年前省城的一家大医院就已对她的病情表示无可奈何，当时医生用了个文学色彩很浓的词：命若琴弦。

母亲一直希望我给她添个小孙子，在新千年来临之际她的愿望已经实现了。我相信，只要我许了愿，也一定会实现的——愿母亲平安！

养儿方知父母恩，初为人父，点点滴滴，了然心头。每当夜深人静哄着小儿入睡之后，在暗夜里浮上眼前的总是多年前母亲留给我的雕塑一般的身影。

1983 年夏天，我从山村小学直接考上了县一中。老家在偏僻的乡下，离县城有一百多里路，为了省下来回两块九的路费，从未出过远门的我一学期只能回家一趟。

离家前夕，母亲独坐在楼梯口为我缝制衣裳，一边默默地流着泪。在房子的一角看着母亲那瘦弱的身躯，我的鼻子酸酸的，平生第一次开始体会到什么是"儿行千里母担忧"，什么是"临行密密缝，意恐迟迟归"。

元旦放假，同村一个家底较为殷实的学长返校前，在村口碰到我的母亲，母亲没有文化不会写信，却叫他帮我捎来了三角六分钱——两张 5 分币、九张 2 分币和八张 1 分币。别人不以为然的三角六分钱，对我来说却是无价的爱！

那个冬日，揣着那一叠皱巴巴的分币，我强抑住眼泪不让它流下来。而在多年以后，每当想起这一幕，在我的心头充溢的依然是那时的温暖。

读完大学后，当我幸运地成为我们小山村第一个在省城工作的人，而后又成为省直机关的一名公务员时，母亲开心地笑了。然而随着年岁的增长，母亲的心脏病和其他并发症也不断地加重。

1998 年夏天，在我结婚后不久，母亲终于同意到省城的大医院来做全面检查，然而未料到就在她住进省立医院的当天，她的心脏就突然停止了跳动，后来虽奇迹般地抢救了过来，但在特护病房里整整昏迷了一天一夜，其间医院两次发出了病危通知书。

等到她终于醒来，医生们用一种很凝重的表情告诉我，按母亲的状况来看手术是无法做了，只能拖一天算一天。

让我感到欣慰的是，母亲回家后，病情虽然时而恶化时而好转，但在父亲的悉心照顾下，已顽强地支撑了两年多。村里人都说，是父亲创造了这个奇迹。

此间我也多次回家，但终是有限和短暂的停留。每次短暂相聚后的分别都让我感到揪心的痛，害怕从此再也见不到母亲慈爱的目光，害怕从此就失去母爱的呵护。

在新年来临的时候，如果可以许一千个愿，我一千个愿都是祝福母亲平安。

《福州晚报》2001 年 1 月 19 日

十　年

至少有十年不曾流泪

至少有十首歌给我安慰

可现在我会莫名的哭泣

当我想你的时候

……

晨，九点。还在半梦半醒之间，这一段带着寂寥伤感的旋律便从窗外飘了进来，直击心扉。睁开惺忪的睡眼，透过窗帘缝隙，可以看到久违的阳光在晃动着。睡意一下子全没了，侧身坐起来，倚靠在床头。汪峰那磁性而又伤感的歌声充盈于耳边，整个房间似乎都氤氲着一股怀旧的气息。人说四十不惑，我早已过了那青春飞扬，意气风发的年龄，善感的心房却依旧是那么容易被击中。

十年，人们总是对它情有独钟。一个很特别的时间节点，爱与恨，情与仇，忧思与怀念，三千六百五十天，两个字，一个浓缩得让人心疼的词汇。在漫漫的历史长河中，十年或许只是一瞬；而对于每一个生命个体来说，又有多少个十年可以肆意挥霍？

最初对于十年的感怀，来自于苏轼的《江城子》——

十年生死两茫茫，不思量，自难忘。千里孤坟，无处话凄凉。纵使相逢应不识，尘满面，鬓如霜。

夜来幽梦忽还乡，小轩窗，正梳妆。相顾无言，惟有泪千行。料得年年肠断处，明月夜，短松冈。

这是一首悼亡词。苏轼19岁时，与16岁的王弗结婚。王弗年轻美貌，侍翁姑恭谨，对词人温柔贤惠，夫妻你侬我侬，情深意长。怎奈天妒红颜，

王弗 27 岁那年就香消玉殒了。失去这样一位爱侣，心中的沉痛可想而知。十年之后，苏轼来到密州，这年的正月二十，他梦见了爱妻王氏，于是便写下上面的这首词。

初识这首词时，我还是个青涩的中学生。这么多年过去，我已不再如年少时那样，热衷于吟诵唐诗宋词。然而如今看到这首《江城子》，却愈加能体会到词人那种痛彻心扉的感觉。不同之处仅在于词人悼念的是他的爱妻，而始终令我无法释怀的是我的娘亲。

十年前的今天，娘亲于病榻之上，我于千里之外，她那慈爱的目光我虽无法触及，却始终在料峭的春寒里给我无尽的慰藉和暖意。十年后的今天，一样的料峭春寒，娘亲却早已不在。十年如此的匆匆，从来不需要想起，永远也不会忘记，就如这个时节乌石山上的桃花，悄无声息地开，悄无声息地落，唯有香气长久地弥漫于我心间……

想过，念过，痛过，哭过，生活终究还要继续。无论是遗忘，还是隐匿于内心深处，这就是时间，谁也无法逾越，所谓的时空穿越，只不过是影视编剧们的一厢情愿罢了。

每次听陈奕迅的《十年》，心绪都会不由自主地游离，很多时候并不因为歌词，而是因为旋律，因为十年这个曲目，因为陈奕迅那独特的嗓音所营造出的那种氛围。

也许，十年是青春散场，纵使不闻不见不知所踪，还是亲切；也许，十年是褪去了玫瑰色的生活，真实而无奈；也许，十年是岁月无情，早生华发……

也许没有也许，倘若时间真能倒流，同样十年，其实还会是同样的日子。

2012 年 4 月 2 日

无处安放的思念

又是一年一度的母亲节。每年的母亲节看到沿街的花铺早早地摆出康乃馨，我都有一种莫名的惆怅和自责，惆怅的是母亲已经不在了；自责的是，当母亲在世时，我甚至连母亲节的概念都没有，也羞于开口对她说：妈妈，我爱你！

大学毕业后，我就一直留在省城工作。路途遥遥，那时的交通也没像现在这么方便，除了每年春节短暂的探亲，一年都难得再回去，母亲身体一向不好，我牵挂着，每次打电话给她，问她近况怎么样，她总是说没事，我也就自欺欺人地认为没事，直到 2002 年中秋的前一天，永失我爱。

如今我还清晰地记得，那一个清晨，我还在梦里，电话声骤响，我一边慵懒地拿起听筒，一边抱怨谁这么早给我打电话？可是当我听到电话那头低沉的呜咽声时，我的心马上揪紧了，是的，那是大哥的声音，"二弟，妈妈走了，我们成了没娘的孩子……"放下电话，我已是泣不成声。第二天就是中秋佳节了，可是就在这一天我成了没娘的孩子！

当我盘了几道车终于回到故乡，握到的是母亲冰凉的手，看到的是她那早就没了血色的脸。母亲一直觉得我最有出息，也一直最疼我，可是她连最后一眼也不让我看，就这样狠心地走了。

跪拜于母亲的灵前，我轻唤着娘亲，告诉她，那些日子我一直在加紧装修房子，还想年底搬新家后把她和父亲接到福州住上一段时间。虽然，父亲一直说住城市的套房就像关监狱一样，不如在乡下好，可是那时候至少有母亲陪着，往后，我们去上班了，谁来陪父亲说话呢？那个陪她闯过了几道鬼门关的老伴。

——娘亲，您没看到我爹就在一夜间苍老了许多，您怎么舍得那个在医生给您下了死亡判决书后，和您共同创造奇迹，始终不离不弃的老伴呢？那年，在省立医院，医生都觉得无可奈何了，可是您硬是奇迹般地挺了过来，

为什么不让这个奇迹延续呢，怎么就这样放弃了？

——娘亲，我们都知道您被病痛折磨得非常非常痛苦，您想过用电热毯的电源来电自己，想过用农药来结束自己，都被父亲及时地发现了。当我们和父亲一起规劝您不要做傻事的时候，转过身来，我们也是泪水涟涟啊，作为儿女的我们多么想能替您去受那份罪和苦，可是不能。这一次您终于真的解脱了，可留给父亲和我们的却是无限的哀思。

中秋那天，我们送母亲上山，当最后一把黄土覆盖了母亲的棺木，从此，娘亲在里头，我们在外头。从山上回来的路上，大雨滂沱，我分不清哪是雨水哪是泪水。记得若干年前，我们送爷爷上山回来，也是这样的天气，可是那时候有娘亲牵着我们的手，往后谁再来牵我们的手？

……如今，那种撕心裂肺的痛点点滴滴都变成了深切的怀念。依然记得三十多年前，我离家到县一中读书前夕，娘亲独坐在楼梯口一边为我缝制衣裳，一边默默地流着泪。这么多年了，每当想起这一幕，一半是辛酸一半是温暖。都说时间可以让人淡忘一切，可是此刻，为什么我依旧禁不住泪流满面？原来，时间的力量也不过如此尔尔。

打开网络，随处可见的都是关于母亲节的话题。我，对于母亲的思念却无处安放。

《福州日报》2018 年 5 月 21 日

多年父子成兄弟

　　父亲从乡下到城里来陪我们小住。周末，几个朋友执意安排请他老人家吃饭，席间有人乘着酒兴，提议再去歌厅吼几首，"难得伯父从乡下上来，再去开心一下吧？"我望向父亲，他讪笑着说："你们年轻人高兴，那就去吧！"

　　父亲今年64岁，活了一辈子都没走进过KTV。那金碧辉煌的装饰，光可鉴人的地板，震耳欲聋的音响，都是他平生所仅见。在KTV包厢里，大伙轮着过去向他敬酒，和他说话，大部分时间，父亲都是静静地坐在角落，一边抽着大家递给他的烟，看着我们唱歌，划拳，摇骰子，喝酒，看到有人输得多了，众人笑，他也跟着笑，偶尔也端起酒杯来和大家干一两杯。

　　我知道，其实开心是属于我们年轻人的，他只是受了情绪感染，爱屋及乌把我们的快乐当成了他自己的快乐。有几次我问他："困了吗，要不要先送您回去？"他都说不碍事，还跟我说："你大哥和小弟恐怕都没到过这种地方，我真是有福气啊！"父亲不经意的一句话却让我的眼圈刹时潮湿，也感到汗颜。

　　朋友帮我点了一首《酒干倘卖无》，"没有天哪有地，没有地哪有家，没有家哪有你，没有你哪有我，假如你不曾养育我，给我温暖的生活，假如你不曾保护我，我的命运将会是什么……"一曲未了，我的声音已哽咽。

　　从KTV出来，已经是凌晨一点多了。到家洗漱后，一夜豪睡，直到近中午我才懒洋洋起床。父亲在厨房忙乎着，听到动静，回头对我说："我看你昨晚喝了太多酒，刚才去市场买了青蛾回来，中午就着煮米粉汤给你吃吧，清淡点，解酒。"

　　我嘴上应着说好，看着父亲的背影，心中无限感慨。也许在他眼里，我还是那个看露天电影伏在他背上睡着了的孩子；是那个满地疯跑把小石子塞到了鼻孔里的那个顽童；是那个需要他用自行车驮着到高出我个头的售票窗口，为我买长途汽车票的青涩少年……年少时读朱自清先生的《背影》，不解

其中味。今天的我，已为人父，终于明白先生承受的那份父爱是如此之重。

在父亲进城的这些天，妻子也睡得踏实了不少。父亲睡眠浅，早上起得很早，他说我们上班辛苦，多睡会儿，早饭他包了，连带送孙子上学的任务他也一并包揽。我和妻子都是早出晚归，晚上回家来，他又把晚饭给做好了。过些天，父亲就要回乡下去，真担心到时候，我和妻子又要一阵子不习惯。

父亲一生操劳，到老了还是闲不下来，我知道他在城里住不习惯，但每过一段时间我总要想办法让他来和我们住些日子，因为他在老家总是"不安分"，去干很多很重很累的活。

这些年，安溪铁观音很吃香，他一个人上山硬是开了三亩多的茶园，有时候从山上回来还要顺手扛上一段碗口粗的木头回家。我打电话回去要弟弟"监督"他，弟弟说跟他讲了多次，没用。有次在电话里我劝父亲要注意身体，他笑说，没事，很多年轻人力气还比不上他，扛得还没他重呢。我说，可是万一不小心哪儿扭了，年轻人没事，你上了年纪就不一样了。父亲听我这样说，只是在电话那头讪笑。

这次上福州来，我带父亲到省立医院做了次全身体检，出报告单那天，我心里忐忑不安，直到拿到报告单详细浏览完，又把其中一些我不太熟悉的生化指标向同事做了咨询，听同事说，不错啊，我才放心。

回家来，父亲虽然识字不多，但还是戴着老花镜把体检报告一页页仔细地翻阅完。完后，他笑着对我说："我就说不会有什么问题的。"然后从口袋里掏出烟来，他一根我一根。父子俩聊着东拉西扯的话题，这时的父亲早就没有了当年的那种威严，倒是让我觉得像汪曾祺一篇文章中所写的，多年父子成兄弟。

2008 年 11 月 18 日

"我们有壳!"

小蜗牛问妈妈：为什么我们从生下来，就要背负这个又硬又重的壳呢？

妈妈：因为我们的身体没有骨骼的支撑，只能爬，又爬不快。所以要这个壳的保护！

小蜗牛：毛毛虫姐姐没有骨头，也爬不快，为什么她却不用背这个又硬又重的壳呢？

妈妈：因为毛毛虫姐姐能变成蝴蝶，天空会保护她啊。

小蜗牛：可是蚯蚓弟弟也没骨头爬不快，也不会变成蝴蝶他为什么不背这个又硬又重的壳呢？

妈妈：因为蚯蚓弟弟会钻土，大地会保护他啊。

小蜗牛哭了起来：我们好可怜，天空不保护，大地也不保护。

蜗牛妈妈安慰他：所以我们有壳啊！我们不靠天，也不靠地，我们靠自己。

这是今天我讲给儿子听的一则小寓言，一则关于励志的小寓言。其中的道理，儿子也许还不会明白，但在往后的日子里我会反复告诉他的，就像当年父亲教诲我一样。

父亲前天从乡下老家进城来，要和我们小住一段时间，有朋友知悉了，邀我和父亲在外面吃饭。席间，父亲甚是开心，几次三番地和朋友说，我和妻子对他很好，给他买了摩托车和手机，还出钱让他去旅游，上福州来和我们住还给他买烟买酒……一些寻常的事在他眼里却放大了许多倍，快乐也因此成倍滋长。父亲就是个这么容易知足的人，一辈子都是。在讲起现在的快乐时，他曾经经历过的那么多苦难都被他轻描淡写一笔带过了，只是在回忆起我那过早离去的母亲时，他才语带哽塞地说：可惜啊，她就是没有福气享受。

父亲常对别人说："我儿子能有今天，都是他自己努力得来的，我没给人

送过一根烟一分钱。"我知道他说的是我留在省城工作，后来又考上公务员的事。我大学毕业后留在校长办公室工作两年后，又去报考公务员。记得那时村里人知道我要考公务员后，不少人跟我父亲说，还是算了吧，一没背景，二没天线，省城的官是那么容易就让你当的吗？总之觉得我是不自量力。父亲就跟人家讲，我儿子留校的时候也没靠谁啊，他靠自己！这些话，都是我考上公务员之后父亲才告诉我的。

从僻远的小山村一步步走出来，在我成长的过程中，也许我比别人付出了更多的努力，但父亲却把他自己的功劳给忘了。

其实，即便是我自己付出的努力也是得益于他一辈子的言传身教。从小的时候，父母亲就告诉我，人一定要勤劳，天上掉下金银财宝来也要跑得快去捡才是你的！如今，父亲最常对我说的一句话是：儿子，你能有今天不容易，不该要不该拿的千万不能要不能拿！

是的，虽然没有车，住的房子也不是十分宽敞，可我知足了。当然，我还会一如既往的努力，时刻告诉自己就是那只小蜗牛，并把父亲给我的箴言像接力棒一样传给儿子，就像蜗牛妈妈和小蜗牛说的一样。只不过不同的是，蜗牛有壳，我们有勤劳和双手。只要付出了就会有回报，一步步来，明天一定会比今天更美好！

2008 年 10 月 31 日

如果时光能够回头

如果时光能够回头，然后重新来过，自由设定一种全新的生活，我希望这个时间节点是2011年3月3日。

现在还清晰记得那一天，我从建宁出差回来，父亲跟我说：怪事了，这些天走路的时候，右脚老要硌到！

听到父亲这么说，我心里咯噔一下，会不会是中风的前兆。当下，我就联系了南京军区福州总院的朋友，准备第二天带他去做检查。

第二天，在前去搭乘公交车的路上，我看着父亲走路颇有些艰难，下意识要去扶他，他摆了摆手，坚持自己走。

我紧跟在后面，看着父亲蹒跚的身影，心中隐隐作痛。

到了总院，先是在外科简单做了检查，后又到脑科去，医生建议做个脑部核磁共振。缴了费，办了相关手续，因为前头还有不少人在排队等候，我和父亲只好先回家，等下午再来。

走出医院，拦了辆出租车，一路上我和父亲都默然无语。

到家后，已近晌午，父亲坚持还是要由他来做午饭。我拗不过，就由他了。从小到大，父亲性格中的隐忍和"顽固"我早已熟谙。

吃饭时，父亲拿着筷子的手颤巍巍，有几次筷子都差点掉到地板上。我抬起头来，望向父亲，正好看到两行清泪挂在他黝黑的脸上。

抹了一把泪，他脸朝向我儿子说："阳阳，爷爷不行了，要回老家了。"我放下手中的碗筷，强抑着泪对他说："爸，你别想太多了，咱还没检查呢！"我嘴上这么说，心却往下沉。

当天下午，按照约定的时间，我带父亲到总院做了核磁共振。中途医生让我补缴费用，说要增强共振。我守候在门口，焦灼地等待着结果，心中的不祥之感越来越强烈。

做完检查，医生初步判断是脑转移。

"脑转移!" 当我听到这三个字时,我的头脑瞬间发懵。

稍微平静后,我赶紧给远在乡下的兄长、弟弟和妹妹打电话,告诉他们这一突发情况。这一天是 2011 年 3 月 4 日。

第二天是星期六。一大早,我就赶到总院取正式的检查报告。对于原发病灶,医生有不同意见,但一致的结论是情况相当严重,得赶快考虑下一步的治疗方案。

回到家,父亲询问情况,我假装轻描淡写地对他说,没太大问题,可能需要做个小手术,明天去省立医院再看一下。

晚上,父亲坐在客厅茶几边上,从口袋掏出一个小本子,上面记录着老家亲友借贷往来的情况,他说要整理一下,可握笔的手却不听使唤。一向坚强的父亲,再一次默然流泪。我搬过小凳子,坐在父亲边上,接过笔来,替他做了整理。在忐忑不安中,度过了 3 月 5 日。

3 月 6 日上午,我将总院的片子带到省立医院,找到省内知名的脑外科专家黄绳跃主任,让他帮忙看看。看完片子,他当即让助手安排我父亲住院。

一边办住院手续,一边打电话让妻子带父亲到医院来。医生很快开出一系列的检查单。中午,兄长、弟弟、妹妹火急火燎赶到福州。

这边,父亲的情形急剧恶化,当天准备做心电图检查时,已不能行走,需轮椅推着。又过一天,生活已不能自理,需喂食、搀扶着上卫生间。

3 月 8 日晚上,在做完一系列检查后,医生把我和兄长叫到办公室,神情凝重地对我们说:"依你们父亲目前的病情看,再留在省立医院已没有太大意义,最多只能维持一两个月的生命。"

在通过电话和家族的几个长辈商议后,决定第二天安排父亲出院,转回安溪县医院放疗。

第二天办完出院手续后,我并没直接把父亲送回老家,而是接回我在福州的家。我心里清楚,此次回去,父亲将永别福州,再也无法到我的小家共享天伦之乐。

家里有张双架床,平常爷孙俩共处一室,一个睡上铺,一个睡下铺。那天晚上,儿子硬是要和他爷爷一起挤在下铺。父亲对自己的病情并不了解,看到我们在整理他的衣物,叨唠着说:不要都带回家,省得下次还要带上来,麻烦！

掩上门，我们兄弟仨相对垂泪。这一天是 2011 年 3 月 9 日。

第二天，坐着妹夫的车我们径直到了安溪县医院。事先我已经通过电话让老家的同学帮忙办好相关手续，父亲就直接住进了放疗科。这一住，一直到清明前夕。期间，父亲经历的各种病痛，难于言述。

2011 年 4 月 4 日，清明节的前一天。在县医院的病床上与死神苦苦搏斗了一个月的父亲坚持要出院回家，我们遵从了他的意愿。

雇来一辆微型面包车，当天，我们就把父亲接回到了乡下的祖屋。从春节后到福州与我一起生活，到突然罹病住院，离家一月有余的父亲，回到熟悉的祖屋，气色竟奇迹般好转，在我们的搀扶下，甚至还能坐起来陪着前来看望他的左邻右舍、阿公阿婆们聊天说笑。

父亲一直是隐忍坚强、豁达乐观的，那几天他甚至让我们不必给他注射经层层审批才得以开出来的，用以镇痛的吗啡。那两天，村里刚好有老人过世，当出殡的队伍从附近经过时，大哥把窗户关得严严实实的，生怕哀乐传到父亲的耳朵里，会让他伤感。

终于，捱过了清明节。翌日，父亲倚在床头，嘴角上扬，用虚弱的声音宽慰我们说：清明过了，我没事了，你们放心吧。

在我们老家有种说法，危重的病人是忌讳大节气的，我的母亲就是在 2002 年中秋节的前一天走的，从此中秋于人是团圆，于我们是离人节。那段时间我来来回回往返于福州和老家之间，在他神志清醒的时候，他总是让我赶快返回城里，不要耽误了工作。

然而，天命难违，20 多天后父亲终于还是于 2011 年 4 月 28 日撒手人寰。撂下我们四兄妹，从此没爹没娘。

《政协天地》2018 年第 6 期

人在归途

在爷爷过世前，对于生死我是没有概念的。

那一天是 1983 年 4 月 7 日，清明刚过，天气回暖。大人们忙着生计，小孩子们忙着学业，各就其位，各安其命。

中午放学回来，像往常一样，一家人围拢在饭桌旁一起吃饭。母亲做了两锅"饭"，一锅稀饭，一锅炖地瓜条。

爷爷吃完一碗地瓜条后，起身到灶台旁装第二碗。刚舀完一勺，整个人就直挺挺地往后倾。一旁的父亲一个箭步起身扶着爷爷，一边大声喊着："阿爹，你这是怎么了？"

在隔壁灶间的四叔听闻呼喊，也冲了过来，和父亲一起扶着已失去意识的爷爷到床上躺着。村小学有位外地女老师，她的先生是几十公里外的天湖山煤矿的厂医，那些日子正好来探视他的妻子，很快就有人把他叫来了。看着我爷爷放大的瞳孔和渐渐僵硬的身体，厂医无奈地摇了摇头说：人已经走了。

第二天，在族亲们的协力操办下，爷爷就葬到了村北的铁灶水圳顶，从此做了古人。

如今犹记得，爷爷出殡时，我那年幼的小妹哭得撕心裂肺，她始终无法相信前一天还同睡一张床铺的爷爷就这么没了。

人走如灯灭，甚至来不及一声道别，这是我第一次亲历至爱亲人的离去。

突然的变故，不单是小妹，不单是我们家人，在爷爷逝去后的很长一段时间内，每逢春祀秋尝，族亲们聚拢在祖屋厅堂里也都在念叨着"元亨伯"生前的各种好。

对于我们家人而言，最直观的变化是，父亲代替爷爷成了各种家祭仪式的主祭，包括冬至扫墓。

从前都是爷爷带着一大家族的成员，祭扫遍布于远近山林中的那些我们从未谋面的先祖的坟茔。如今，带领我们上山的是作为叔辈中长兄的我的父亲。而曾经陪着我们嬉笑逗乐的爷爷，就静静地躺在村北的山丘。

……

而后，我的母亲于 2002 年中秋节的前一天，溘然长逝，年仅 52 岁。

中秋那天，我们送母亲上山，当最后一把黄土覆盖了母亲的棺木，从此，娘亲在里头，我们在外头。从山上回来的路上，大雨滂沱，我分不清哪是雨水哪是泪水。一如若干年前，我们送爷爷上山回来时的天气。只是，那时候有娘亲牵着我们的手，如今，我们只能看着一夜间苍老了许多的父亲，悲伤得不能自已。

而时光，它一刻也不为谁停留。2011 年春天，它又带走了我的父亲。记得那日黄昏，当做完"功德"，当我和兄弟把身上的麻衣脱下，连同纸灵屋一同烧成灰烬，我知道这世间我再无至亲可侍奉，再无穿麻衣之大孝。从此，我再无来处。

自爷爷逝去那年夏天，我到县城求学，而后在省城成家立业，三十多年的光阴倏然而过。在这期间，除了我的双亲，还有多少儿时曾经那么熟识的族亲长辈都一个一个凋零了。只有每年的冬至，他们的子孙伫立于墓碑前，在荒烟蔓草间，默然凭吊。

一个个曾经那么鲜活的人，一张张曾经熟悉得再不能熟悉的脸就这样慢慢淡去，终将被忘却。

而我，只在兄长来电话告诉我哪个某某族亲又走了的时候，才会回想起这个她或许还曾经抱过我，那个他或许还曾因我的调皮到我家告过我的状，这位婶婆曾背我过河，那位叔公曾教我哼南曲……

如今，都成了一抔黄土。

那日，当年长我两岁的兄长代替父亲接过主祭的重担，看着他祭拜的身影，我愈发明白，我的人生只剩归途。

2017 年清明

逝者已矣

"爷爷去世了，星期天出殡，你能不能赶回来？"正在外地出差的我，一大早就收到了妻子的短信。

妻子的爷爷今年八十多岁，虽然岳父在县城也有一幢自己盖的房子，但老人家不习惯住在城里，在县城住了几年后，还是固执地回到了乡下。岳父是独子，原先他还在县城工作的时候，几乎每个星期都要回到乡下去看望他们。自从前年调到福州工作之后，回乡下就没有以前那么方便了，但他还是坚持半个月左右回去一趟。我们这些孙辈，有空也会相约回去看看。

妻子的老家在永泰县嵩口镇乡下一个叫三峰的小村庄。这几年，随着回去次数的增多，我对那个小村庄，以及妻子小时候生活的那座老宅也变得熟悉起来。老宅很大，也有些年头了，几年前重新整修过，如今，唯有厅堂的正中还高挂着的一块宣统年间的牌匾见证着它的历史，除此外，墙上还有斑驳可见的毛主席语录。老宅承载了百年的沧桑，历史在这里交错层叠，置身其里，仿佛步入了一条时空隧道。

老宅曾经住着好多人家，后来陆陆续续搬走，到最后只剩下爷爷和奶奶住在那里，和他们朝夕相伴的还有一只名叫"苏琪"的京哈。每次我们回去，"苏琪"都非常兴奋，一会儿跟跟那个，一会儿吠吠这个，跑前跑后，显得比爷爷奶奶还高兴。老宅的旁边有一块菜地，后山是一片竹林。爷爷奶奶虽然年事已高，还经常在菜地上种些时令蔬菜。每当我们回去看望，奶奶总要摘上一大把让我们带着，说是纯天然无污染的。出笋的时节，我们还总能尝到最鲜的春笋。

印象中，爷爷奶奶总是闲不下来。在爷爷身体还好的时候，他就在老宅不远的地方为自己和奶奶弄了块墓地，我曾经去看过，墓地弄得很气派，爷爷说那是百年归宿，马虎不得。

老宅门前有一条小河，听妻子说以前小河清澈如洗，后来历经几次突发的山洪挟裹着泥石流沉积下来，如今已不复往日的清澈。小山村，无处可去，有时候我会带着儿子在河边嬉戏，"苏琪"也总跟着我们在后面撒欢。

爷爷是在一年多前卧病在床的，此后再也没有站起来。爷爷卧病后，岳父专门请了个保姆帮忙照顾，回去探望也比以前更勤了，然而还是无法留住他离去的脚步。昨天妻子给我打来电话说，一家人都赶回老家去了，爷爷可能捱不过去。没想到今天一大早我就得到了爷爷去世的消息。

过几天就是端午节了，小时候就听老人讲，每逢清明、端午、鬼节、中秋、冬至等这样一些大节气前后，阴曹地府的门户就打开来。想要不去相信这样的迷信说法，却偏又这么巧合，二十多年前我的爷爷在端午前离开，几年前母亲在中秋的前一天离去，如今妻子的爷爷又在端午前走了。

逝者已矣，唯愿往生极乐。

2006 年 5 月 25 日

永远的山庄

长大了，也就日益感到生活的艰辛和苦辣，掰着手指过日子总觉得每一年都过于漫长，从春天第一声鸟叫开始到冬天的最后一次落日都是索然无味的，因此终究也明白了人们为啥管活着叫"过日子"。人还未老，却渐渐地怀念起往昔来了。

那是久远之前的事了。故乡，是一座美丽的山庄，家门外除了山还是山。

春天，鲜艳的杜鹃花开满山坡路旁，向阳的树丛下，绿草间开满了不知名的野花，间或有几丛火梅刺。我们一群小家伙有时嘴馋，什么都吃，火梅果、杜鹃花，把伙伴们的嘴唇染得红红的。使我记忆犹新的是几回微雨的时候，望见山岩上粲然而立的白杜鹃以及密林间潺潺的溪流。

夏天，整个儿的山庄都是我们一群山伢子的世界，不说粉红的桃金娘花开得娇艳富丽，也不提在山间捉泥鳅的种种乐趣，单是在清晨或是黄昏的阳光下，看着玩伴们红嫩红嫩的脸蛋，就是一份亲切与温暖。

当山坡上的低草开始枯黄的时候，秋天也就来了，虽不能继续在草坡上打滚，孩提时却总有做不完的开心事。这时的乐趣便是去山上收拾松针、打干柴。累了，煦暖的阳光下一躺，身旁微泛着枯黄的草坡闪着金光……而在身外，这山上整个都是天然的果园——桃金娘、金桔子、黑狗螺、小柿子、山栗……每一回我们都把肚皮撑得滚圆，有时牙酸得几天吃不了饭。

冬天是清静凝重的时节。偶尔家门外的小水沟上竟出乎意外地覆了一层薄冰，招呼来几个小伙伴，用手戳那层薄冰，小指头冻得红红的。童年就是这样浑，一点也不懂得此时最好是躲在妈妈烧饭的灶炉旁取暖，每次总要玩到妈妈在家门口掂着脚尖大声喊："小猪仔，快回家哦——"才不大情愿地疯回家去。

儿时，一年四季就这样简单，却极富生气，所有这些在当时都没觉得有什么特别之处。长大后，世界大了，见的人多了，关系也复杂了，于是就倍感儿时那片净土的圣洁。许多回忆总是在不经意间爬上眉梢，让人挥之不去。

假期，我重返山庄，正逢细细的山雨。时近黄昏，拌和着晚来的风夹杂着泥土味。那是乡野山间特有的泥土味，恍惚中我又回到了久远的从前。

天上也下着这样的小雨，我和爷爷去守林。虽然只是小雨，我却执拗地让爷爷把他的棕蓑给我披上。第一次感受那扎人的棕针撩在身上痒痒的感觉，顿然觉得自己长大了不少，其实我还未满七岁。爷爷的猎枪固然不允许我去碰，但看到有几次猎狗居然从爷爷的身边跑到我跟前来摇晃几下尾巴向我讨好，小小的好胜心倒也得到了相应的满足。那天晚上着实也因此做了一个好梦，邻家的阿囡肯让我抓着她的小手过家家了：我扮新郎，她扮新娘。

第二天清早，茅草屋外不知名的鸟儿早早地就把我从床上催起来了，可是爷爷比我还早，我早已闻到了一股清香诱人的烤红薯味。趁着爷爷不注意，我在溜下床板时偷偷摸了一把斜挂在墙上的猎枪。走出茅舍，烤红薯的香味更浓了，在品尝这道佳肴之前，爷爷说我们先去巡一遍山林，这时我便故意嘟起小嘴做出不情愿的样子。

等爷爷背好猎枪，半虚掩住门，我已和猎狗一起走出了好远。一路上尽是不知名的鸟儿在热闹着，偶尔眼前还会扑棱出一只山雉，顽皮的猎狗便追个不停，等它再从草丛中钻出时，毛发上已零零落落地粘满草籽，却什么也没捕到。

山风在头顶四周的林间回旋，像昨夜山猫的呜咽声，狗尾巴草在风中微微摇荡，很是好看。更往林深处，便时常能见到半山腰游移而来的一团团雾气，有时雾还未散尽就又听到山泉飞溅在林间山石的叮咚叮咚声，我觉得这就是仙景了，和电影上看到的一样。

有时密林间的景物还会令人想起其他的情趣来，那山泉汇成涧流后的哗哗声便和我骑在牛背上涉水过河时的声音一点无差。越往林深处，雨后的山间小路就越发泥泞了，我学着爷爷的样子脱下鞋子来光着脚板，霎时一股冰凉从脚跟直往上涌，直透心底。

我们再回到茅庐时，衣服已被山中的水汽濡湿，令我惊喜的是炉火竟还未曾熄灭，是爷爷在离开前又添了几块柴火。我们就着炉火边烘干衣服边品尝着香甜的烤红薯，爷爷兴许还给我讲关于山鬼和山神的传说，一个上午就

这样愉快地度过。

如今，爷爷早已离我而去，儿时的玩伴也已散尽，我却一直难再忘却年少时令人舒心的一幕幕。当我要一次次面对太多陌生和挫折时，能在拥挤的人群中感受到有人对我颔首微笑的容颜，感受到一股嘈杂喧嚣之外的清新，就恍若儿时的茅草庐就在眼前，而我又见炊烟升起，爷爷犹在，儿时的玩伴犹在。

《福建文学》1992 年第 12 期

乡愁的滋味

小时候，家就是生活的全部，生于斯，长于斯，从不知道何为乡愁。偶尔被允许出趟门做客，能在亲朋家做三两天的逗留，则喜不自胜，乐于在外瞎疯瞎闹而不用担心严厉的父亲会拿着竹篾抽我屁股。唯一不喜欢的是，每到一处亲朋们总会拿出上等好茶来待客，而我怕苦，每次都是皱着眉头喝完三杯茶，因为我们闽南人好客，凡事都必过三的。

懂得乡愁，懂得思家之苦是在我第一次出远门到县中学读书后，那时我才十二岁，还小，每次离家都须由母亲带我到镇上的小站，从高出我两个多人头的窗口替我买票，然后直到把我送上车后，母亲才肯离去，而眼眶早已湿润了。

我的背包鼓囊囊的，都是临行前母亲给我打理的，而每次总少不了一包自家做的茶。长年从事繁重的家务和农活已使皱纹过早地爬上母亲刻满风霜的额头，母亲没读什么书，她以乡下人特有的淳朴对我说："不要怕苦，孩子，书读得累了，冲上一碗好去乏提神。要学会大碗喝茶，小心做人，妈不在你身边，自己要学会照顾自己。"似是叮咛又似诚导。

开学不久，就到了中秋，离家近的同学都已回去，宿舍里只剩下几个和我一样离家远的同学。晚自习也不去了，我们就一整夜静静地坐着，哪里都不去，怕触景生情。后来几个同学凑了点零钱去买回几块月饼，啃着月饼，喝着一碗家乡的茶，这就算过节了。

那时真的还小，几个初谙世事的小家伙都真诚地互相安慰着，殊不料却就这样把彼此的眼泪都给带出来了，我们是如此脆弱。躲在被窝里啃完最后一口月饼，如同嚼蜡，一点味道都没有。父亲虽严厉，此时却极其想念他用竹篾抽打我屁股时那种又痛又痒的感觉。

那一夜让我平生第一次懂得了什么叫长夜漫漫。辗转难眠，我于是干脆又翻身下床再泡上一碗家乡茶。窗外铺洒进来的月光把室内映得如同白昼，

我的心却如同那月光无法企及的角落更显得黯淡了。眼前又浮现出临行前夜的那一幕，母亲似又在身边细声叮咛："孩子，要学会大碗喝茶，小心做人。"回味着那个写满关爱的眼神，我端起茶来一饮而尽，和着无尽的乡愁。

后来，渐渐地习惯了一个人在外度日，家不再是生活的全部，走过的日子有许多的磨难和艰辛都需要独自去承受。离家愈远，父母能够给予游子的关爱就愈加鞭长莫及，这时候家更像是一个驿站，它让我在匆忙的奔波中能够全不设防地放松自我，心旷神怡地驻足片刻，然后又开始新的旅程。而每一次在这"驿站"稍作停留，回想经历过的或远或近的往事，总会获得些许顿悟，在慨叹大千世界之纷繁复杂时，也日益幡悟多年前母亲的那句教诲——大碗喝茶，小心做人。正是它令我渡过了生活中一条又一条奔流湍急的河。

如今，当我在故乡的千里之外组建起一个新的小家庭，当生命有了新的延续，我也开始初为人父之时，我努力地用自己的行动去阐释关于亲情关于爱的新篇章，然而无法淡去的依然是在静夜之时悄然爬上心头的乡愁。

每当夜深人静，小儿已酣然入睡，我虽依然不擅品茶，但却已习惯冲上一杯放在面前，在写作之时聊以提神，想起多年前母亲的那句话，再度品味远方故乡母亲的敦厚慈爱。

许多夏季的黄昏，家乡茶接济不上的时候，我也会到遍布大街小巷的茶馆去消磨，偶尔在那些地方也能听到一些闽南歌乐，听着乡音乡曲，我便觉得醉了。

或者懒洋洋地斜倚在藤椅上，享受安静，什么工作都可以放下，只要思念，只要清淡地喝几口乌龙茶，是的，清淡的一杯就足以让我饮喜尝悲了。有时还带上一本爱看的书，或者起来走走，看看窗外无月的天空，在心中默祷母亲平安，家人平安。

忽有一日，从邮局领回一个沉甸甸的包裹，打开看，是扎成一小包一小包的家乡茶，于是我又有了一个不眠之夜。

《福建广播电视报》2001 年 3 月 27 日

我的猪肉情结

都说"萝卜青菜，各有所爱"，有人爱荤，有人爱素，有人爱山珍，有人爱海味，凡此种种都无可厚非，就像我，如果几天不吃猪肉，要在街上看见一头小猪准和它急。

其实，除了民族习惯、宗教信仰会对人的饮食爱好产生有形无形的制约力外，我想一个人对于某种食物的偏好，应该都有它的由来。我是20世纪70年代初，出生于闽南安溪的一个偏远山村。在那个食物相对匮乏的年代，山村农民餐桌上偶尔能够称得上奢侈的就是猪肉了。当时，我对于猪肉的那种渴盼之情，如今回想起来仍不无酸涩之感。其实何止是猪肉，包括白米饭都是极其稀罕的。那时候，一个大家庭十几口人，每日三餐都是一大锅稀饭，那是真正的稀，总是要用勺子在锅底巡游几回才能捞起些米粒，而且这种动作通常是不被准许的。偶尔也煮白米饭，那一般是家里请了师傅做木工活或是初一、十五过节的时候。至于猪肉，那要用耐心去等待。

记得，有时晚上看完露天电影后，父亲会拐到猪肉铺去拎回一块猪肉，母亲便把它放到锅里焯一遍，然后用盐巴腌起来，等到家里来了客人才取出来切上一小块。我们几个小孩子能得到的就是一人装一碗焯过猪肉的汤，再撒上点盐巴，咕噜咕噜地喝进肚里，那种感觉真是无比美妙。

当然，一年中还有一些时刻更加令人神往，其中最怀想的莫过于杀猪了。这通常要待到春节前后，也是左邻右舍各家亲戚之间频繁走动的时刻，一般在杀猪的前几天就要把这消息通过各种途径传达给每一户亲戚，于是在杀猪的前夜，各路亲戚就云集一堂，有的亲戚还会带上一两个小孩同往。大人们便坐在一起闲聊些一年来的收成及各种农家话题，小孩子们则凑在一起交流各自制作玩具的最新方法，一夜无梦。清晨，天蒙蒙亮的时候，我们便被一阵高过一阵的猪嚎声给闹醒。于是全都没了睡意，一起挤到厨房灶膛前，帮着添火烧水，一任通红的火光把每张小脸都映得红红的，那真是一年中的

好彩!

等到里里外外忙得差不多了，长辈们会吩咐我们，快去把左邻右舍谁谁叫来吃饭，我们便兴冲冲地得令而去。这样一餐下来，再加上分配给各路亲戚若干后，真正剩下的猪肉其实也不多了。于是还没等一个星期过去，我们便又开始怀想猪肉了。就这样，年复一年，日复一日，我和所有山村的孩子一起在"猪肉情结"中一天天长大。

等到我上了中学，"猪肉情结"未减，反又添了许多新的情结，只是再没那么根深蒂固罢了。我的整个中学时代都是在县一中度过的，县一中离家有六十多公里路，交通又不方便，我一学期也难得回一两趟家，伙食就成了最大的问题。家里经济条件虽已有所改善，但还是没办法跟其他人一样每月交给食堂十来块钱去"寄全膳"，只好每次备足两三个月的大米送到学校，自己蒸饭吃。菜呢，则是由母亲把萝卜干、腌菜干等一炒再炒，直到水分全没了，盐巴充足了，才装到大罐子里让我带上，也是两三个月的量。多年后，我和母亲忆起这段往事，都还是心有戚戚，母亲说我老是吃不胖，大概都是那时落下的营养不良。那时候，我对所有油腻的东西有一种本能的心醉神往，也就在那个时候我又添了个"扁肉情结"。校门口有家莆田人开的扁食店，每次经过它门前，从那里面飘出的葱香，对于我都是一种抵挡不住的诱惑，直至有一天，听人说可以用大米去换扁肉，于是从此我在每餐蒸饭时都要少放一把米，为的就是省下一些去换扁肉吃。这样，终于每个月我也能吃上一回扁肉了，但总是吃得不是那么坦然，像犯罪一样，大约持续了半年多，我才暂时舍弃了这一情结。后来在一次闲聊中，我和父亲谈及这段往事，父亲大为惊讶，他笑说当时要是让他知道了，准会打得我屁股开花。我不禁庆幸，还好当时的"保密措施"得当。

中学几年的时光，有些事情现在回想起来都觉得既心酸又好笑。记得有一回家中托人给我带来了一笼鸡蛋，足足有二十来个吧，你猜我是怎么打发它们的？我仅用了两天的时间就把它们全都蒸了吃！还有一回，父亲托人带给我些钱，特意交代说是要让我买补品吃的，我却全部用来改善一日三餐的伙食了。一日，父亲来信说要来看我，急得我四处找人借"太阳神""蜂王浆"的空盒子码了一床头，总算蒙混过关。

　　如今，回想着那些日渐远去的岁月，虽有些许心酸，但也略带着些许恬淡。随着时光的淡然远去，所有的艰辛渐渐淡去，所有的回忆都幻化为美好的回忆。

《福州晚报》2000 年 6 月 10 日

春寒往事

正月里，乍暖还寒时。鼓岭下雪了，老家下雪了，南方很多地方都下雪了……

在这个本应是草长莺飞，春暖花开的季节，生于斯长于斯的很多南方人在不经意间迎来了生命中的第一场雪。电视里，报纸上，微信微博中，有图有真相。雪虽不大，既没有歌中所唱的那种纷纷扬扬飘飘洒洒的姿态，也没有李白笔下所描摹的那种"燕山雪花大如席"的气势。而我可以想见的是，对于初见下雪之人，这一场景却注定将在此后的岁月中成为心中永久的图腾，终生难忘。

想起我记忆中的初雪，已是非常久远的事了，久远到只能依稀记得老屋外的干草垛、柴火堆和凌空的木栈都落满了积雪，一片白茫茫，还有我在屋外嬉戏时一个大大的趔趄。那时的我不到五岁。

对于大多数南方人来说，与雪的缘分是可遇而不可求的。就拿厦门来说，一张"同安下雪了"的微博图片在网上热传时，气象部门就出来"辟谣"了，那实际上是雾凇而不是雪！据史料记载，厦门地区最近的一次降雪是在1892年，也就说那是清光绪十八年间的事了，那年的正月廿八至廿九，同安"有大雪，大地如铺白毡，坑洼皆不见"。遥想，已是百多年前。

因此，南方的雪终究还是属于小众的，难于"喜大普奔"，而从冬到春的阴冷潮湿才是常态。唐朝诗人杜甫曾写下"霜严衣带断，指直不得结"的诗句。意思是：寒霜满身，衣带断了，想把它给结上，指头儿却冻得僵硬不听使唤。

拿这"指直"二字用来描述我儿时的生活情状实在是太贴切不过了。每年开春时候，乍暖还寒，当大人们在田间地头忙碌开来，孩子们的寒假也正式宣告终结，又是一个开学季。奇怪的是，春雨总是结伴而来。那时候，我的雨具就是一顶竹编的斗笠和一块当作雨披的塑料布，为了防止塑料布从身上滑落，不得不用手指捏住绕在脖颈上的两角，这样一路走到学校。

那时一日三餐吃的都是稀饭，从家里走到学校，尿也憋得差不多了，于是直奔厕所而去，手指头却不听使唤，解不开裤头，等到解开了，又半天结不上。那个"指直"啊，那个"捉急"啊，真是不思量自难忘！

待到了班上，还是不消停。教室的门窗是各种不严实，东西南北风透过门窗缝隙穿堂而过，简直是爱咋吹就咋吹，一张张小脸都被冻得红红的。那时候的早读最来劲了，小伙伴们齐刷刷把书本打开来竖着，把头蜷缩在里面，扯着嗓子大声朗读。在这近乎嘶喊的诵读声中，仿佛寒气也能被驱走。

"交通基本靠走，治安基本靠狗，取暖基本靠抖……"对于20世纪70年代末我所生活的那个山村，这个概括很是贴切，只是对于我们这些小伙伴来说，取暖还可以通过另一种方式来实现——挤暖。

课间铃声响过后，小伙伴们三三两两从班级走出，聚拢到走廊上，多则十几个，少则三两个，背靠着墙，身体紧贴着身体，分成两个阵营对挤。随着"一二三，一二三，一二三……"的口令声此起彼伏，那阵势宛如一群小猪在奋力拱土，吭哧吭哧地乐作一团，不时有人被挤出队伍，又有替补跟上，如此周而复始，直到一个个原本瑟瑟发抖的小身躯都被挤得暖烘烘的。

男生在挤暖，女生也没闲着，在一旁助阵，也有调皮的男生冷不防把女生往里推，于是在略显夸张的尖叫声中，挤暖的劲儿更足了，气氛更浓了。

然而为了挤暖，小伙伴们也是有代价的。因为当时穿的都是粗布衣服，很不结实，靠在墙上来回地蹭，有时挤得墙土直脱，一阵挤下来，身子是挤得暖暖的了，可衣服后背沾满尘土，甚或是起了毛破了洞，于是回家没少挨家长的骂，甚至要挨打。

放学了，雨还在下着，又是一路冻着回家。快到家门口时就脱下斗笠和雨披，三步并做两步直奔灶屋。在寒冷的天气里，灶膛口可是块宝地啊，暖洋洋，亮堂堂。蹲在灶台下，把冻得红红的小手直接往灶膛口上靠。母亲在灶台前忙活着，我们兄弟三个在灶膛前或帮着劈柴添火，或就着小板凳做作业。有时候运气好的话，在劈开的松木段里会有白白胖胖的虫子，就把它抓了放在火铲上烤了吃，真是人间美味。

倘若是晚饭，等到饭菜都做好了以后，趁着灶膛里的炭火正旺之时，母

亲会让我们去把家里的"火笼"都拿来，往里加入烧红的木炭，以备晚上取暖之用。火笼者，是由竹子编成的，形如一个小小的灯笼，内置一瓦盆器具，有一弯形把手可以提着，天气寒冷的时候可在瓦盆里加入烧红的木炭再盖上一层炭灰，以便取暖之用，故而得名。城里长大的孩子，很难见到，乡下却是随处可见。

那个时候，我对爷爷的一项"绝技"无比佩服，那就是晚上睡觉的时候，他可以整宿把火笼都放在被窝里，即便是熟睡得鼾声四起，也不会把它给打翻掉。在每个和爷爷一起入眠的寒夜，我紧偎着他。温暖，放松。

《福州日报》2014 年 2 月 22 日

高考往事

再过不到一个月的时间，一年一度的高考又将来临。坐在 11 楼的办公室，窗外乌云翻滚，眼见着一场暴雨又将来袭。福建又进入了多风多雨的季节。

手机微信界面上，各种信息不知疲倦地在刷新着，家长群里热闹非凡，不时有人在"贩卖"着各种小道消息。

凝望着窗外，我的思绪不禁回到了 27 年前，那个不寻常的夏天，我的那个"高考季"。那时候的高考安排在每年的 7 月 7 日至 9 日，正是一年中最热的时候，人称"黑色七月"。

为了那三天，考生和家长都早早铆足了劲。那时候市场上的营养品并不多，最常见的是蜂王浆，当时还有广东的"太阳神猴头菇"正大行其道。临近高考前几个月，家里每个月汇给我比往常更多一些的生活费，并特意交代我要去买些营养品。我心想，什么营养品，还不如鸡鸭鱼肉实在。因此，额外增加的生活费尽数被我拿去改善了伙食！

直到有一天，父亲来信说某日要到县城来看我，急得我在宿舍楼里四处搜罗"太阳神"等各种补品的空盒子码了一床头，总算蒙混过关。

至于高考过程中的细节大抵都忘了，做过的题目也都忘了，只有作文题目印象深刻。说是一位母亲带着两个女儿去玫瑰园，一个女儿告诉母亲，"这里不好，每朵花下都有刺"；另外一个女儿告诉母亲，"这里真好，每根刺上面都有花"。要求根据这一材料写一篇议论文。

我自己是怎么写的早已忘了，反正感觉很不好。考完后才知道，同样感觉的不止我一个。

那时候不像现在，等公布了分数和各批次的控制线都出来后才填报志愿，而是考前就填报。这对于发挥平稳的学霸那是一点问题都没有，大把大把的好院校可供他们任意挑选，最难受的是我这样高不成低不就，偶尔还会上窜

下跳的。

不过，梦想还是要有的，万一实现了呢？于是少年不识愁滋味，受王维一句古诗"大漠孤烟直，长河落日圆"的魅惑，一口气填了好几所西北的院校。除此外，还分批次填报了福建师大、漳州师院、泉州师专、福建司法学校等。

2002年，我到西北出差，车行在戈壁滩上，不见孤烟也不见落日，唯见一遍荒凉。渐行渐远，心中暗自庆幸当年还好他娘的考砸了，没达到那些院校的录取分数线。

考完后，剩下的是漫长的等待。那可真是有大把的时间可以挥霍呀！

回到家里，家里人问我考得怎么样？我跟父亲兜底说，不是太理想，估计会落在泉州师专。凡有亲朋问，我也都这么回答。话是这么说，在结果还没出来前，其实心中还是忐忑。

七月流火，正是农忙时节。我从小就怕干农活，在这个心里没着没落，吊在半空中的节骨眼上，父母亲提议我干脆出去走走，散散心。多年后，在一次闲聊中父亲才跟我说，那时候他内心其实也很焦灼，担心我没考好，跳不出农门，落个"农不农，秀不秀"的。意即啥都不会，农民不像农民，秀才不像秀才。

所谓的出去散心，其实也没地方可去，最好的去处就是走亲戚，而最频繁走动的是几个姑姑和姨姨家。有一个小姨，家在邻县永春的一都镇车站边，因着地利条件，开了家饮食店，生活条件算是比较好一点。每次走亲戚的时候，小姨都会塞个五元、十元给我，嘱咐我在学校注意营养，保重身体。当下我决定还是去小姨家串串门，顺便打点牙祭。

当时，从我家到永春一都的班车需走307省道然后再转203省道，途经横口、长汀、大荣、吴殊、玉山等乡村，大约四五十公里的车程。母亲给了我一点零花钱，我自个到村供销社门口拦下开往一都的班车，这就开始了我的散心之旅。

任谁也无法料到，接下来发生的一切比电影还要曲折，如果时光能再回头，无论如何我都不会选择那一天出行。

班车在历经两个多小时的颠簸后，终于到达一都汽车站。看到我的突然到来，小姨很是意外，是那种欣喜的意外。毕竟那时连固定电话都还十分稀缺，不像现在可以有很多种方式提前告知对方。

就在我到小姨家后，天空渐渐由晴朗变为乌云密布，不一会儿就淅淅沥沥地下起雨来，晚饭过后，雨越来越大，越来越密集，好似天空被撕开了个口子，雨水尽情倾倒下来。晚上九点左右，表弟跟我说，村镇边上的河里涨大水了，要我和他一起去附近的桥头看"发大水"。

爱看热闹的人还是多。到桥头，已经有不少人聚拢在那里。河水从上游奔涌而来，在暗夜里闪着白光，像一条作势欲飞的游龙。岸边有人拿着长镐不时用力挥舞，试图打捞起河面上不时漂过的一段段杂木，无奈水流汹涌，尽是无用功。

眼见着水流越来越大，快要没过桥面，为了安全起见，我决定还是带着小表弟回家。正在这时，一张熟悉的面孔映入我的眼帘。虽然雨水把他的半张脸都打湿了，雨水顺着雨披边缘滴落在他的脸上，一道道像瀑布一样顺着脸颊流淌，但我还是一眼认出了我的父亲大人！

几乎在同时，父亲也看到了我。我们用吃惊的眼神看着彼此，足足愣了有两秒钟。我心中充满了疑惑，在这暴雨倾盆的夜晚，父亲的突然出现让我瞬间又从疑惑转为忐忑不安。是不是家中发生啥事了？

"县一中派人到家里通知，让你明天一早到县教育局去参加司法学校的面试！"雨声噪杂，父亲把嘴巴附在我耳边大声说。我悬着的心终于落下。

返回到小姨家，父亲脱去雨衣，把事情的来龙去脉讲了一遍。原来几乎就在我登上开往一都班车的同时，县一中派出来的人也几乎同时登上了开往我家所在乡镇的班车，然后又倒了一道车抵达我们村，挨家挨户打探，终于在傍晚时分寻上门来，通知我明天一早去参加司法学校的面试。天晓得，我偏偏就在这天出了远门。

听完报信，父亲马上就叫上跑三轮车营运的大哥一起出发，前来一都带我回家。他说，一路上雨越来越大，最终在一处山间公路，一大片溜方完全阻断了三轮车前行的路，只好留着大哥守着三轮车在原地等待，他独自一人越过溜方继续前行。

在艰难地走了一段路后，路过一个村庄，看到路边停着一辆手扶拖拉机，父亲前去敲开边上的农户家门央求主人帮送一程。然而，拖拉机没开出多久，

就被一处塌方给阻断，父亲只好又摸黑步行，也不清楚到底走了多远才最终走到一都镇区，在那桥头和我不期而遇！

就在父亲和我们讲述的过程中，小姨也煮好了一锅热气腾腾的米粉汤。小姨的厨艺是一流的，但父亲和我却形同嚼蜡，啥胃口都没有，心里都惦念着一个人独自守在荒郊野岭的大哥的安危，天晓得等着我们父子仁的是怎样的艰险。小姨夫帮我找来一件雨衣，又为手电筒装上两节崭新的电池。

带上为大哥准备好的点心，我和父亲就又摸黑出发了。走出镇区，漆黑的夜里除了手电筒照出的一束光亮，伸手不见五指，山间的风呼啸着裹挟着雨点砸在脸上，模糊了视线，我不得不时常抬起手来抹去眼睑上的雨水。

也不知走了有多久，眼前突现一大片黑乎乎的影子，近前去用手电筒一照，原来是路边上方山崖坍塌下来，把整条路堵了个严严实实。路肩的外侧有一条小水渠，我和父亲只能从水渠趟过，再爬上那头的路面。本来就被冻得浑身瑟瑟发抖，山间的水又特别冰冷，趟过齐腰深的水，腰身以下都被冻得没了知觉。

就这样，又走了有一阵子的时间，父亲凭着记忆，感觉快到了他和大哥分手的地方，于是我俩轮流大声喊着大哥。然而，除了风声雨声，我们的呼喊声都被淹没在这荒无人迹的山间。再往前，又是一处很大的溜方，把大半条马路都覆盖了，仅剩下外侧半米见宽可通过。

父亲用很肯定的语气对我说，他和我哥刚才就是被这处溜方给阻断的，过了这个溜方应该就可以看到我大哥了。

然而，等我们绕过这处溜方，不远前又是一处大溜方，我和父亲继续大喊着，希望能得到大哥的回应。而父亲的声音已是颤抖的，还带着哭腔。我知道，他是担心大哥是不是连人带车被埋在这溜方底下了。我们父子俩手脚并用，爬过了大溜方，继续大声呼喊。终于从前方传来了大哥的回应！我和父亲加快了步伐小跑着往前，大哥的声音越来越清晰，直到拐过一道弯，看到了一束亮光，那是大哥打开了三轮车的车灯。

父子仁终于聚合在一起了，父亲哽咽着说，我看到那大溜方，心里都暗暗叫苦了，没事就好，真是万幸啊！

大哥说，他的车原来停在最原先溜方地的后方不远处，后来看到那边路面狭窄，上方的崖壁有点陡峭，就把三轮车又调头开到了现在这个略为开阔的地方，果然他车刚开出不远，原先停车的地方就被另一个大溜方给覆盖了。一边吃着我们带来的点心，一边和我们说着这惊险的一幕，在这过程中大哥的身体一直都在不停地瑟瑟发抖。

吃完点心，顾不上休息一下，大哥就又发动了三轮车出发返回，因为家里还有母亲在翘首企盼。一路上各种险情不断，有积水，有溜方，有被风雨打折的大树、电线杆……历经种种险阻，我们父子仨总算是平安到家，而母亲果然还一个人撑着一把伞，在房前翘首等待，时已下半夜。

第二天，风停了，雨住了，村庄里一片狼藉。听人说，昨晚绕村而过的溪流也是波涛汹涌，差点漫到公路上来。我搭上前往县城的早班车，面试去。

然而，当我赶到县教育局时，得到的却是说不用面试了，已经被漳州师院录取。于是，我又打道回府，就等着录取通知书。可是左等右等，期间又跑了几趟县城，眼见着同学们陆陆续续收到录取通知书，我却一点消息也没有。直到 8 月份快结束了，终于盼来了久等的邮差，信封落款是"福建师范大学"。我迫不及待拆开信封，没错！我被福建师范大学中文系录取了。后来，回头想，应该是因为在档案里放了我在中学时发表的各类文章，所以虽然语文只考了 71 分，却还是被调剂到了中文系汉语言文学教育专业。

前不久看到一篇文章，文中有这么一段——儿子去年刚经历了高考，前两天他对母亲说："妈，又到一年高考了，我怎么感觉人生的很多故事都发生在夏天呢。"母亲笑着回答："人生四季都有故事，即便当年是'事故'，现在看来却是美好的'故事'。"

生命在每一个转角，每一个绳结之中曾经都有一个秘密的记号，尽管当时她们茫然不知，却在驻足回首的刹那蓦然发现一切脉络竟历历在目，仿佛发生在昨天，从未离开，一直在那儿。

二十八年过去了，父母都作古，而往事历历在目。梦里回到 1990 年，命运的转折在那一年夏天。那个多风多雨的季节，也成了一生中永难忘却的记忆。

《政协天地》2017 年第 9 期

高音喇叭的变迁

这个周末，在家中整理旧信件时，有一封父亲两年前的短札又让我陷入了对儿时小山村的回忆之中。在那封信中，父亲迫不急待地告诉我一个"特大喜讯"，我们那离县城还有百来里地的小山村也家家户户都装上了有线电视，欣喜之情跃然纸上。

"村头的高音喇叭这回也要退休了"，父亲在信中难得用这么有文学色彩的语言对我说。

自打我有记忆起，上至国家大事下至村里鸡毛蒜皮的小事，似乎都是由挂在村头的那几个高音喇叭说了算。喇叭一日三次准点播放县人民广播站自己制作的节目，也转播中央台和省台的新闻，从而使小山村不至于十分闭塞；也因为它的准时，女人们知道何时该下厨做饭，男人们知道何时可收工开锅，顽童们则懂得根据喇叭结束播音后的长短来掌握好分寸不至于在外头野得太迟而挨揍。

印象中每次节目的序曲必是《东方红》，结束了必是："安溪县人民广播站今天第 X 次播音到此结束，感谢收听!"连咿呀学语的小孩都会学着说这句话。

有时喇叭里也会有一些其他消息播放，譬如，某社员因偷砍大队的杉木，被罚在村里的祠堂前放一场电影。倘若偷砍杉木的人多了，喇叭里则通常公告要他们把家里的猪都宰了挨家挨户分给全体社员，等等之类。凡是这种时候，我们这些顽童都觉得是在过节，电影和猪肉无疑都是好东西!

高音喇叭的失宠始于 1982 年的春天，那时我正读小学四年级。一天在放学必经的路上看到一大群人扎成一堆，不时爆出很过分的笑声，我便如泥鳅般钻入。才知道是一个到外地去搞副业的乡亲带回一台叫录音机的玩意儿，正用盒带放一出叫《桃花搭渡》的现代闽南闹剧逗人笑。当乡亲们发现带收音功能的录音机传播八方消息更灵便时，高音喇叭虽一如既往地在村头鼓噪着，但已不再那么得宠了。

再后来就是生产队撤了，公社没了，社员也改叫村民了，不久后我也到百里之外的县一中读书去了。1986年夏天，当我怀揣初中毕业证书回到家里时，天已迟暮，一大家人正围坐在电视机前看福建电视台转播的中央电视台新闻联播。父亲虽已在信中告诉我说家里添了台电视机，并且只能接收一个频道，但第一眼真切看到自家的电视机，我依然激动得忘了向父亲呈上我的毕业证书。

当家家户户的房顶上树起了接收天线时，村里人偶尔也会聚拢在高音喇叭下讲讲往事，毕竟它曾和这小山村共经风雨，也是这个改天换月时代的见证人。

如今就连密密麻麻的电视天线也退休了，而高音喇叭还一如往昔高高挂着，原先残败不堪的木线杆已换成了水泥杆，架在上面的除了更新的广播线外还添了它的新生胞弟——闭路电缆线。

山里人的视野更开阔了，信息更灵了，我再也不能以城里人的见多识广而自居，我却高兴。

《福建广播电视报》2000年11月14日

没有时光可回头

小区门口有一家文具店，因为比邻乌山小学的缘故，生意一向很好。每到开学的时候，成群结队的小学生纷至沓来，几乎要把店铺挤爆。精明的店老板干脆在店门口摆上一张大桌子，上面铺满了各式各样的书本封套，琳琅满目。

看来，无论时代如何变迁，给心爱的书本挑选一个精美的封套，都是每一个爱书的孩子的心愿。

我上小学是在 20 世纪 70 年代中后期。在那个精神和物质同样匮乏的年代，在僻远的乡下，几乎没有什么精神食粮可言，唯一名正言顺属我所有的读物就是新学期从老师手上领到的课本。书本到手后，那个兴奋劲啊，这本翻翻，那本动动，是真正的爱不释手。

领着新书回家，就寻思着给书本包上一层封套。封套的材质五花八门，也许是一张旧报纸，也许是一张从墙上小心翼翼揭下来的老旧年画，也可能是一张用来包裹东西的牛皮纸……总之，凡是能为书本起到保护作用的都可以派上用场。

记得那个时候最高级的封套是用挂历纸做的，光滑，硬衬，透亮。当然，这样的封套，一般的乡下孩子是可望而不可及的。只有村头那家直属地区工业局的火电厂职工子女才有。如今，这家国营的火电厂早已倒闭破败，曾经的它却是风光无限。

在那个年代，工人收入稳定，住的是整洁的钢筋水泥房，吃的是白米饭，不像我们乡下老百姓，收入靠工分，住的大多是土夯房，只有逢年过节以及家里请师傅，或是来了客人才有白米饭吃，平常都是地瓜配稀饭。

现在我还清晰记得，有时候米汤喝多了，和小伙伴们玩游戏的时候，跑起路来，肚子里就像装了个小水缸，咕噜咕噜作响。

当时，与火电厂及其职工一样，让我无比羡慕的是他们的孩子。同在一所学校，同在一个班级，相比于我们这些泥腿子的孩子，他们有很多让人大开眼界的"宝贝"。

曾经有一段时间，我的同桌就是这样一个女生，她的每样"家当"都让我羡慕不已。先说她那书包吧，棕色皮革，长长的挎带，锃亮的金属扣和拉链，里面还分成放笔盒和书本的几个隔层。我的书包则是母亲用旧衣服的布头一针一线缝起来的一个大袋子，母亲的针线活很好，书包很结实，但美观自是一点都谈不上。

同桌的笔盒是彩塑的，上面有着漂亮可爱的卡通人物，打开来可分为上下两层，隔断上还有一排用来固定住铅笔的环扣，最让我羡慕的是，笔盒只要轻轻一合，嵌在盒体上的磁铁就"咔嗒"一声牢牢地锁紧了。

我的所谓笔盒，是母亲生病时到村里的赤脚医生那里就诊时讨来的，一个装注射液的小纸盒。在换了好几茬的纸盒后，直到三年级我才有了一个铁皮铅笔盒。

此外，我的同桌还有可随时更换笔芯的自动铅笔和双色圆珠笔；我仅有的就是一支铅笔，每次都要用到只剩下一小截，手都握不住了，然后又用小刀把它剖开，取出笔芯套在小径竹的小孔里继续用着。如此种种，无以赘述。

所幸的是，当时年少懵懂的我，除了好奇和羡慕之外，并无什么自我菲薄的想法。那时有一个简单而朴素的理想，好好读书，长大也当个工人，拿固定工资，住水泥房。偶尔父母亲会唠叨说，将来有出息了，找个工人对象最好。那个年代，双职工是很吃香的。当然，日后的很多变化是那时所未能想到的，正应了所谓的世事难料。

时光像一条河流，每天都奔腾着未曾止歇。和时光一起走过来的我，也早已不再是当年的懵懂少年郎。唯有记忆偶尔会打开时间之窗，穿过层层岁月溢漫出那时的油彩和色泽。

2017 年 2 月 22 日

"头顶大事"

再过不到十天就过大年了。这些天我就盘算着赶紧找个时间剃头。办完"头顶大事"好过年！

小时候，剃头，是过年前务必完成的常规项目之一。乡下孩子不讲究，一年到头邋里邋遢的。但是，随着新年脚步的临近，"头顶大事"却是万万马虎不得！因为按照风俗，正月里剃头是不好的。

关于这种风俗，有好几种说法。其中，比较可靠的一种说法是缘于清军入关。大家都知道，满清统治者强行推行一种奇怪的发式，也就是我们常见的"大辫子"发式。不料，这种强硬的头发革命却遭到了江南民众的反对，百姓群起反抗，希望通过反抗让满人有所收敛。

然而，大清皇帝却没有因此软弱下来，反而打出了一个口号，"留头不留发，留发不留头"。在这样的高压之下，人们改为约定每年正月坚持不剃头，号称"思旧"，后来不知怎么就讹传为"死舅"了。所以，正月里，谁都不敢剃头，特别是当外甥的。

我听过这么一个段子。说是春节开假后上班的第一个周末，某人在离家不远的理发店剪了头发。回家时，碰到了来走亲戚的舅舅。开始两个人还饶有兴致，家长里短。突然，舅舅发现外甥剪了头发，便立即感到不悦。

"你剪头了？"

"啊！"

"你怎么能剪头呢？"

……

舅甥俩大正月的就这么闹僵了。所以说，如果年内不剃头的话，就得一直等到二月二"龙抬头"那天。

在我家楼下，有一家发屋。小区建成不久，它就开张了。十几年过去了，生意时好时坏，发屋老板换了好几任。我反倒成了它一成不变的顾客，就贪图其在家楼下，方便省事。

这天，提前跟发屋老板打了个电话预约好后，下班后就赶了过来。在洗头床上躺下，听着曼妙的音乐，头还没开始洗，身心已放松下来。舒缓，安宁。这才像是办"头顶大事"的样子呀！

想起小时候，每次剃头之前，一颗小脑袋像西瓜瓢似的，被剃头匠摁在脸盆上，三下五除二，一阵洗刷刷就了事，一点仪式感都没有。对，就是剃头匠。那时候，乡下也没有固定的理发店，就等着剃头匠上门，一般每隔半个月到二十天左右才来一次，走村串户的。

到了农闲时节，特别是临近过年的时候，眼见等着剃头的人多了，剃头匠就干脆在村子里找一户人家的院子，把剃头挑子一字摆开，再找主人借来脸盆架和木板凳，围上围裙，大张旗鼓地开张了！村里的老老少少就在院子里的长条凳上坐下，排队等候。先来后到，年长者优先。反正农闲，还有一些不剃头的人也来凑在一起，吹牛，聊天，晒太阳，很是热闹。记忆中，除了那脸盆，毛巾也是千人共用，那股难闻的气味，至今难忘。

我还在追思着遥远的童年往事，店伙计已帮我洗完了头，店老板正式上场了。他看了我一眼说，没理多久啊，又长了。然后又像是自言自语："可能白头发多了，显得长得快。"我说，可不是嘛，过几天又要长一岁了。

拿眼瞄一下旁边，有一美女，正优雅地端坐着，发型师极为细致地为她打理一头飘逸的长发，发屋里的音乐依然缓缓流淌。

在城市的这一个角落，暂时逃离了机械又刻板的工作，与其说是身体的享受，不如说是精神的放牧。一边和店老板唠嗑，一边回忆过往。不知不觉中，就把"头顶大事"给办了。

2017 年 1 月 18 日

走过岁月的感动

到云南石林去看看阿诗玛，再度体味那个在年少岁月里曾给了我最初情愫的凄婉传奇。这，一直是我多年未了的心愿。

记得小时候看电影《阿诗玛》，年少的心灵曾经深深地被那个荡气回肠的爱情故事所打动。故事讲的是聪颖美丽的白族姑娘阿诗玛与青年阿黑相爱，头人之子阿支贪婪阿诗玛的姿色，趁阿黑去远方牧羊之机，派人将阿诗玛劫走。后来，阿黑历经艰辛终于救出阿诗玛，然而正当他们喜悦地同乘一骑回家时，阿支却又带人偷走了阿黑的神箭，放洪水将阿诗玛淹死。

多年后，影片中的很多镜头依然深深地印在我的脑海里。尤其难忘的是当阿诗玛深情地说：水啊，你为什么不往上流呢？于是水流真的逆转，将那朵美丽的茶花送到阿黑手里。真是太神奇了。阿诗玛追求爱情和幸福的执着，从那时起也在我的心灵里留下了永生不灭的印记。后来，读大学时，有一回意外地在旧书摊里看到一本发黄了的《大众电影》，上面登着一组《阿诗玛》的剧照，我如获至宝地买回去看了一遍又一遍，看着阿诗玛的美丽剧照，我似乎又回到了久远的从前。也就在看着剧照的瞬间，我更坚信由杨丽坤所塑造的阿诗玛的美丽光芒以及纯美善良的气质，真是几代人中再也找不出可以替代的。

然而时光是如此匆匆，音容犹在，伊人已去。记得那是去年的一个寻常午后，在得悉扮演阿诗玛的著名演员杨丽坤去世的不幸消息时，我很震惊，我在感慨苍天不老，韶华易逝时，更没想到的是后来杨丽坤的生活竟很悲惨，对于这样一个美丽的生命来说，简直让人太难过了。自古红颜多薄命，她真是应验了这句话。本来一个演员的归去是和我不相干的，这一切都因为《阿诗玛》，因为那个感人肺腑的故事让我生出了无限的牵系来，一整个午后都笼着淡淡的感伤情绪。

其实，印象中，小时候还有很多电影都曾深深地打动过我当时幼小稚嫩的心灵，像《五朵金花》《天仙配》《上甘岭》《红孩儿》《白蛇传》等，我可以如数家珍地报出一长串的电影片名来。倒是长大后，反倒很少有电影能够再像儿时那样令我为之动容，而现代人津津乐道的进口大片更像是一碗即冲即食的方便面，大抵都是一个味道，吃完也就罢了。于是，人还未老，却已开始怀念起那个现代人常说的物质和精神都极其匮乏的年代，怀念那个四处生长着露天电影的年代。

《福州晚报》2001 年 1 月 12 日

蓦然回首，甜到忧伤

这是一个落雨的冬日，寒风瑟瑟。公交站台进出的行人依旧是行色匆匆。再过不到半个月的时间就是春节了，大街上却一点喜庆的气氛都没有。

站台边，卖冰糖葫芦的店铺，反复地播放着冯晓泉的《冰糖葫芦》：

糖葫芦好看它竹签儿穿
象征幸福和团圆
把幸福和团圆连成串
没有愁来没有烦
……

这倒有点儿应景。那一串串的冰糖葫芦，也串起了我儿时的酸甜记忆。大概人生有很多记忆，都是潜藏于心灵深处，然后于某个不经意的拐点轻触了它，就油然地奔涌而出。

我开始记事的时候，已是"文革"末期，物质却依然十分匮乏。

糖果，对于大多数的农村孩子来说，都是极其稀有而充满诱惑的。其实，不单是糖果。那时候，一切带有甜味的东西都无不让人奢望。

记得有一次，爷爷卧病在床，村里的赤脚医生给开了好几帖中药。父亲看着病榻上的爷爷，又看了一眼那码成一堆的中药，递给我一张两角钱的纸币，让我到村里的供销社代销点去买点冬瓜糖回来。

家里离代销点要走十来分钟的路程，我一边走着一边无聊地摆弄着手上那张小纸钞，待到小卖部时，钞面上那座长江大桥已经被我蹂躏得皱褶不堪。

看到有人来，代销点的大叔暂停了正在抠着的指甲，站起身来，从我手上接过被我揉成一团的纸钞，一边展开，一边瞟了我一眼：手贱！

我也不理他，手指着货架：冬瓜糖！

称过重量，简单地用一张旧报纸包了，往柜台上一甩，邋遢大叔又转回身坐下抠指甲。我捧起冬瓜糖，飞奔而出。一路上，双眼盯着那包冬瓜糖，心神不宁。

冬瓜糖有些潮，很快就把报纸给溶出了一个洞来。看着那裸露在外的冬瓜糖，我努力想忍住自己的口水，可是一点也不管用。

于是，我心想，就拿一根出来吃吧，反正家里人也不会知道。

吃完一根后，看看包装好像没什么变化，于是忍不住又拿一根。就这样，一根接着一根。到家时，一包冬瓜糖竟被我吃去了大半。结果可想而知，我自然是少不了挨一顿骂。

那时候，我最盼望的事情之一就是有客人来家里走亲戚。有亲戚来，不仅意味着伙食会稍有改善，也意味着有糖果吃。因为，花几毛钱买一把糖果作为给小孩子的见面礼，是那时候走亲戚时不成文的惯例。

但是让人感到沮丧的是，糖果经常会被家长给收缴，以待他们去走亲戚时做见面礼。好在家长也不是每次都这么抠门，大凡这种例外时候，我们都无比开心。

乡下的糖果品种很单一，糖纸通常也不是很漂亮，而且常常紧紧包裹着糖，粘在一起，撕去糖纸是件十分费劲的事情。而那些糖块都呈红的、绿的、黄的透明色，吃的时候，因为急，基本上都是"嘎崩、嘎崩"嚼碎的，味道呢除了甜没别的了，和今天的糖果根本不能同日而语。

吃了糖果，糖纸也是不能浪费的，虽然不是很漂亮，可那也是难得的"战利品"。

记得，上小学那阵子，凡是能够完整地从糖果上剥下来的糖纸，都会被小心翼翼地夹在课本里。不仅如此，有时候还会到代销点附近的垃圾堆里去找，看到好的糖果纸便如获至宝，弄干净了，同样带到学校去显摆。

那时候，没有人觉得满地捡糖纸是一件多么丢人的事情。捡得多了，还可以跟别的孩子去串换。

走过童年，走过少年……不知不觉已过不惑之年。当年那些用心收藏起来，一度弥足珍贵的糖果纸早已不知所终。

如今家里的茶几上，一年四季各式各样的糖品从没中断。而在这样的习

以为常中，甜蜜感也渐渐被消蚀了。任凭你花多少钱，再也买不到儿时的那股甜蜜劲。蓦然回首，甜到忧伤。

2008 年 1 月 25 日

牛崽巴，挺住！

清晨七点从家门出来，晨光透过行道树洒在道山路上，斑驳陆离。路上行人稀少，停车场的看车人坐在路牙边，吃着热气腾腾的早餐。冠亚城空无一人。

步入冠亚地下城，就到了地铁南门兜站。这是福州地铁一号线开通后，我第一次乘坐地铁出行。大约半小时，就到了火车南站。再一次过安检，候车，检票，登车，启动。目的地，漳州。在那座城市，有我牵挂的血肉相连的小弟。

昨晚订好今晨往漳州的动车票后，在朋友圈发了一张观音塑像的图片，并写道："一定要保佑！"有不明就里的朋友看到后留言："我还以为你是无神论者。"人在茫然无措的状态下，总是急于想寻求一份心灵的慰藉与扶持。此时的我，即是如此。

这是小弟从角美医院转入漳州 175 医院的第二个夜晚，也是从消化内科转到感染科的第一个夜晚。漫漫长夜，半梦半醒中，我拿过手机一看，已是早晨六点钟，还有一条未读短信，是从老家赶去看护小弟的兄长发来的：医生下了病危通知书，经紧急处理，现较清醒。

翻身下床，洗漱，出发。从福州到漳州要将近两个小时的车程，拿出手机，打开编辑器，回忆如潮倾泻而出。车窗外，南方的早春一掠而过。一如此时，我的脑海。过往时光中，每一个关于小弟的画面，不停地闪回。或模糊，或清晰——

"上中下，人口手，山石土田，日月水火，大小多少来去……"床沿边，在 15 瓦昏黄的灯光下，母亲和我一个字一个字地教小弟认字。

山垅上，小溪涧，菜园里。我们兄弟仨和邻居的小伙伴一起砍柴火，戏水，拔兔草。

……

　　小弟，叫国锋，小我两岁。从小到大，大家都管我叫野猪林，管小弟叫牛崽巴，就是小牛崽。盖因我属猪，他属牛。我个性慵懒，小弟个性倔强忠厚。当然，我的外号还和一部同名老电影《野猪林》有关。我属猪，名字中又刚好有一个"林"字。

　　闽南有句俚语叫：公嬷疼大孙，父母疼幺儿。意思是爷爷奶奶疼爱长孙，爸爸妈妈溺宠老幺。在我之上，还有一位兄长，大我两岁。小时候我总觉得自己夹在中间没人疼，备感委屈。

　　加上从小我就怕干农活，经常偷懒，自然更是少不了被父母责骂，兄弟奚落。弟弟虽小，干的活却不比我少，常得到父母的褒奖。印象中，有一年春节，因为经济拮据，父母只给我们兄弟仨做了两套新衣。大哥一套，小弟一套，我的"新衣"则是大哥穿过了已缩水的一套仿中山装。

　　情况的逆转出现在我上小学四年级即将升入五年级的时候，兄长一再留级，眼见我就要超过他，他脸上挂不住，跟父母说不念了。父亲当即决定，让我和他一起留级，再读一次四年级。

　　这使得原本成绩属于中等的我，一下子进入前茅，好成绩又激励我更勤奋念书，终在1983年夏天考入离家六十多公里远的县一中念初中。而兄长最终还是放弃了学业，之后是小弟步其后尘，也早早地辍学了。

　　说实话，以家里当时的经济条件，再往上，也无力供我们兄弟仨同时读书。我也顺理成章地成为家里的重点保障对象，举全家之力供我一人读书。

　　那个时候，改革开放刚刚起步，父母文化程度不高，也无经商之本，只能固守着一亩三分地。农闲之余，打些零工，维持一家的生计。母亲患有先天性心脏病，把我们兄弟仨生下并拉扯大，多年后在她入住省城医院就诊时医生都不由感叹是个奇迹。那时的母亲，已如即将耗尽煤油的灯盏，勉力支撑着，每月都要卧病在床几天。

　　辍学了的兄长和小弟，自然成了有力的劳力补充，跟着父亲上山下田，粗活重活一点也没落下。其间，兄长跟着同村的伙伴学会了驾驶"柴三机"，在乡下跑点短途载客营生。小弟虽也学过一些手艺，却始终因悟性稍差些，未有大的收效，最后一次学艺，是做泥水工。

　　我始终忘不了这样一幕：寒假，从县城回到小山村。暮色苍茫，寒风凛列。远远的，看到一个瘦小的身影挑着一担新挖的地瓜，在狭小的村道上蹒跚前行，我疾步超过前去。身后传来一声欣喜的呼唤——"二哥！"我回头一看，不是别人，正是小弟。黝黑的脸庞几乎和暮色融在一块，风吹起凌乱的头发，看着更显单薄。那一年他才十二岁。

此后，初中、高中、大学，一路集家中万千宠爱于一身，我终不负众望，留在省城工作，成家立业。小弟始终在老家，做一个本分的农民，而后娶妻生子。如果不是近几年老家茶叶受周边县市冲击，日渐不景气，村民大多迫不得已外出打工，他应该还是和我的父辈一样守着几亩山田，平淡一生。

这次的疾病，是在过完春节后，小弟到角美工厂上班没几天而突发的。前日清晨，我还在睡梦中时，手机骤响，一看是小弟打来的，我正待责怪他一大早搅我清梦，未料电话那头是弟妹急促的声音：国锋住院了。

广播里传来话务员的提示，列车马上就要到漳州站了，望着车窗外明媚的春光，我在心中默祷：牛崽巴，挺住！

2017 年 2 月 9 日

却忆旧时雨

半夜醒来，听到雨点落在窗外白玉兰树上的声音，我就再也睡不着了。

住在城市钢筋水泥丛林里，知觉似乎日益退化，好久没有这样静静地听雨了。我起身下床推开窗户，那"沙沙沙"的雨声显得如此的亲切，不由让我想起孩提时候，只上过几天私塾的爷爷一句一句教给我的那首浅显的唐诗：春眠不觉晓，处处闻啼鸟。夜来风雨声，花落知多少。

小时候，我最喜欢下雨天，特别是在周末的时候。一夜豪睡醒来，意外地听到雨点嘀嘀嗒嗒地敲打在瓦背上，我就兴奋不已，把挤在一张床上的兄弟都叫醒，"嘿，下雨了！"

因为下雨天，不用和大人一样下田干活，母亲不会像往常那样在灶屋里扯着嗓门喊我们快点起床，该出工了。于是我们兄弟三个就可以在床上多躺会儿，像这样的回笼觉是最舒服的了。

也有时，睡不着了，三兄弟就码成一堆在床上翻滚笑闹，把一张大床折腾得嘎吱嘎吱作响。记得有一回小弟被弄下床去，哭哭啼啼地跑去向母亲告状，害得我和大哥的屁股"叭叽，叭叽"挨了几巴掌。

雨下得再大点，大人们也不下田干活了，山村里又没有别的娱乐和去处，左邻右舍就都聚拢在祖屋的厅堂里。男人们难得悠闲自在地交换着各自的旱烟，看谁的烟丝更好些；妇人们更热闹，这家媳妇那家婆姨的笑话茬儿一个接着一个。

等到庭院里的水积得也有一些了，我们一群娃儿最高兴了，快来呀，来玩打水仗，放纸船吧。开心的感觉从嘴角直延伸到笑眯的眼睛，又从脸上扩散到全身的每一个角落。

春雨连绵不断的时候，还有另外一种乐趣。家门前是一条蜿蜒而过的小溪，小溪上搭着一座由几片竹筏串起的浮桥，每当雨下个不停之时，人们都要把竹筏解开，扛到岸边的高地上，以防被暴涨的溪水给冲走。往往这项工作完成不久后，渐渐地，就有一些枯枝败叶之类的从上游漂下来，有时候还有大段大段的木头。溪的上游流经茂密的林区，那是上游人家码在岸边来不及搬走的。这时候，是一年中难得的"捡大水"的好时节。

全家老少都出动了，大人们手持长长的竹镐瞄准目标，把顺流而来的大段木头和枝枝丫丫都捞到岸边，我们一群娃儿则负责把这些东西搬运回家。一个半天劳作下来，顶得上平常我们要费上三两个月的周末到山上捡的柴火。尽管雨水密密匝匝地飘泼在身上，衣服全湿透了，心里却是暖烘烘的，母亲早在家里为我们备好了滚烫的姜汤。

其实，我们的勇敢不是这时才表现出来的。记得上小学的时候，最喜欢的是那种一点征兆也没有就哗啦啦下起来的雨，最好是在快放学的时候，越突然越好。什么雨具也没带，正好可以充分展示一下男子汉非凡的勇敢。冲啊！这种感觉真是太棒了。

多年后，看到一篇台湾女作家的文章把这种感觉写得入木三分——

雨丝从脸上滑到脖子里，凉凉的、冰冰的，从头到脚，好痛快、好舒服。一边跑，一边张着嘴，让雨点像小弹珠似的投进口中。清清爽爽的，有一种似有似无的甜味。管他"落汤鸡"是副什么模样！一伙人嘻嘻哈哈地在雨丝中穿梭实在好玩，一切都可以不管，反正嘛，又不是我的错。天上的事，我哪知道！回家也不会挨骂的。是天有不测风云的啊！反倒是赚了一笔疼；又骗了一顿怜，蛮划算的呢！

天渐渐地亮了，雨还在下着，和孩提时落在家门前那棵高大的苦楝树上的每一场雨一样，每片树叶都和小雨点一起奏鸣出美妙的"沙沙沙"声。只是，我已不再年少。

《福建广播电视报》2001 年 4 月 24 日

芝麻开门

今天下乡回来，心情很是舒畅。吃完晚饭后，夕阳还顽强地在天边盘桓，在它的余晖里，我一个人在小街上漫步。不经意间看到几个嬉戏的孩子在抢着一本漫画书，勾起了我对童年的些许记忆。

那个年代，电视还没普及，也没有现在这么多的卡通动漫，对于我们这些山里的孩子来说，最奢侈的精神食粮就是小人书。孩提时，我最喜欢的是那些色彩斑斓的童话和神话故事，常常用家里仅有的几本小人书和村里的孩子们交换。印象很深的是，我和众多的小伙伴都最爱一套被大家翻得烂得不能再烂的《一千零一夜》。

记得，一个冬日的午后，在潺潺的溪涧边，我平躺于一块被太阳晒得暖烘烘的溪石之上，把小人书摊开盖在脸上，不知不觉就进入了梦乡。在五彩斑斓的梦里，阿里巴巴带着他的财富伴我度过了一个呢喃的午后。

"芝麻，开门吧！"这是多么神奇，我渴望着有一天，山神们也给我一个灵验的咒语，给我一个打开财富之门的密码。

岁序更替，光阴荏苒。多少儿时种下的梦都已如轻烟般散了，淡了，阿里巴巴和众山神们终究不曾给过我进出山门的密码，倒是多年前母亲曾给过的一次训诫不时在耳边萦绕——"天上哪会掉馅饼，就是天上掉了馅饼，也要你跑得快才是你的！"

母亲第一次跟我这样说时，大约是在我十岁的时候吧，那时的我只觉得这和她惯常的唠叨一样，并不十分理会她。直到上了中学、大学，乃至于参加工作以后，才逐渐地咀嚼出其中的味道来，就像喝故乡的铁观音茶，原来是要用心去慢慢地品味的。实际上，母亲的这句话也是脱胎于世代相传的闽南俚语，其核心在于劝诫人们不要做不切实际的空想，要勤勉努力，唯有积极主动进取，成功才会属于你。

如今，回过头来看看自己所走过的路，感触良多，而最让我受用的正是年少时候母亲无意中给过的那句训诫，她给了我一种入世的积极的人生态度，让我一步步地从小山村走到省城，走到省直机关，让我时时不忘努力进取。也许，这才是我一生也享用不尽的真正财富。

记得在《阿里巴巴和四十大盗》的结尾，阿里巴巴老去的时候，他把山中宝库的秘密告诉了他的儿子和孙子们，并教给他们开关和进出山洞的方法，让他们代代相承，继续享用宝库中的无尽财富。

也许，有一天等我的儿子长大了，我也会像当年母亲训诫我那样告诉他："天上是不会掉馅饼的，即使掉了，也要你跑得快才是你的。"

《福州晚报》2001 年 3 月 16 日

二愣孩子欢乐多

在一年年被马云的"敬业福"伤透了心之后，很多人都信誓旦旦地说再也不参与"集五福得红包"这种游戏了。没想到当支付宝又故伎重演的时候，拥趸者依然数量庞大，网络上各种攻略层出不穷。各大微信群里，都有人在跪求"敬业福"。

于是有人编了个段子。"二十年前，一帮二愣孩子吃干脆面集卡片，总是集不齐。二十年后，一群成年人支付宝集福卡也集不齐，还乐此不疲。因为这帮二愣孩子长大了……"

我坦白，我也是其中一个。

其实这没啥不好，二愣孩子欢乐多呀。

现在回想，曾经的，和那帮二愣小伙伴一起经历过的那些二愣事儿，还忍不住的乐！

小时候，最喜欢听各种鬼故事，最怕的也是鬼。有一次去小伙伴家里玩，一大伙二愣孩子拼命分享最刺激的鬼故事，直到天黑了，各自回家。

越走我心里越毛，然后就开始一路小跑。一边跑还一边默念"我不怕鬼，我不怕鬼……！"

结果，冷不丁的，拐角处突然冒出一条狗，吓得我"哇"的一声，瘫坐在地。估计那狗也被我吓得不轻，"嗷"的一声一路狂奔而去……

还有一次，还是我们这些二愣在一起玩，累了，就围拢在一起休息。

坐我边上的小伙伴一边擦着汗，一边把外衣给脱了。坐在对面的，眼尖。盯着他说：你的毛衣上起了一个线头！

边说就边动手，"我帮你揪下来吧！"越揪线越长。

这边的说，"呀怎么回事，揪不断啊！"

对面的说，"没事这根线没用的，是一根废线。"于是揪啊揪啊的……我在边上，眼睁睁看见一件挺好的毛衣就这么给揪秃了！

那时候能吃上糖都特别幸福。记得有一回和老娘去供销社，见到门口有个大麻袋，里面装着白花花的东西一看就是白砂糖！

我看妈妈手指着柜台，和营业员问着什么，周围正好没人，于是我以迅雷不及掩耳之势抓了一把塞到嘴里！我嚓，这辈子也忘不了化肥的味道！

还有一次，花了一分钱买了两小杯爆米花，一群小伙伴围拢过来，我看看关系好的就给几粒，关系不咋好，没给我吃过东西的就不给，有的一边吃着我给的爆米花，还说：下次我买了也分给你……

现在想想，那么实在的友谊真不多了！

小时候我曾经的愿望是像杨继业一样，长大后生一大窝的孩子。有个家伙写了自己长大后的两个愿望：第一，我希望我可以有一个活泼可爱的孩子；第二，我希望我有一个勤劳善良的妻子。结果，语文老师在下面写了一句评语："请你注意顺序！"

还有一回，正上语文课呢，同桌告诉老师肚子疼，要去厕所，老师同意了，结果十几分钟过去后，他还没回来，老师就让我去看看，我回来说：老师，他忘带纸了！于是我在全班同学和老师的注目下抄过他的作业本顺手就撕了几页送给他"江湖救急"。哪知，回头他还跟我翻脸了，因为那是他刚写完的作业。

最气人的是，忘了哪个二愣曾告诉我说"一寸光阴一寸金，寸金难买寸光阴"这名言是李时珍说的。于是我写作文时就经常引用"李时珍说过……"，每次老师都在下面划一道线，然后打个问号。我以为老师不知道，还很自豪。多年后，知道真相的我，真想找条缝钻进去，你大爷的"李时珍"！

2017 年 1 月 23 日

年少的岁月，简单的事

那年冬天风刮得很紧，简陋的山村小学四壁透风，坐在学堂里，入耳的尽是庭院外那排苦楝树无助的呼号。娘说的打狗也不出门的日子大概就是这种时候了。

日后再回想起来，其实这些都应算是一种预兆，如果真有预兆的话。和其他老师一样，我们也称他为小张老师，他教我们的语文兼负责敲那口专和我们作对的钟，那时候还没有电铃。

就在这年冬天，小张老师对我们说："过了这个冬天，我大概也得走了……"脸上带着淡淡的忧伤。奇怪呀，小张老师的家不就在村口那棵老榕树下吗？每回出门做客归来时，娘总是老远老远就用手指着依稀的古榕说："你看，过了小张老师家，我们的家也近了。"眼下寒风萧索，老师要到哪去呢？在这打狗也不出门的时候。

原先喧闹的教室立时静了下来，我们等着小张老师接着说下去。没有，他什么也没再说了，却从往日放教案的包里掏出一大堆东西逐一分发给我们。我得到的是一本那时最为喜欢的《小火炬》，就这样原先的困惑竟被这突然到来的喜悦所遮盖了。如果那时我能料到这竟是和小张老师的永别，我该会好好地再看上小张老师一眼的。然而，人生终究不能假设，更无法重来。

冬愈深，年关也一天天迫近了，苦楝树还在无休止地呼号着，而我们的心情早就随风飞舞起来。筹划着过年的种种好处或盘算着这个年节能得到多少压岁钱，一个大半天就这样晃过。

掰着手指天天算，好不容易盼到了过年。因着我长大了一岁，父亲说我也该懂些事理了，于是便有了比往年多出五毛的压岁钱。我好欣喜，我也该懂些事理了，在心里反复念着父亲的话，顿然觉得自己长大了很多魁梧了很多。其实过了年我也才满十岁。

整个假期没再想起小张老师。

苦楝树开始抽芽的时候，我们又被关进了牢笼般的学堂，只有在这时候我们才重又想起小张老师，他的课总是充满乐趣和启迪，我对语文的偏爱便是从那时开始的。第一声钟声敲响之后，十四双眼睛紧盯着教室门口，往常小张老师总是在这时候出现在那里，然后踱到讲台开始一堂课的。然而，那天空落落的教室里少了一个人，多出了另外一个人。

少掉的便是小张老师。小张老师去哪里了呢，他就真的不再回来了？

一星期过去了，小张老师终究没再出现在熟悉的讲台上。渐渐地我们由记挂他转为惦念了，甚至于他的那点可"恨"之处也不那么重要了——在寒暑交替而逝的岁月里，学堂里那口钟老是要让我们记恨，觉得只有它是专程和我们作对的，小张老师便因此不可避免地被牵连上了，于是当我们觉得一节课太过于漫长时，就觉得有点恨他，连提前一分钟下课都不肯。而对于我，尤其觉得小张老师"可恨之至"的是距此一年多的往事了，期末考渐近，有一天小张老师把我叫去很认真地对我说："你肯输给小芝吗，她偷偷地跟我讲这次期末考要赢你咧。"那次期末考来临之前我真收敛了好多，没再四处瞎疯瞎闹，虽然最终我还是输给了她，却是我平生第一次考 90 分。后来一回玩家家时才晓得小芝压根儿就没说过要赢我之事，而小张老师也跟她说我要赢她。于是我们就觉得小张老师着实"可恨"，私下里却心存感激，真是这样的。

时间就这样一天天过去了，对小张老师的惦念愈切。约了个日子，我们一群山娃子决定到小张老师家去探视。门是虚掩的，屋里简陋地摆放着几件家什，这就是小张老师的家了。听到动静，一个老头子从屋后绕过来问我们找谁，满手满脚的泥巴，我们估量这应该是小张老师的爸爸，便说明了来意。

我能感到他脸色的微变及一字一句的支吾："他……他出门去了……你们进屋坐吧。"我和大伙一起进了屋，伙伴们一刻也静不下来，七嘴八舌地问这问那。屋子不大，突然塞进十几个小娃子，显然太拥挤了，也没有那么多凳子，我便无所适从地站在屋的一角，眼睛漫无目的地四顾。突然就在对面的墙上，我看到了一幅挂着黑纱的镜框，镜框里小张老师一如往常对我们微笑着。

刹那间，我明白小张老师是确确实实走了，而且再也不会回来。

接连着我病了两天，娘一直守护在我身旁，断断续续地我知道了小张老

师被一种叫做"癌"的东西夺去了生命，当他跟我们说他要走的时侯已是晚期了。现在想起来，叫我不能忘却的是小张老师当时的平静与坦然。假期重归故里时，还未踏上村路，心却已归家。想起多年前娘说的那句话："过了小张老师家，我们的家也近了。"

年少的岁月，简单的事，抹也抹不掉的。

《闽江》1992 年第 2 期

第二辑　雕刻时光

那些错过的花期和美丽

中学毕业时，在同学们给我的赠言中，有一句话是这样写的：有人说完美的一生是没有遗憾的，其实应该说没有遗憾的人生是不完美的人生。

当时的我只是有点感动，而对这句话的蕴义却并没有真正理谕。今夜当我无意中翻开那本已经泛黄的留言本，犹如打开一扇记忆之窗，许多如烟的往事也都在瞬间爬上善感的心，一时难再平静下来，再次品味旧日同学给我留下的那句赠言，终于彻悟。

是的，是的。人的一生注定是要有些许遗憾的，正是这些遗憾让我们的生命更加真实，更加精彩动人，而在你回首的时候，它永远像一杯陈年酿酒，芬芳四溢，令你倍加留恋人生，挚爱人生。

或者，你不承认在你的生活中有过遗憾，因为你早已习惯了这样的人生，在嘈杂的人群中你任意沉浮，不去所谓什么，不去在乎什么，你甚至从没有在静穆中聆听过自己内心的独白，更没有胆量去独对人生种种，只是在嘈杂的人群中占有一个虚空的位置。仅此而已。但是，不管你承认与否，你终究是有过遗憾的。

遗憾，它深驻于每个人生命的角落里，随时在我们不可预知的时候悄然袭来，你不可能例外，我也一样。

一直记得年少时的那个梦，梦里雪花纷纷扬扬洒落，洁白无暇，晶莹剔透，像是楼兰新娘千年缝就的嫁衣。今生有梦，那一夜纷扬的雪花就是我一生一世梦的最初。

于是年少轻狂时便认定了自己的前生必是一丛傲然独立于北地泽国的水草，不枯不凋，等待楼兰新娘路过，伫立于斯，让我牵着她的手步入杏花春雨，唐诗宋词……

何曾想到因此却错过了一季季美丽的花期，多年后当我满面风尘地站立在风沙的来处，看年华流水，烟云散去，年少时的梦想早已凋零为一道生命

的创伤，令我无法面对，始知有些梦根本不能用一生去追随。

　　每次坐长途汽车，望着窗外不断向后退去的景致，却只在偶然间明了生命原本也是如此，也许在那棵树上有一朵我寻找已久的夜来香，也许在那山坡的尽头就坐着你寻觅已久的爱人，但我们只能坐在汽车上任它把我们载向远方，任窗外的一切成为无缘。

　　冬日里，我们错过了那一次炉边飘散着淡淡咖啡香的长谈，夏日里我们又错过了那潮落后无垠的海滩；让秋日为我们安排动人的别离，却又忘了约好来年的相聚。为什么，近在咫尺的东西要到天涯去寻找？为什么，今生的梦要等到来生再相续？有缘的已几度花前月下，无缘的也不枉天地间走一回。

　　大概，每个寻常的生命都要经历这样无可避免的过程。会有些你经意或是不经意的错过，然后便是遗憾，如此反反复复，让生命更富于内涵。有时明知自己想要得到某种真实，却又怕失去，因而干脆沉默待之，终于错过了，才又悔悟。于是，留存于心间的遗憾反而积累成了生命里的另一种财富，一样值得我们去珍视它看重它，如酿酒一样浓，如新茶一样淡，盘桓着永不逝去的馨香，又如儿时的一首歌谣，旋律陪伴着漫漫的一生，成为一种永不中断的余音，在每一个清静的月夜悄然溢出，恬淡亲切。

　　用心感受生活。尽管是喜忧参半的时候也有它的亲切之处。记住你拥有的一切，更不要忘记你失去的一切，这样，当终有一日你能够对你的一生潇洒地挥挥手，当一切都已淡然远去，你仍会心存感激，感谢生活在给了你遗憾时，也给了你完美的一生。

2016 年 12 月 14 日

古时候的爱情

小时候在乡下看露天电影，总少不了咿咿呀呀的古装戏。而形形色色的古装戏又以爱情戏居多，大概的情节都是一样的：男女主人公是清一色的郎才女貌，在一个偶然的机会他们相遇了，一见钟情了，于是互赠信物，私订终身。女的一般是一方丝帕或是几缕青丝，男的大多是一把折扇，上面还必题诗一首。接着导演就给他们的爱情安排一点挫折和考验，让他们被迫分离一段时间，于是在"没有你的日子里"，他们各自睹物思人，相思成灾。当然，故事的结局还是有情人终成眷属，皆大欢喜的。

那时候，关于爱情，我最简单朴素的想法就是身为男生只要有一点文采另外再加一把折扇可供作为信物，剩下的都好办。后来上初中看《白蛇传》时，心智已稍微成熟些，当故事进行到许仙在断桥上将伞借给白娘子和小青时，我就知道一段爱情故事又要开始了。我已懵懵懂懂地明白了一丁点爱情的道理——只要是两情相悦，什么东西作为爱情的信物都可以。

在所有的历史记载以及文学作品中，古时候的爱情总是有着浓厚的浪漫主义色彩，他们的信物有时甚至还带着几分神秘。

在唐朝的某个秋天早上，枫树红了，大学士于佑在皇城外的御河旁徘徊，看着满眼红叶，想起宫里也住着许多如枫叶般红艳醉人的女子。他随手在御河水面上拾起一面漂过的红叶，怎料上面竟写了几行清秀的字："流水何太急，深宫尽日闲，殷勤红叶谢，好去到人间。"于佑也到附近找了一面落叶，回了两句诗："曾闻叶上红怨题，叶上诗题寄于谁?"他把红叶送到御河，让它流回宫中。不久，唐僖宗放出后宫侍女三千，让她们回到民间婚配。于佑娶了一名叫韩翠萍的宫女，花烛之夜，他想起御河漂叶之事，便将自己拾得的一叶取出，问翠萍可认得是宫中谁人手笔。翠萍也取出一叶，正是当年于佑的亲笔题诗。

故事是真是假已无从考究，但在我看过的爱情故事中，这肯定是最富传

奇的了，我宁愿相信这是真的。毕竟，处身于现实功利的现代社会中，美丽的爱情传奇已日益成为一种稀缺的资源。当人们可以把爱情放到电视上在众目睽睽之下做秀时，那还需要什么信物来演绎传奇呢。

记得《新白娘子传奇》在各大电视台热播那阵，我刚好到杭州出了趟差。一个人漫步在西子湖畔，远远地看着断桥，心事飘渺。我努力地想回忆多年前看过的电影《白蛇传》中，许仙是怎么借伞给白娘子和小青的。记得那时好像是白娘子施法下雨，好让许仙借伞给她。

想想就惭愧：妖精都知道含蓄一点儿——要是搁现在，白娘子就应该先把天变黑，然后打着手电筒喊："许仙我爱你！"

想想，现代人有时候真没劲。

《福州晚报》2001 年 4 月 20 日

丁香空结雨中愁

时值初冬，气温骤降，所幸的是天气晴好，午后阳光从窗外折射进来，有点暖意。和阳光一起从窗外飘进室内来的还有《丁香花》那凄婉的旋律——

你说你最爱丁香花/因为你的名字就是它/多么忧郁的花/多愁善感的人啊/花儿枯萎的时候/画面定格的时候/多么娇嫩的花/却躲不过风吹雨打/飘啊摇啊的一生/多少美丽变成的梦啊/就这样匆匆的走来/留给我一生牵挂……

丁香属木犀科丁香属，绽开于仲春，芳香袭人，花繁色丽，惹人喜爱。然而，当我听着唐磊这一首被广泛传唱的《丁香花》时，心中却浮起一丝困惑——据说，丁香之所以令人喜爱，除了它素雅清纯的美丽和沁人心脾的幽香之外，还因为它是爱情与幸福的象征，常被人们誉为"爱情之花""幸福之树"。可是，关于丁香花的故事和传说为什么总是那么凄婉？唐磊之所以创作出《丁香花》，其背后那一段缠绵悱恻的爱情故事已广为人所熟知。而在古代关于丁香花的传说中，流传最广最为动人的传说和一副对联、和一个爱情故事有关。

相传，宋朝时，有个年轻英俊的书生赴京赶考，天色已晚，投宿在路边一家小店。店主女儿看书生人品端正、知书达理，便心生爱慕之情；书生见姑娘容貌秀丽，又聪明能干，也十分喜欢。两人两心相倾，月下盟誓，私结连理。缱绻之余，姑娘提出要和书生对对子。书生应诺，出了上联："冰冷酒，一点，二点，三点。"姑娘略想片刻，正要开口说出下联，店主突然来到，见两人私定终身，气愤之极，责骂女儿败坏门风。姑娘则哭诉两人真心相爱，求老父成全，但店主执意不肯。可怜姑娘性情刚烈，当即气绝身亡。店主后悔莫及，只得遵照女儿临终所嘱，将女儿安葬在后山坡上。书生悲痛

欲绝，无心再求取功名，遂留在店中陪伴老丈人，翁婿两人在悲伤中度日。不久，后山坡姑娘的坟头上，竟然长满了丁香树，繁花似锦，芬芳四溢。书生每日上山看丁香，就像见到了姑娘一样。一日，看着坟上盛开的丁香花，突然顿悟姑娘的对子答出来了！书生的上联为"冰冷酒，一点，两点，三点"；姑娘的下联为"丁香花，百头，千头，万头。"上联"冰冷酒"，三字的偏旁依次是，"冰"为一点水，"冷"为二点水，"酒"为三点水。姑娘坟头开出的"丁香花"，三字的字首依次是，"丁"为百字头，"香"为千字头，"花"为万字头。前后对应，巧夺天工。从此，书生每日挑水浇花，从不间断。丁香花开得更茂盛、更美丽了。

关于这一传说还有另一个版本，说是书生夜宿客栈时，传呼茶房小姐上酒。姑娘斟酒时说："冰冷酒，一点二点三点，请先生适饮，并请赐对。"书生本欲对答，无奈才疏学浅，终未对上。冷酒伤肝，一命呜呼。茶房小姐十分内疚，故在清明祭祀时节，为其扫墓，竟然发现坟头上长出一棵丁香花。小姐回家后，当晚梦见书生对她说："丁香花，百头千头万头，供小姐欣赏。"小姐悲喜交加，醒来后就作了一副对联祭奠墓前："生前痛饮冰冷酒，含恨九泉；死后饱赏丁香花，流芳百载。"

无论是唐磊的故事，或是宋代的传说，终究摆脱不了一个"愁结"。而早在多年以前，在那个白衣胜雪的年代，当我还是一个青春少年郎的时候，关于丁香的愁结也深深地根植于我的心底：

撑着油纸伞，独自，彷徨在悠长、悠长，又寂寥的雨巷，我希望逢着，一个丁香一样地，结着愁怨的姑娘。她是有，丁香一样的颜色，丁香一样的芬芳，丁香一样的忧愁，在雨中哀怨，哀怨又彷徨；她彷徨在这寂寥的雨巷，撑着油纸伞，像我一样，像我一样地，默默彳亍着，冷漠、凄清，又惆怅。她默默地走近，走近，又投出，太息一般的眼光……

曾经的《雨巷》，曾经的年少轻狂，有过的多少儿女情长，都随岁月远去，只有愁肠永结。花开花落，人世无常；岁月流淌，像梦一场。多少远去的故事都将慢慢变成传说，就像容颜老去，就像青春散场，谁也无法逆转。

有些人很怀念，却怎么也见不着；有些人很想见，却怎么也找不着；有些人
希望是一辈子，却不敢去计划，终归了了。

2008 年 11 月 13 日

一生之水

　　一边和在线的朋友聊天，一边漫无目的地在网上行走，无意中打开了一个古琴网。在所有的传统乐器中，我对古琴情有独钟，喜欢那种古老的乐器流淌出来的清澈激扬，淡泊宁静。

　　在众多的古琴曲目中，我特别喜欢听那一曲《高山流水》。倘或是在无眠的夜里，让音乐流淌在寂静的空间，稍稍洗去心间的烦杂与浮尘，那一刻万物淡然，唯有古琴行云流水般的音符轻叩着远古的记忆。

　　《高山流水》为春秋时期著名的琴师俞伯牙所作。相传，他奉命到楚地采风，某日顺流而下来到长江口，站在船头，只见月儿初升，挂在崖顶，月影沉碧，波澜不惊，不禁触动乐思。他便回舱开囊取琴，对着明月和浩荡的江水弹拨起来。一曲尚未弹完，突然琴弦断了一根，按当时的说法，只有遇到懂得音乐并理解弹琴人心境的人，琴弦才会崩断。

　　伯牙走出船舱，果然见到有一个身穿蓑衣，头戴斗笠的樵夫，他手里拿着一把斧头，地下放着一捆柴。伯牙就高兴地请他到船舱中听琴，换好琴弦后，伯牙先弹了一首《高山》，乐曲刚完，樵夫就赞叹说："太好了！多么巍峨的泰山啊！"伯牙随即又弹了一曲《流水》，音乐一停，樵夫就赞美说："太好了，多么浩荡的江河啊！"伯牙兴奋极了，激动地说道："你真是我的知音啊"！这个樵夫就是钟子期。

　　后来钟子期不幸病故，伯牙伤心至极，认为知音已去，从此无人能听懂自己的琴声，也没有什么值得自己为之弹琴，遂大哭之后，将琴摔碎，毕生不再鼓琴。

　　人生难得一知己，千古知音最难觅。俞伯牙摔琴谢知音的佳话至今仍为世人所称诵，只是，又有几人能享有如俞伯牙一样的际遇呢？当我们也见月儿初升，只能慨叹，古人不见今时月，今月曾经照古人。

　　记忆，总是某些生活片段的沉淀，在岁月里幻化成一个画面，一种声音。

而某些邂逅某些相交，可遇而不可求，只在此山中，云深不知处。

有关月亮的故事和传说总是很美。据传，享誉时尚界的日本服装设计大师三宅一生成名后，一直苦思，该创造一瓶什么样的香水来传达自己的设计理念，却始终找不到灵感。

一个晴朗的夜晚，当他凭窗远望，远处的巴黎铁塔映入眼帘，一轮满月当空高挂。那一刹间，这醉人的景色征服了大师的心。而这就是"一生之水"圆锥形透明瓶身的由来，抛光钢质的瓶盖顶端点缀着一个水晶球，整个造型宛若一轮明月悬挂于铁塔之上，其中正蕴含着生命之水无与伦比的芬芳。

我喜欢《高山流水》，亦钟爱"一生之水"。《高山流水》用音符来叩击我的心灵，"一生之水"用淡淡的芬芳来纯净我的气息。听《高山流水》宛若听见冬天冰雪融化的声音，在耳畔，在心底，是溪水的私语，是山泉的低吟；"一生之水"的芬芳清新而妩媚，幽远而宁静，似是故人归，云在青天水在心。

听着《高山流水》，让"一生之水"弥漫在我的鼻息间，我触摸到了心海微澜。那个充满神秘、知性和色彩的精灵。

2006 年 5 月 8 日

如果我有多一张的船票

一场宿醉，一夜豪睡。

醒来，窗外零星飘着若有若无的雨丝，空气有些沉闷和潮湿。道山路上的那一片绿荫几日不曾留意，越发暗淡了，早就没了开春时的鲜明透亮。脑袋一片空白，似乎努力不去想什么，又似乎什么都想。

起床，洗漱毕，没有食欲，打开电脑，打开音箱，让音乐充盈我的双耳，进入我的胃。

靠在椅背上，当《夜来香》响起，微闭起双眼，想起了多年前在上海衡山路淮海路新天地间的流连，以及那时的闲适心情。宁静的夜晚，昏暗的灯光，忽隐忽现的彩色玻璃，偶尔从某间音乐吧缓缓流淌出来的老百乐门爵士乐，伴随着缕缕的咖啡香味，恰似我淡淡的怀旧轻愁。

在这个冬日的晌午，李香兰的《夜来香》依旧像夜莺一样轻轻叩击我的心坎，闲适的心情却无处寻觅。偶尔的宿醉，只为了沉睡，却一点也没有池莉笔下描摹的那种宿醉感觉，"慢慢地说，慢慢地笑，慢慢地饮。不知何时，眼睛晕了，便沐浴香波热汤，而后便是一觉。翌日早晨，日光照醒昨夜人，虽说已经醒来，却不情愿真的就醒，眼睛还晕乎着，心里还满不在乎着，动动身体，满口都是余香——这就是宿醉了。这是饮酒当中最难得最曼妙的宿醉，算得上是一种可遇不可求的艳遇"。

一样的宿醉，不一样的心情，也许是天气的缘故。

如果，如果今天是个明媚的天气又将会如何呢？做这样的假设其实是毫无意义的，假设改变不了结果，假设代替不了现实。就像电影《花样年华》里，梁朝伟问张曼玉："如果我有多一张的船票，你会不会跟我走？" yes or no，这确实是个问题。梁朝伟心中没底，张曼玉心底困惑，也许只有导演王家卫在一旁用他的小墨镜掩饰偷笑，你看你看，大家都中了我的道。

记得在网上，看到有人这么说，"看《大话西游》第一遍，笑得不行；第二遍，当看到紫霞死时，心里有种痛；第三遍，第四、第五遍……再也笑不出来，最后只剩下流泪"。我看《大话西游》似乎已经是十多年前的事了，对我来说印象最深的是，紫霞仙子临终前对悟空所说："我的意中人是个盖世英雄，有一天他会踩着七色的云彩来娶我。我猜中了前头，可是我猜不到结局……"说完后，紫霞闭上了眼睛，悟空想抱住她，不让她飘走，可是他头上的金圈，一动情就会加紧。最后，悟空眼睁睁看着自己心爱的女人消失在天际……

对于一个相对感性的人而言，有时会不知觉把自己当成故事中的人物，同喜同悲。隐约还记得，当时感觉心中很痛，痛到手指都没有感觉。

如果，如果今天天气好一些，我的心情会是如何？无解，仍然无解。就像梁朝伟得不到答案，紫霞仙子无法猜得到结局。其实，好在不知道结果，让生命的奔波变得有价值了，让所有的期待都变得富于波折。"泰坦尼克号"沉没了，它被"固体水"撞着了柔软处，"液体水"就消灭了它。如果事先知道这样的结局，它就不会出发，悲剧固然可以避免了，世间却也少了一个传奇般的谜局。

一切该如何还是如何吧，人生不能假设，更无法重来。好心情坏心情都是生命的一部分。

生死歌哭，或含着泪微笑，或微笑着流泪。

如果我有多一张的船票，你会不会跟我走？

2006 年 12 月 21 日

静水流深

《蓝色的爱》。

《陪我度过漫漫长夜》。

《神秘园》。

《闲云孤鹤》。

这是我于静夜里经常反复聆听的几支曲子。或忧郁深沉，或清越散淡，或悠远柔和。没有腾挪跌宕的起伏变化，轻柔舒缓的旋律让我那颗燥动不安的心，在历经喧嚣之后回归宁静平和。

我想起了一个词：静水流深。

人生如流水。有的人，活得光明磊落，如海纳百川；有的人，活得跌宕起伏，如洪水奔流；有的人，活得清清静静，如山间涌泉静水流深……

于每一个寻常人而言，抑或常有些私心杂念纷纷扰扰，也未曾想要惊天动地轰轰烈烈。孰不知，想要简简单单宁静致远，却是最难。

静水流深，须得心静如水。有不服气，有不知足，有不如愿，便不会心静。

比如，说好是一辈子的，却抵不过一个转身；努力想要得到的，却偏偏错身而过；以为是春花秋月，却不过是雾里看花。

人生种种，不如意常有八九。倘若因此而产生怨怼，介怀，愤恨，实质上是把自己再度置身于永无宁日的痛苦之中。

道理是这样，然则能静心处之，泰然对之的，真是少之又少。

所以，我个人以为，静水流深才是最高境界，也是最难达到的。

静水，象征着为人处世不张扬，态度柔和。

流深，意味着胸中自有万千丘壑，有想法、有内容。

静水流深的真正含义即：洞察一切却不被矛盾束缚，不被欲望捆绑，这样就能拥有和谐的生命，拥有长久的快乐，拥有真正的自由。

归根到底，静水流深是一种修养，一种气度。在喜悦中沉静思考，在失败中从容面对。

俄国著名诗人普希金那首耳熟能详的诗是这样写的——

假如生活欺骗了你，
不要忧郁，
也不要愤慨！
不顺心时暂且克制自己，
相信吧，
快乐之日就会到来。
我们的心儿憧憬着未来，
现今总是令人悲哀：
一切都是暂时的，
转瞬即逝，
而那逝去的将变得可爱。

这就是静水流深！一如我们的先贤所说的"不以物喜，不以己悲"。
静水流深，说到底就是一个自然现象。
然则，当我们用它去阐释心灵深处那些轻易不能到达的境界时，是如此酣畅，淋漓尽致。

2016 年 12 月 27 日

经典的魅力

He fights hard, will he reach his aim

He'll survive for his friends

He is like a crying wolf tonight

He's the winner in the end

He is proud and he'll take his chance

He is fighting for his last friends

……

这是一首荡气回肠的歌——*Free Like The Wind* 的起始部分。

自从几个月前我在网上看了电影《日耳曼英雄》以来，几乎每天都要听上一两遍它的这首插曲。《日耳曼英雄》讲述的是公元 83 年，罗马帝国鼎盛时期，日尔曼人兄弟日曼努斯和兹哈多克作为战俘被罗马人逼迫在角斗场与人决斗，对手是强大的拉高斯，结果兹哈多克为了保护日曼努斯而死，日曼努斯从此发奋训练，以期能报仇雪恨，并获得真正的自由身，可他们的妹妹却与拉高斯有了关系，一切该怎样结束呢？电影情节跌宕起伏、波澜壮阔，当高潮到来的时候也是尾声的到来，结局是如此惨烈悲壮，这时候随着镜头慢慢拉伸，音乐响起，每个音符都恰似雨点在心头击打，一种无以言表的震撼。

一部耐人寻味的电影，它的电影插曲总在最打动人心的时刻出现。一首动听的电影歌曲就是一部电影的符号，纵使岁月流逝，只要那熟悉的旋律响起，有关电影、故事、感动的种种细节都被一一唤醒。

怎么能忘记那些和精彩的电影故事一起打动过我们心灵的旋律，怎么能忘记那些走过岁月的感动？在我的音乐盒中收藏着众多经典的电影插曲。随便列举一些，都是大家耳熟能详的——《保镖》中的 *I Will Always Love You*，《人鬼情未了》中的《奔放的旋律》，《泰坦尼克号》中的《此情可待》，《人证》中的《草帽歌》，《狮子王》中的《今夜爱无限》，《北非谍影》中的《卡萨布兰卡》，《缘分的天空》中的《当我坠入爱河》，《毕业生》中的 *The Sound Of The Silence*，《当男人爱上女人》中的同名插曲等等，不胜枚举。比较遗憾的是，在这些曲目中以外国电影插曲居多。

在我看来，感人的电影歌曲大多带有一些悲剧性的色彩，上面所列似乎已可印证些许。

还记得年少时候看过的南斯拉夫电影《桥》吗？每当想起这部电影，《啊，朋友再见》这首歌的旋律就在耳边回荡——

　　如果我在战斗中牺牲／你一定把我来埋葬／请把我埋在高高的山岗／啊朋友再见吧再见吧再见吧／把我埋在高高的山岗／再插上一朵美丽的花／啊每当人们从这里走过／啊朋友再见吧再见吧再见吧／每当人们从这里走过／都说多么美丽的花。

歌词平实而又深挚，一种看似平淡，但极为深刻的苍凉之美。

还有杀手电影的代表作品，法国影像风格的巅峰之作让·雷诺主演的《这个杀手不太冷》，在这部令人心碎的问题少女与中年杀手的悲剧之恋中，处处显现着对生命的热爱和对美好事物的追求，满含绕指柔情的都市寓言、杀手的童话，每次听到 Sting 演唱的 *Shape Of My Heart* 的时候都会想起 LEON 那张木讷却男人味十足的脸。

对于很多人来说，也许多年以后，曾经打动过心弦的很多电影情节都已经淡忘，而旋律却永存于心，或者有时就是凭借着一段旋律油然地想起某个细节，这就是经典电影插曲的魅力。

2006 年 5 月 15 日

美美与共

吃完晚饭，收拾好家务。打开计步软件，开启一次新的健走。

道山路上依旧车水马龙，南后街上还是人潮汹涌，元帅路贯通卧湖路的人行步道，嘈杂喧闹。

这个城市的夜晚，还是一如既往的老模样。

西湖也还是那个西湖，道旁的菊花还未待凋零，勤劳的园林工人很快又换上了新的品种。南方的一年四季，都是绿意盎然。就是在冬天，花儿一样绽开。

风雨廊下，围了一大圈的人。

音乐在夜色中流淌，有轻盈的女子随着节拍曼妙起舞。那舞姿，似鹤轻扬。又若，霓裳羽衣。观者无不陶醉其中。那一刻，我想起了西汉著名音乐家李延年的《佳人曲》——

北方有佳人

绝世而独立

一顾倾人城

再顾倾人国

宁不知倾城与倾国

佳人难再得

不禁想起费孝通老先生曾经意味深长地讲过的 16 字箴言："各美其美，美人之美，美美与共，天下大同。"

于是，我也融入了围观的人群中，拿出手机拍下一小段视频。稍加编辑后，顺手就发到了微信朋友圈。

未曾想，一小段的视频，收获无数的点赞。

有人说："好有眼福！"

有人慨叹："这么漂亮的舞姿拍得太短了，唉！"

连爱和我唱反调的某同学，也画风突变："都不好意思吐槽你了！"

甚至有朋友以为这是我策划的活动。

罗丹说过，"生活中不是缺少美，而是缺少发现美的眼睛"。我深以为然。特别是在快节奏的现代社会，人们已经习惯了为生计而奔波，而忽略了身边那些生动存在的零散琐碎。于是，渐渐地把日子过得淡然无味，过成一杯白水。

生活中的美是多种多样的：喧嚣的城市有繁华的美，宁静的村庄有简朴的美。蓝天绿树的美，清新而爽然；溪流山涧的美，恬淡而愉悦；大江大河的美，寥廓而深远。

心存美的意象，哪怕是一片树叶，一朵小花，都能感受到独特的美；抑或是一次愉快的下厨，一顿可口的饭菜，都给人一种美的享受。总之，生活中并不缺乏美，缺的是我们用心去发现去感受美的心情。

想起一件往事。2004年夏天，我被单位派往闽北驻村三年。那时候，还没有智能手机。我习惯在口袋里揣上一台巴掌大的数码相机，兴之所至，东拍西摄，然后下载到电脑上，反正是自娱自乐，也不在乎自己的照片离专业水准有多大的差距。

稍有闲暇，就坐在电脑前，一张张翻看，回忆一下当时是在什么样的情景下捕捉到的镜头，就像翻阅旧日心情。有时候，还为照片做些后期处理，再配上几句小诗，怡然而自得。

照片发到网络论坛上，有朋友问我，怎么他从来都没发现自己的身边有这么美丽的景致？我说，也许这就是所谓的：熟悉的地方无风景吧。

生活像个大酱缸，五味杂陈，每个人都想在这里面找到各自所喜欢的和各自所需要的。然而，同样的空间在不同的人心目中的映像，也会有着天差地别。就好比，同一幅人体摄影，有的人看到了生命的张力和美感，有的人看到的却是内心的躁动和诱惑。

一千个观众心中有一千个哈姆雷特的形象，作为我们生存的空间又何尝不是如此。当你习惯，当你麻木，当你已审美疲劳，你又如何能用透明的心

情去捕捉寻常之美呢？更何况，很多时候那种美好的感觉仅存在于心中，无法尽用文字表述。就像过往中，无数美好的思绪在脑海中一闪即过，难于捕捉。

2017 年 1 月 11 日

盛夏的果实

我并不是一个音乐发烧友，也不是一个对时尚敏感的人，甚至是迟钝的。

在我还没有听到《盛夏的果实》之前，也听过一些莫文蔚的歌，并没有什么特别的感觉。只是不时会在一些潮流刊物上了解到，莫文蔚还是个性感的女艺人，八卦消息说她那双修长迷人的双腿，多少男人为之倾倒。却从来没想过莫文蔚可以把一首歌演绎得如此到位、如此哀婉、如此忧伤。

记得第一次听到《盛夏的果实》是在一个黄昏，那天坐在上岛咖啡厅里，当耳伴响起这首带着些伤感和哀婉的歌声，我不禁问朋友，这是谁唱的，是首什么歌？可惜她也不甚了然。

后来，当我又一次在一家广告公司听到这首歌，终于有人告诉我，歌的名字叫《盛夏的果实》，也知道了唱歌的人正是莫文蔚。那是一支 MV，就在旋律响起的那一刻，就在莫文蔚的名字出现于屏幕那时起，我知道从此我开始喜欢上了这个歌者——莫文蔚。也终于相信，改变对一个人对一个歌者的看法竟然可以如此轻而易举。

那一个上午，坐在朋友的电脑前，一遍又一遍地让这支独特的 MV 重复地播放着，久久地沉迷于其中而不能自拔。脑中同时有一个解不开的疑团，这首歌为什么叫《盛夏的果实》？无论是歌曲本身还是歌词、唱法、甚至拍摄的 MTV，都透着浓浓的感伤情怀。一遍又一遍地听下来，忧伤还是忧伤，一点关于"果实"该有的喜悦都没有……

后来，回家打开电脑在网络上搜索到相关的信息，知道这首歌早就已推出。我不是个潮流的追随者，所以对此我一点也不感到惊讶。相反，我庆幸，机缘终于没让我和它擦肩而过。

从网络上，我还知道了 MV 所要表现的故事情节，大意是讲述一位已经故去的大提琴家的爱人，每每睹物思人，黯然神伤。也知道了这首歌的 MV 以及专辑的封面、内页均由王家卫的"御用"平面摄影师 Wing Shya 执导，

是在广西拍的外景。

　　"也许放弃/才能靠近你/不再见你/你才会把我记起/时间累积/这盛夏的果实/回忆里寂寞的香气……"

　　节奏非常平和，没有大起大落，没有明晰的高潮，不像通常惯见的几段式的情歌，而是始终以一种幽幽的步伐迈进，向人们展现一个表面坚强的女子无以挽回的情感和伤感。

　　闭上眼睛，眼前浮现的是 MV 中莫文蔚拖着大提琴从街道走到海边的身影，她那瘦弱的身躯与大提琴形成鲜明对比。那画面似乎定格了……

　　记得有一次在一本杂志上看到一篇关于李敖的专访，他坦承自己最喜欢的明星是莫文蔚。我猜不到李敖喜欢莫文蔚的理由是什么。

　　也许，讨厌一个人是要有理由的，喜欢一个人却可以不要任何理由。

《海峡都市报》2001 年 6 月 12 日

闲云孤鹤

半宿的豪饮，换来半宿的豪睡。在迷迷糊糊中睡去，在迷迷糊糊中醒来。

时已是正午，窗外，阳光灼灼，浮云朵朵。刘星的《闲云孤鹤》经由电脑的音箱传出，一遍遍在耳边回荡。阮声浑厚叮咚，低回反复。曲如其名，那份"闲"、那份"孤"，在心底缓缓潜行。闭目遐思，我似乎看到一只高傲的仙鹤伴着天际的闲散流云，独自起舞于寂寞沙洲。

自从朋友给了我这一曲《闲云孤鹤》，我就没来由地喜欢上了。而此刻当我沉浸于中阮这一具有魏晋气度的古老乐器传达给我的那份孤独感和淡淡的幽怨时，却不由地想起一位曾经亲密无间的友人在自己 QQ 上的签名——"仗剑走天涯！"

依然记得他给我讲起的故事，那一段他想要去守望却又无望的爱情，那个在阳光明媚的日子里离他而去的知心爱人，那一段也许要耗尽他一生去忘却的青春祭。"不是不能，而是不愿；不是不愿，而是不能。当你选择的时候，也就是你放弃的时候。"

仗剑走天涯。我不知道他的这一签名是不是来自于许巍的《曾经的你》——

曾梦想仗剑走天涯/看一看世界的繁华/年少的心总有些轻狂/如今你四海为家/曾让你心疼的姑娘/如今已悄然无踪影/爱情总让你渴望又感到烦恼/曾让你遍体鳞伤/走在勇往直前的路上/有难过也有精彩/每一刻难过的时候/就独自看一看大海……

日子就这样一天天过去，看繁花落尽，看云卷云舒。也不知从何日起，我竟失去了他的音讯。今日听着这忧伤的曲子，不禁又想起了他，那位存在于虚拟空间里，曾经似近还远，似远却近的友人。世间的事纷纷扰扰，QQ 上

的好友来来去去。大概，有些注定会留下，有些注定要离开。

独居于村野乡间，每当夕阳西下，看着天际边的一抹红霞，我都想抛开俗事烦恼，就做了那一片浮云，在天际闲闲游走，心无所系。今日，听着《闲云孤鹤》，我又愿自己就是江边的那只白鹤，于千载白云间悠悠飞翔，不问身在何方，来去自如。

然而，这终究只是幻想，心不免为生活所累。归根到底，我，原本就只是个凡夫俗子而已，和许多人一样，放不下太多世俗的东西。人生不满百，常怀千年忧。

"刘伶问道谁家好，李白回言此处高；沽酒客来风亦醉，买花人去路还香；贾岛醉来非假倒，刘伶饮酒不留零；三杯通大道，一斗合自然。"

或许，某日沉醉不知归处时，会有一只翩翩起舞于江洲的白鹤伴我走天涯。

寒波澹澹起，白鸟悠悠下。

2006 年 7 月 2 日

夜色盘桓

带上手机和香烟，踱出小区门口，已是夜里9点。

道山路上依旧车水马龙。这城市的车是越来越多了，低碳生活只存留于纸上，公约中。

向左走，向右走？略为迟疑片刻，我选择了向右而行。点上一支牡丹香烟，慢慢游走于道山路上。两旁的市井生活和往日无异，天气有些躁热，忙碌了一天的店家伙计把茶几摆到了店门口，三两围坐，家长里短。

一支烟的工夫，就到了通湖路上。昨日新开挖的一个个大坑上，已渐次移植上了硕大的行道树。可以想见，来年走在这里，树影婆娑，斑驳陆离。这城市终究有些许喜人的变化，回想去年此时，这条路还是狭窄逼仄的。路旁，新垒起来的"文儒坊"牌坊在夜色里显得伟岸挺拔，三坊七巷的改造终于延伸到了这里。

行走，漫无目的。思想，漫无边际。不知不觉快到了杨桥路，我正待依习惯折向衣锦华庭，无意间瞥见了同样新砌成的"衣锦坊"牌坊，在一丛绿树掩映中，一条小巷延伸向深处。那是我未曾涉足过的，今晚就走一遭吧。

步入小巷，城市的喧嚣似乎一下子被隔断在了另一个世界。巷道上昏黄的路灯，把三两夜行人的身影拉得悠长悠长的，留下一串鞋跟踩踏青石板的清脆回响。倘若来一场细雨，一场婉约的江南雨，这便是戴望舒笔下的雨巷了。

多久没有这么近距离触摸蛰伏于城市里的淡泊与宁静了。城市的钢筋水泥丛林每日都在生长着，伴随着滋长起来的是不尽的欲望与麻木。其实，这小巷一直都静静地等待于此，蛰伏于这座城市的心脏，冷眼看着凡尘的纷纷扰扰。大隐隐于市，这似乎是另一种解读。或是，某种契合与印证？

脚下的小巷在昏黄的路灯下延伸，眼前两扇紧紧闭合的院门旁挂着指示牌——水榭戏台。身在福州，早知水榭戏台的盛名，未曾想就在这一个夜晚

不期而遇。遥想，在这个看似寻常的院墙里面，百多年前的生旦净末丑是怎样的在台上穿梭。都远去了，在寂寞岁月中伴着胡琴咿呀的调子和时光一起老去。听说，戏台已经翻茸一新。闭上眼，看到的是影影绰绰的古人，从历史的尘埃中走来，一颦一笑，在静谧的夜晚轻柔绽放。

思绪还来不及整理，场景却已渐热闹起来。小巷已到尽头，那端游人如织的是面貌崭新的南后街。如今，它已然成为这座城市的一张名片，在每个晨昏迎来送往着八方宾客。人潮汹涌，两旁的仿古民居，静静微笑，沉默不语。

终于，又回到了现实。一座城市，一条街。我，一个流连于夜色里的夜行人。

2010 年 5 月 18 日

有没有一首歌会让你想起我

"有没有那么一首歌，会让你轻轻跟着哼，牵动我们共同过去，记忆它不会沉默。有没有那么一首歌，会让你心里记着我，让你欢喜也让你忧，这么一个我……"

记得有人说过，一首歌能够经历数十年依然不被忘记，是因为它是时代、是历史，更是一个人的回忆与安慰。

关于尼采，人们熟知的是他的名言"上帝死了"！其实他还说过另外一句话，同样让人震撼：没有音乐，生命将是一个错误！

不同的音乐，总是用它特有的旋律或者歌词帮人们记录一些瞬间和故事。在历经岁月的打磨后，再次听到这些旋律，那些碎片般的回忆便在脑海中像放电影一样闪过，伴随着音乐，再次将人们拉回某个时空。在音符的跳动中，照见过去的自己，看世事无常，看沧桑变化。

在我上小学的时候，学校有一台老式的唱片机，每天的广播操时间过后，它就一遍遍地播放革命歌曲，从《洪湖水，浪打浪》到《红星照我去战斗》，应有尽有。到了中学，画风突变，校园的高音喇叭里更经常播放的是台湾的校园歌谣。那段时间，经常在《童年》里发呆，枕着《外婆的澎湖湾》入眠，踏着《乡间的小路》回家。一派安宁，详和。

后来，电视连续剧《霍元甲》风靡大江南北，经常与几个"死党"晚自习逃课，顶着刺骨的寒风，一起扒在县广播站电视播放间的窗台外追剧。现在犹记得，每当"万里长城永不倒，千里黄河水滔滔……"的电视主题歌响起时，爱国热情瞬间爆表，血脉贲张的情形。

再后来，高考结束，"死党"面临解体之时，那阶段我们一遍遍地唱着《告别的年代》："风轻轻的吹，夜沉沉的醉，谁又在午夜的远处里想念着你？远处的午夜的梦里相偎依……"，唱够了我们就喊，喊过了再唱。记得，当时还有人发表了一通豪言壮语。大体的意思是：我们虽然就要散了，但我们要

像刘白羽的散文一样，形散而神不散。

这已经是很多年以前的往事了。当年的"死党"早已是天各一方，各自在为自己喜欢或是不喜欢的事业奔波，然而每当听到罗大佑这个"老男人"的声音响起，所有旧日感觉也都跟着走回来了，想起了曾经的那些死党，多年前的一举一动都宛在眼前，依旧是当时的少年模样。

只是，如今再听《告别的年代》，又增添了些不同的感受。某个哲人曾这样说：我们把已经失去的称作过去，尚未得到的称作未来，停留在手上的称作现在。但时间何尝停留，现在转瞬成为过去，我们究竟有什么？多少个深夜，我守在灯下，不甘心一天就此结束。然而，即使我通宵不眠，一天还是结束了。我们没有任何办法能留住时间。

一首歌，在不同的时空里，撞见不同的记忆，就产生不同的情愫和意义。我们固然留不住时间，但我们终究还拥有对走过的岁月点点滴滴的追忆！

有些随风，有些入梦，有些长留在心中。

《福州晚报》2000 年 11 月 10 日

无缘的约定

自古以来，人们总是对各种天象奇观充满好奇，并抱以最大的热情去关注。

人们翘首以待的狮子座流星雨要来了！这些天，几乎所有的媒体都在不遗余力地提醒天文爱好者们，千万不可错过世纪末最蔚为壮观的一场流星雨。

可是谁也不曾想到当他们在萧索寒风中执着地昂首顾盼、望眼欲穿时，他们其实偏偏早已错过了那一刻最美丽的际遇。直到人们拖着些许疲倦的身躯回到家中打开电视，才知道全世界的科学家都没有算准狮子座流星雨顶峰出现的确切时间，它早在前一天的午后时分就已悄然爆发。

中国有个感情色彩极浓的词——缘分，人们也都知道缘和分在很多时候并不能那么完满地结合在一起，或有缘无分，或有分无缘，这是常有的事。

如果说这场流星雨对处于西太平洋和东亚地区之外的人来说是无缘又无分的话，入冬以来的第一场冷雨则把中国南方的"追星族"们浇个透心凉，唯恐因此而观测不到流星雨落个有缘无分了。

谁知却是科学家们和大众开了个世纪玩笑，没算准流星雨爆发的顶峰时间让大家失之交臂落了个有分无缘。

这当然不是科学家们有心的过错，也不是流星雨有意的愚弄，宇宙间万事万物本有着各自无穷的奥秘和无尽的谜题，世人又岂能物物参透、事事遂心。"知无缘分难轻入，敢与杨花燕子争"？

闭上眼睛想象着五颜六色的流星从东边天空的某一点上向四面八方辐射开来，直如漫天飞舞的暴雪，又如盛大节日里的礼花，纷纷扬扬，飘飘洒洒。

虽然我不曾真的见过流星雨，但在心灵底蕴跳动的却是无尽的遐思。虽然它不是真的，感觉却是如此美丽，恍如一个五彩缤纷的童话，一个在我成年后不经意拾掇到的童话，一个诞生于世纪末最后的童话。

自小生长于僻远的小山村，没有什么娱乐也没有车马的喧哗，然而却学

会于风烟俱静、空气澄明的夜晚在邻家阿婆的指点下，数星星、看银河，遍寻牛郎织女星。

那时最忌讳的却是看到流星更不用说极不可能碰上的流星雨了，因为听年长的人说一颗流星从天上陨落，就意味着凡间有一个人死去，可以想象如果来一阵流星雨该有多可怕呀。

因而便学着大人的样子，每当看到一颗流星，便要不停地往地上吐口水，以扫除霉气。

记得那时读《三国演义》，最让人崇拜的莫过于上知天文下晓地理的诸葛孔明了，而他在死去时出现的征兆即是流星陨落。

书中第一百零四回里写道：司马懿夜观天文，见一大星，赤色，光芒有角，自东北方流于西南方，坠于蜀营内，三投再起，隐隐有声。司马懿惊喜曰：“孔明死矣！”

于是乎，对流星更为忌恨。

随着年岁和知识的增长，儿时对流星的这些奇怪感觉，都渐渐了无痕迹，甚至滋长出颇有些怀念的感情来了，然而于喧嚣城市生活的污浊夜空中，一样了无痕迹的却是乡下惯见的银河及星辰，谁也不晓得从哪一天起城市的天空变得灰蒙蒙一片，城市的夜空再也不叫星空。

久居于都市，清明也踏青，秋来也游园，年年却都是风景依稀似去年，索然无味，翻腾不出别样的激情来。好不容易来了一场难得一见的天文奇观，然而最终还是错过了，恰似一场无缘的约定，可遇而不可求。

然而无缘，并不代表所有希望或美丽心境的失坠，它仅仅是而且只是，每个生命旅程中偶然陷入的一个苦壳，茧都能破，何况是壳呢。

《福州日报》1999 年 1 月 11 日

生日散记

窗外，雷声已经止息，骤雨已经止歇。QQ 天气显示：福州，多云，28℃-37℃。

这样的夜晚，思绪和这样的天气一样起伏。想起了曾为自己写下的诗行《八月菊花黄》；想起了同名的歌曲和电影——《八月照相馆》，李健的歌曲流淌着温婉浪漫，韩国的电影氤氲着淡淡哀伤。

一年一度的生日就这样来了，不知道人生是否如佛家所言有生死轮回，对于尚在尘缘中的我，前尘固已不可追寻，来世也无踪可觅，只是不知，今生种种，爱与恨，情与殇，欢笑与泪水……这所有的一切到底是前尘为今生结下的果，还是今生为后世种下的因？

一个星期以前，就陆陆续续有人在 QQ 空间里给我送来生日礼物，虽然是虚拟的，但心意是真的。今年，来自万里重洋之外的生日祝福也比往年早了些。两天前，小妖就给我发来了电子邮件，邮件的标题还很吸引眼球《致一枝花的男人》。在电邮中小妖说："常言道男人四十一枝花，恭喜你即将进入风华正茂的年代，事业有成，妻贤子孝，人生的幸福大抵如此吧……"

幸福不幸福，其实如鱼饮水，冷暖自知。对于我来说，此时此刻，还有人记挂着我的生日，不论是远在天涯，还是近在咫尺，那就是一种幸福。让我喷饭的是她的落款：即将成为豆腐渣的女人。作为同龄人，男女差别真有这么大吗，春节期间她回来福州探亲时我们还匆匆一见，感觉她风采依旧。

白天到单位上班时，还收到了一份真实可感的礼物，那是远在厦门的 Edelweiss 为我选购的一个单肩包。包虽不是很精致，但大方耐看，我挺喜欢的。Edelweiss 是我在师大读书时的同一届不同专业的同学，当时我们都在学生通讯社当记者，毕业后一直没有联系，直到去年冬天一个偶然的机会，才从她当年同宿舍的一个舍友那里得到了电话号码，然后，半个月前出差到厦门才难得一见，那天中午在厦门宾馆山顶上的餐厅，挑了一张紧靠着落地玻

璃窗的小餐桌，我们相对而坐。那时，窗外，阳光灼灼，一杯咖啡，一杯清茶，回首时那个白衣胜雪的年代却已是此去经年。

这个深夜，谁再陪我轻声吟唱罗大佑的《恋曲1990》，谁陪我无眠？

2011 年 8 月 19 日

生死契阔，与子成说

1

生死契阔，与子成说。

执子之手，与子偕老。

千百年来，《诗经》中的这两句诗句，不断地被文人骚客反复吟唱引用。因其诠释了中国人最为典型的"爱"的方式——含蓄而坚决，生死而不渝。

从青丝到白头，风雨相伴，待你如初，疼你入骨……

这两天，有一张照片感动了无数人。

一对耄耋老人，各自躺在病榻之上。

两双枯瘦的手，紧紧地握在一起。

他们的眼睛相互凝视着，整个房间的空气都仿佛因此而凝固了。

照片中的男主，92 岁的冯爷爷，因多器官衰竭，打算放弃治疗，出院回家。

就在儿女准备给老人办理出院手续时，冯爷爷忽然又不肯走了。

老人的眼里含着泪水，和女儿说了最后的愿望：

一个多月没见老太婆了，想见一面，拉一拉她的手。

原来，冯爷爷的老伴也在同一家医院。

冯爷爷住院前不久，冯奶奶因为股骨骨折，住进了骨科病房。她的一切生活起居都要依靠看护人员，连轮椅都坐不了。

老夫妻，一个在 3 楼的 ICU，一个在 14 楼。

楼上楼下，咫尺天涯。

在得知冯爷爷的心愿后，ICU 护士们的心被触动了。

虽然见惯了生离死别，但她们知道，对于两位老人来说，这很可能是他

们此生的最后一面。

经请示，最终医院决定，在不破坏规定的前提下，尽量为两位老人完成心愿。

当医院的看护人员推着冯奶奶的病床，走进电梯。

看着电梯上的数字从14慢慢向下，逐渐变成3，冯奶奶的眼睛开始湿润。

之后，她的病床被推进了冯爷爷所在的病房，两张床紧紧挨在了一起。

"我会照顾好自己的。等我好了，我就去找你……"见到老伴，冯奶奶说了很多话。

一旁的护士被这情景打动，于是拿出手机留住了这瞬间。

俗世中，人们常常慨叹：奈何爱情于我如浮尘，飘渺不可寻？

其实，古往今来，真正的浪漫，从来都不是满地的玫瑰花瓣，恰恰是那些无聊的、浪费时间的陪伴。

2

当快餐文化已然成为潮流之时，网络时代的爱情亦如方便面，即开即食。而那些我们以为永远不会忘记的事情，却就在我们念念不忘的过程里，被我们忘记了。

忘记了什么叫心甘情愿，忘记了什么叫无怨无悔。

然而，不论世事如何变迁，世间终究还是有一种力量震撼着我们的心。

在重庆江津南部与四面山相连的密林中，有一条六千多级的石梯由山脚沿着悬崖峭壁蜿蜒至山顶。这就是举世闻名的爱情天梯，它见证了一对农民恋人的旷世爱情。

五十多年前，江津中山古镇高滩村村民刘国江，和比他大十岁的寡妇徐朝清相爱，引来村民闲言碎语，他们携手私奔进海拔1500米的深山，从此远离现代文明。

他们互称"小伙子"和"老妈子"。

为让爱人能安全出行，"小伙子"一辈子都忙着在悬崖峭壁上凿石梯通向外界。

一凿就是半个世纪，凿烂了二十多根铁钎，从小伙子凿成老头子，愣是凿出了一条六千多级的爱情天梯。

一条用五十六年苦心经营的天路，一条六千多级的天梯，重新定义了爱情的浪漫。爱情不是闲云野鹤，而是在生活的悬崖峭壁上不停地开凿与融合。

两万个日月星辰，见证了当代日益稀缺的——经典爱情！

3

如同，一千个观众心中有一千个哈姆雷特。我想，大概一千个人对于恋爱与婚姻也有着一千种不同的理解。法国著名剧作家尚福尔曾经这样感慨：

"恋爱有趣如小说，婚姻无聊如历史。"

小说，总是充满了各种未知的可能性。而历史，无不了然在胸，一眼就可以望到底。美好的婚姻并无深奥的窍门，唯有将历史当作小说来探究。

陪伴，才是最长情的告白。

在美国加州的贝克斯菲尔德，有这么一对老夫妻——

男主叫唐，女主叫玛克辛。

他们两个在一个保龄球场相识……

过了几年他们结婚了。

随后的日子里，他们曾经环游世界。

在环游的旅途里，收养了两个孩子。

他们结婚六十二年来，所有事情都在一起。

包括，他们最后的，终结……

几年前玛克辛患上了癌症，唐整天在她身边陪伴她。

病症也控制得很好。

这一切直到有一天，唐从楼梯上摔下，摔坏了他的股骨。

家人们很快把他送到医院，但是他的身体状况急剧恶化。

就在这时，玛克辛的癌症也突然变得更严重了。

家人觉得，在他们生命的最后日子里，应该让两人在一起。

他们搬出了医院，搬进了家里的卧室，当两人重新回到一间房里的时候，

家人在唐的脸上看到了好久没看到的笑容。

一天早上，监控器警报响起，孙女下楼，发现奶奶玛克辛已经离开了人世。

孙女叫来医护人员，把奶奶推出了房间。

再走回房里看看爷爷的情况时，发现爷爷也停止了呼吸。

在奶奶离开房间的那一瞬间，爷爷也走了。

有人这样调侃婚姻：

如果说性别是大自然的一个最奇妙的发明，那么婚姻，则是人类最笨拙的一个发明，自从人类发明了这部机器，它就老是出毛病，使我们为调试它修理它而伤透脑筋。

相信，许多人结婚时都发誓要"至死不分离"，但很少有人能兑现这个承诺。

有多少婚姻——

抵得过流年，却经不起平淡；

赢得过时间，却受不住磨难。

2016 年 12 月 19 日

21号院的美好时光

谷雨刚过,一场淅淅沥沥的雨也悄然而至。"沾衣欲湿杏花雨,吹面不寒杨柳风",这个时节的雨自带几分轻柔曼妙。清晨的21号院,每一处的花草树木都宛然还沉睡在夜雨的节奏中,半梦半醒,任凭早起的鸟儿在枝头喧闹着。

晨昏交替,寒来暑往,二十多年的美好时光悄然过去。从我迈进这个院子的那天起,这样的闹春图,年复一年的在上演着。时光不老,而我却已从青丝到白头。古人说,人生如白驹过隙,诚不我欺也。

说起来,我能有机会成为省政协机关大院的一员可谓是机缘巧合。记得大概是1996年春末夏初的一个周末,我和女朋友也即现在的妻子前往华林路拜访一位朋友,路过省工业展览中心(现经贸大厦)门口时,看到里面的展厅人声鼎沸,走进里面看,有很多摊位,每个摊位前都竖着一张省直单位的牌子。原来,今天这里成了福建省首届考试录用党的机关工作者和国家公务员的现场报名点。

当时的我刚从福建师大毕业留校参加工作两年,是校长办公室的一名科员,负责校领导各种讲话稿的起草、校务会议的记录及纪要的整理。每周的校务会议,什么议题都有,甚至连某一座公厕改造要贴什么样的瓷砖都拿到这样的会议上来研究。所以,经常是一大摞的议题,一个上午开不完,吃完食堂送来的小笼包接着开。更让人糟心的是,那时候的高校教师住房普遍紧张,我和一位留在中文系任教的同乡合住在校内筒子楼的一间宿舍里,没有厨房,没有盥洗室,一层楼几十号人共用一个卫生间和洗衣池。

那时的记者职业,待遇好,还是人们眼中的无冕之王。大学毕业前夕,我曾委托同学,让他在某报社发行部任职的父亲把简历投给总编办,得到回复说,他们很想要我,遗憾的是因为师范生的身份,按照当时的政策,不能直接接收,得先在师范口就业,然后再改行。

那阵子,校部机关先后有四位同事离职去了行业报。我正想着要不要也

跳槽去报社，没想到碰上了首届公务员招考。更巧的是，在众多的"摆摊"者中我看到了一张熟悉的面孔——高中隔壁班同学、厦门大学中文系高材生林金章，此时的他是省政协办公厅人事处的一名干部。后来，当王菲的经典歌曲《传奇》满大街传唱的时候，我用其中的歌词和他开玩笑说"只是因为在人群中多看了你一眼，结果误打误撞成了你的同事"。

那时真是年轻啊！目标既定，就铆足了劲誓不罢休，两个月的暑假愣是闭门谢客、足不出户，一心只念"圣贤书"。如今，在我的办公室抽屉里，还保留着两张"福建省首届考试录用党的机关工作者和国家公务员准考证"。其中一张准考号是：00010175，考场设在福州三中，考试时间是 1996 年 8 月28-29 日；考试科目那真叫多，分别是：马克思主义哲学基本原理、建设有中国特色社会主义理论、社会主义市场经济、行政职业能力、法律、行政管理、公文写作与处理。这是公共科目的准考证，上面盖着省委组织部的钢印。另一张准考号是：0145179，考场设在屏东中学，考试时间是 1996 年 10 月 12日。这是专业科目的考试，上面盖的大红印章是"中共福建省委组织部考试录用专用章"。

在抽屉里，陪伴着准考证的还有一张泛黄的通知书。经过两轮笔试，终于盼来了面试通知。"黄国林同志：省政协机关公开考录工作人员面试时间定于 1996 年 11 月 7 日在省政协委员之家三层会议室（福州市五四路 21 号）举行。请您于当日上午 7：30 前到场，不得迟到，参加抽签，宣布考场纪律和有关注意事项。原定考生 11 月 5 日开会取清，特此通知。"落款是省政协办公厅人事处，时间为 1996 年 10 月 29 日。

多年后，作为当年面试工作人员的同事过丹虹还调侃我说，面试过程中我的双脚一直抖个不停，在一旁的她看得头都要晕了。这话虽有些夸张，可那真叫紧张啊！考官问了些啥，我是怎么回答的，如今我全然想不起来。开场白倒是记得很牢，因为我是报考同一岗位中最后一位出场的，我说：好酒沉瓮底。

有志者事竟成。经过两轮笔试，一轮面试，我最终以三轮第一的成绩得偿所愿，告别长安山，开启 21 号院的美好时光。

所有这些，历历在目，恍如昨日。然而，如同蔡琴在《油麻菜籽》中所唱，"才盼望你将我抱个满怀，日子就已荡呀荡的来到现在。"伴随着大院的花开花落，我迎来了娶妻升职，也送走了至爱双亲。不知不觉，这一壶曾经自以为的"好酒"已然有了些年头。

几天前，一位比我年长五六岁的大姐带着她上幼儿园的孙子到我家串门，打过招呼后，大姐让她孙子叫我"小爷爷"。我愣了一下，半天没回过神来。大姐是北方人，大大咧咧的，全然未察觉我的小心脏已快承压不住。我有这么老吗？不过，想想在乡下仅年长我两岁的兄长，几年前就已经当了外公，且再过一年，我就将跨入古人所说的知天命之年。内心也渐释然。

也许时光的起承转合，总是如此出其不意。有句话说，岁月不曾败美人。然，纵使是远在美国的演员陈冲，都不由自主地在日记中慨叹时光之刃的无情：有时它把你忘了，你也就把它忘了，甚至忘得干干净净。然后有一天，它好像突然想起，好久没去拜访这个人了。那天你会惊讶地发现，它在你不知晓时已经到来，你太大意了，忘了躲开。

躲是躲不开了，那就勇敢去直面吧。"知天命"不是听天由命、无所作为，而是谋事在人、成事在天，努力作为但不苛求结果。正如前些日子，在省政协机关微信群里，当我感叹"虽还有一颗文艺的心，却已不再青年"时，陆开锦秘书长所说的——让我们重回青年！

又想起几日前赴口腔医院的那次调研。结束回到机关时，收到了医院一位副院长发来的微信"还是你们那风水好，90 岁的主席都这么精神矍铄、思路清晰！羡慕。"她所说的主席是省政协原主席游德馨。早在 1948 年 3 月，游老就已加入中国共产党并参加工作，如今已是耄耋之年还夙夜在公，闲不下来。

这些日子里，忙着文明创建展陈馆脚本的事，忙着新成立的文心社的事，忙着护士节系列活动筹备事宜……漏夜走出大楼，抬头回望，还有几间办公室亮着灯光。温暖，明亮。我想起了一个词：岁月静好。

其实所谓的风水，无外乎也是人的行为。在一座大院里，有那么一群人，永葆一颗初心，砥砺前行，就会产生强大的磁场，就有好风水，"革命人永远是年轻"。我想，这才是最值得羡慕的。

2020 年 4 月 21 日

第三辑　凡人琐记

"基情"燃烧的岁月

一直到参加工作之后的一段时间里，我始终过的是"群居"生活。

从出生起，就生活在一个大家庭里，直到十二岁离开家门到县一中读书，整个中学生涯都是寄宿生活，从大统铺到双人铺、架子床，睡了个遍。

再后来，考上了大学，住在学生公寓，一套小小的套房，混居着中文、历史、美术三个系的二十来个学子。

记得刚收到大学录取通知书的时候，得知自己到校后是被安排住在学生公寓，而且县里已给每个人都垫付了四年总计九百六十元的住宿费，不禁沾沾自喜，全然不考虑县里出这钱是有条件的。

想象着在外国电影中曾见识过的那种宽敞明亮的大学公寓，以及发生在里面的种种浪漫故事，人还未入学先有了七分神往。

等我到了学校，才发现压根儿就不是那么回事。公寓是由学校周围的村庄集资盖起来的，和学校签了协议后，就租给我们住了。

所谓的公寓就是一套三房一厅一卫一厨带一阳台的居室。精打细算的万里村委会把厨房都改造成了寝室，一套房间里密密匝匝地挤了二十多号人。

除了客厅外，到处充斥着书桌、板凳，再加上三两个毛毛躁躁的人把东西乱丢，每当夜晚熄灯之后，经常都有"交通事故"发生。加之房屋的结构不好，夏天四处弥漫着男生们的汗酸味，冬天窗户一关，满地的臭袜子随时都足以熏倒一两个不期来访的女生。

阳台上一年四季挂满了晾晒的衣服，那颜色那式样和女生们那些领导潮流的衣裙裤袜自是不可同日而语；雨季来临的时候，就连客厅都是层层叠叠的万国旗帜，空气中氤氲着一股挥之不散的霉气。

那个集盥洗和拉撒于一体的小卫生间，只有一个蹲位，连沐浴喷头都没有，常年都人气爆棚。冬天还好，夏天的福州跟火炉似的，那个年代电风扇都是奢侈品，更不用说空调了。

最好的办法就是，冲凉！可是只有一个盥洗室啊，怎么办？没关系啊，反正大家身上的"零件"都一个样，你有我有全都有啊！

于是 hold 不住燥热的时候，就只能"同洗同洗"了，那可真的是"基情"燃烧啊！

吃喝拉撒睡，有吃喝就必有拉撒。这问题还真是不好办，特别是每天早上临上课前半个小时，总会有内急的人在那边求着旁人把脸盆都搬到客厅去，把空间让给他解决十万火急；最火爆的场景是，卫生间里的人在那边一心一意"练功"之时，门外又有人提着裤子在那边拼命地擂着门板，"你快点行不行?!"

四个房间里，每个房间的氛围各不相同，我所在的房间是最闹腾的。八个人闽西来的占了五个，闽南一个，闽北一个，闽东一个。本以为人多力量大，像打扫宿舍日常卫生这样的工作不过是小菜一碟，入学不久，我们还自得地在门上贴出一副对联：室雅何须大，心安就是家。横批：都是高人。

可是好日子并没有持续太长时间，渐渐地规规矩矩做好值日工作的就一直是那么几个人。没办法，室长只好召集大家"民主协商"，居然有个睡上铺的家伙提议，"睡上铺的打扫天花板，睡下铺的打扫地板"，下铺的同志们立马做出强烈反应：那也可以，以后睡上铺的走天花板，睡下铺的走地板！协商会因此不了了之。

由于公寓不在校园内，辅导员极少光顾。关起门来，一个套房俨然就是一个世外桃源，加上专业不一样，课程不一样，作息不一样，生活习惯不一样，因此套房里一天二十四小时总有人醒着也总有人睡着。每天例行的卧谈会焦点虽千变万化，但爱情是永恒的主题。

楼下的小路是通往学校的捷径，每天临熄灯前我们都要看一看风景，然后发一通评论。路灯下，你看：有人正在抓紧最后一点时间增进感情，有人正浑然忘我地进行最后一次亲密接触，有人正在轻声地背诵各种最新版本的山盟海誓。

月亮爬上了树梢，有人被种种亲昵的场面刺激得睡不了觉，在难得冷清下来的卫生间里冲澡，一边还扯开了嗓门高声唱：春天的花开，秋天的风以及冬天的落阳。忧郁的青春，年少的我，曾经无知地这么想……

《福州晚报》2001 年 3 月 23 日

便宜有好货

朋友说：看完央视的"3·15"晚会，整个人都不好了！

每年的"3·15"都那么让人不省心！

在我看来，一年一度的"3·15"晚会更像是一所未达标学校的家长会，虽然学校也立了很多校规校矩，但那都是挂在墙上的，摆花架子的，中看不中用。

于是，不受约束的孩子越来越多，每次的家长会总有层出不穷的"坏孩子"被拉出来"示众"。

有人感叹世风日下，有人感叹人心不古。而我则不由怀念起我的大学时代，怀念那个能简单购物，那个还没有"3·15"晚会，便宜也有好货的年代。

1990 年夏天，当我考上大学第一次来到省城的时候，那个感觉真有点像高晓声笔下的陈奂生，花花的世界那个美呀。

然而，对于一个口袋里仅揣着学费和生活费的乡下孩子来说，每个月的开支都得精打细算，大都市的种种美好事物基本上属于"可远观，而不可亵玩焉"。

因而，和大多数从农村来的舍友一样，从一开始我的小日子就过得紧巴巴的。然而清贫和窘迫的生活并不一定就是乏味，清贫的日子有清贫的过法。

所谓"物以类聚，人以群分"。渐渐地，我们这些从农村来的孩子就摸索出了一些如何在都市里"适者生存"的新鲜又实用的经验，有了我们自己的类似于"21 条军规"的生存法则。其中，最实惠的一条就是：只买对的，不买贵的！这很像后来某个非常有名的洗涤用品打的广告，真后悔当初怎么没去注册。

那时候，我们一伙同学经常在周末轮流"上岗"。花上一毛钱在师大门口搭乘 20 路车，到了解放大桥站就下，然后从台江广场沿着中亭街一路扫荡过

去，直到八一七中路，止于东街口。为的就是寻找时不时可能会出现的大降价、大甩卖！

要是真的碰到了自己所需的生活用品，折扣又打得低的，那简直跟白捡了几十斤猪肉一样，比过节还要高兴。于是出来探营的人就近找公用电话挂回学生公寓通风报信，号令之下，大家便都蜂拥出来，竞相捞些便宜货回去。

那时候的福州城似乎到处都在拆迁。拆得好啊！我等穷学生就盼着天天有商场七拆八拆，好让我们去捞些七折八折的便宜货，一个字：爽！

现在还记得，当时的东街口附近有家西裤行。远远地就听到扩音器里播放着一个男中音的叫卖声："走过路过千万不要错过！"店堂里，到处挂着内容相似的大牌子，其核心意思就一个：拆迁在即，三折大甩卖，最后十天。

三折！这不说是千载难逢，至少也是机会难得。于是，一看，二摸，三试，OK，过！也不懂是由谁带的头，我们每个人都超出预算兴冲冲各买了两条回来！

在当时，买服装的开支算是大笔开支。因而，超预算的结果就是，到了月末，差点喝西北风。有同学用不太标准的普通话开玩笑说，西北风，连北风都得喝"稀"的，够狼狈！可是心里却是乐颠颠的，还是觉得赚了。

有意思的是，此后好几年，经过东街口，那家店一直还在，扩音器里经年累月还是那个浑厚的男中音，店门口的牌子上依然是"拆迁在即，最后十天"。要严格来说，那西裤行应该也算是个"不太乖的孩子"，我们都被"骗"了。

不过，那西裤质量还真是好，直到参加工作后，我当初买的那两条裤子才"退休"，算是便宜也有好货。

《福州晚报》2000 年 8 月 25 日

骑着"老爷"逛福州

　　我那辆破自行车，几个哥们每见到都说，"快把你这老爷车扔了，换辆新的吧。"我不置可否，心里却有数。干吗要扔呢？旧是旧了点，但自己用着称心，别人看了不动心，搁在哪儿都放心，你说上哪去找这么难得的"三心"牌？在这丢自行车已成家常便饭的城市里，其实这样的老爷车才是奇货可居呢。而且，在闲暇时让"老爷"驮着我四处溜达，天马行空，是再惬意不过的事情了。

　　选择一个周末，天气晴好的日子，骑着嘎吱叫唤的老爷车逛福州城，是令我最感刺激的双休活动。宿舍坐落在仓山，属城乡接合部又是学区，周末进城的人自然就要多得多。起大早来以为自己挺麻利的了，赶到师大门口的20路车站一看，方晓得已落后了。我倒是无所谓，猛踩老爷车从排着长龙的队伍前几乎是呼啸而过，回头见翘首以待的人们投来羡煞的目光，感觉特棒特刺激。单车虽破，想想它伴我度过的种种良辰美景，此时愈发显得珍贵。

　　骑出百十米远，身后一声高音喇叭响起，晓得是20路车屁颠屁颠地赶上来了。尚未进入市区因而它响起喇叭来显得有恃无恐，等到它毫不客气地赶到我前面去了，我才想和它"争鸣"一番，车铃却不响。说时迟那时快，已上了坡顶。骑车冲坡也是挺刺激的，浩浩乎如御风而行不知其所止，自是惬意。倘若在春夏之季，车过仓前，草长莺飞，清香扑鼻，更是令人心旷神怡。

　　踩着车子继续前行再前行，过了解放大桥又是别番风景了。记得有首歌唱道：别挤啦！此时的感慨便是如此。一路人流滚滚，一路车水马龙。虽比不过上海南京路、北京王府井，但人在台江、在八一七南路，所到之处尽是"市列珠玑，户盈罗绮"的景象，不禁要让人学着柳永的样子叹声"三吴都会，钱塘自古繁华"。所苦的是车行于其中不得不放慢速度，大车小车自行车概莫例外，都市之能磨练人的耐性之奥秘原来却在于此。

　　中亭、茶亭、先施、华都一一逛过，不觉已是饥肠辘辘了，急惊风偏遇

慢郎中,自行车链条偏在此刻不合时宜地断了。也难怪,从师兄手上转手过来时,它就有"病秧子"了,再加上我大学四年,它也够风烛残年的了。于是只好手扶"老爷"踟蹰前行,甚幸的是没走出几步远一家简易的修车铺就赫然出现在眼前。

把车放给小师傅,就近买了块面包即往嘴里塞。晌午的阳光善解人意地洒在身上,暖洋洋的。举目四望,今日的福州城满是高楼大厦,鳞次栉比,已颇具大都会的样子。天上飘忽而过的白云在玻璃大厦里倒映流动,目不暇接之际令人难分哪是天上哪是人间。

出了五一公园又拐上八一七中路,繁华益甚,车行益慢,此时却乐得推着车子一溜逛过,沿街饭馆店堂或雅或俗相对而出,肚子虽饱,心却是无法不动了。心动不如行动,聚春园的"佛跳墙"固然不是今日之我吃得起的,塔巷鱼丸店却是一定要光顾的。记得儿时在放牧的山坡上,有时嘴馋什么都吃,金榛子啦、黑狗螺啦总是塞得满嘴。在省城折腾了几年,儿提时的"恶习"依然如故。这样一路吃一路逛,看福州日新月异的变化,心情是难得的好,几乎忘了时辰。俄尔,夕阳在山了,不知不觉已在城北,才想起该返回学校了,两条腿却越来越沉重,不甚听从使唤。"路漫漫其修远兮",想必回到宿舍定已是华灯初上时分了,这也是够刺激的。

《福州晚报》1996 年 6 月 7 日

放　风

　　直到最后一次搬家，我的书桌上一直压着一张老照片。照片上的我，戴着红色的太阳帽和地摊上淘的墨镜，双手叉腰，皮肤黝黑黝黑的。这是一张在厦门海堤上拍的照片。当时，厦门大桥才建成，尚未通车，海堤还是出入厦门的唯一陆上通道。

　　那是 1991 年的初夏，大一下学期。根据教学安排，有差不多近一个星期的社会实践课程。在我们看来，所谓的社会实践，其实就跟"放风"差不多。

　　虽然系里明确告诉大家，社会实践的范围仅限于福州市区，但我们还是蠢蠢欲动，私底下谋划着来一次"越界行动"。很快，我和宿舍的同学们就达成了一致的意见，从福州骑自行车去厦门！

　　这样的一次穿行，在今天看来没有什么了不起，但在那个时候，对于我们这些仅入学还不到一年的大学生们来讲，堪称是一次"壮举"。当时的福厦路正在改造之中，路况极差，不到三百公里的路程，长途汽车有时都要走上十来个小时，更不用说是骑自行车了。

　　但我们主意已定，年轻的心十头牛也拉不回来了！于是大家分头准备。我们的自行车要么是从前辈师兄那里廉价转手来的，要么是从老乡手上"继承"下来的，车况都不怎么样，该修的修，该补的补。

　　盼望着，等待着。系领导终于把社会实践时间敲定下来，就在运动会之后。真是天助我也！趁着运动会，一宿舍的人轮番装病，到校医院去把在路途上可能用得上的药，什么"藿香正气水"啦，什么"正露丸"啦，都给备齐了。

　　因为担心系领导知情后会干涉，坏了我们的好事。我们的保密工作做得很好，直到运动会的最后一天，消息才被有意放了出去。班上同学知道后，在为我们的行动捏一把汗的同时，更多的是羡慕。运动会的庆功宴同时也成了为我们壮行的酒会。

第二天一大早，我们就出发了，为了便于识别，每个人都戴上一顶红色的太阳帽，八顶红色太阳帽组成的自行车队成为福厦路上一道流动的风景。

看上去挺美，实际上并不美！由于体力和车况的差异，骑不出二十公里，队伍就慢慢拉长、分散了。过一段时间，骑在前头的就要停下来等待后面的赶上。加上天气炎热，半天下来才骑出约五十公里，到了福清宏路，我们就在路边小店用餐。

为了预防中暑，我们每个人在饭前都强制喝下两小瓶的正气水，刹那间，正气水那呛人的味道弥漫在店铺小小的空间里。

简单吃完饭，稍事休息，顶着烈日，又出发了。每个人都向老板要了开水，装满自己的水壶。在炎炎烈日下，水的消耗最快，到后来不得不经常停下来，向路边的老乡要水，有时候甚至就着自来水龙头猛灌一通。

一路上车来车往，有的路段正在拓宽，大小车辆过处，尘土飞扬，有的路段坑坑洼洼，我们还要下车牵行。傍晚的时候，到了莆田城厢区，再往前将是一段人烟较为稀少的区域，于是我们决定就在这里吃过晚饭，然后趁着太阳下山后的凉爽，再继续骑行。直到天完全黑了下来，来往的车打着大灯刺眼地照着我们，看不清道路，我们才在仙游境内的一片枇杷林边停下来。

出发前，我们每个人都备了一件雨衣。把雨衣铺在枇杷林间的空地上，真正的是幕天席地。我们躺在枇杷林里，谈笑风生，一点也无惧蚊虫蛇蝇的侵扰。只是后来回忆起来的时候，才感到有点后怕。伴着头顶上的满天星，和一天的劳顿，我们渐次进入了梦乡。

醒来的时候，天才蒙蒙亮，是被丝丝的细雨给淋醒的。翻身起来，直接就把雨衣披在了身上，揉一揉还略带惺忪的睡眼又出发了。到了惠安县城，街上已经是人头攒动。不时可见一两个衣着独特的惠安女从我们的车旁闪过。

过了惠安，离泉州就不远了，大家的心情都有些激动，我们的下一站是泉州师专，那里大家都有三两个中学同学。而我的老家安溪是泉州所辖县，同学就更多了。

限于当时的通讯条件，我们并没有提前把消息告诉给在泉州的同学。抵达泉州师专的时候，正是午睡的时间，当我掀开高中同宿舍下铺同学的蚊帐时，着实把他吓了一大跳！

那是一个多么开心的午后啊，我们回忆曾经的高中生涯，畅谈新鲜的大学生活，慷慨激昂，意气风发。短短的三个小时，如沐春风。

带着昔日同学一路顺风的祝福，我们再次上路。这天晚上我们是在晋江一个工地的青石条上入睡的。当我们再次醒来，我们此次行程已经进入了最后的冲刺阶段，虽然还有几十公里的路程，加上两天的骑行后，每个人都已经有些疲倦。但激情却是依旧，厦门就在眼前！

当我们的自行车骑上厦门海堤的时候，面朝大海，我们高声欢呼，厦门我们来了，特区我们来了！按下快门，让青春定格，让时间定格，让这一刻成为永恒！于是就有了文章开头说的那张照片。

几天后，当我们回到福州，才知道我们在路上的几天正是百年未遇的高温天气，最高值达到 39 摄氏度。

我的老天，我们居然能一个个完好无缺回到福州！

2017 年 2 月 16 日

东哥减肥

记得读大学时，隔壁班有位远近闻名的胖子东哥，是属于那种喝凉水都会长膘的主儿。某日，有人拍着他的肚子开玩笑，说："东哥！你爸到底是不是乡长？"搞得憨厚的东哥百口莫辩。

于是，东哥决定减肥。有人给他出了个馊主意，说是跑楼梯最有效果了。于是，每天大清早，东哥就趿着一双拖鞋挺着一百六十来斤的肥肉在男生宿舍楼里上上下下来回招摇，愣是把楼梯踩得叮咚作响。不久，有人就开始抗议了，"东哥，你还让不让我们睡觉呀，减肥干吗不上健身中心去？"

东哥一边回应着，"操，学校每月几十块钱的津贴还不够我吃饭呢，上个屁中心！"一边继续跑他的楼梯。

最要命的是，那阵子郑智化的歌一首接着一首地流行，东哥跑楼梯跑得来劲时，还要扯开破锣般的嗓门感同身受地吼上几句，时而是"我的口袋有三十三块……"，时而是"我没有钱，我不要脸……"那帮嗜睡的哥们能奈他何！这样坚持了足足半月有余，某日清早，东哥正在宿舍里做着准备动作，一伙人探头探脑地过来，二话不说就递给他一张小卡片，东哥一看，嘿，乖乖，是健身中心的月票！这可要大几十块钱呢，东哥还在发愣之时，一伙人却早已作鸟兽散，生怕东哥不肯就范似的。就这样，东哥减肥居然减出了一笔小"横财"，一时成为笑谈。

如此，男生宿舍楼的清晨才又恢复了往日的清静。有人说曾在路过健身中心边上的澡堂时听到东哥依然故我地吼着郑智化的歌，只是这回他吼的是"假如我是孩子的爸，那你就是孩子的妈！"

比较可靠的消息来源是，东哥在健身中心邂逅了物理系的"沈殿霞"，于是双双擦出了爱情的火花。

《福州晚报》2000 年 9 月 22 日

土龙学车记

就考驾照这件事来说，土龙在我们同学中可算是"先驱"。记得那些日子，我们正想逮个机会好好地怼他一顿，问他为啥好长一阵子不来和我们一起操练80分，害得我们老是三缺一。没想到他自己倒有胆子露出脸来了，而且手里拿着个本本向我们招摇，说他考了驾照！

靠，我们差点跌破眼镜。要知道，在这之前他可是连自行车都不会骑的，居然，就这样驾照了！真是不鸣则已，一鸣惊人啊。

读大学那阵子，土龙不会骑自行车是我们中文系男生的一绝，每当班上组织活动，一说要到野外去郊游，土龙就一个头两个大，总是忙不迭地求人家要捎上他。

"这下倒好，当了半辈子的孙子翻身成大爷了！"甲同学老大的不服气。

"天下竟有这种事，小学都没毕业，却愣是让他混了个博士学位回来！"乙同学愤愤然。

最气人的是，土龙还引经据典地教训我们：知道吗，人家说面向21世纪的新型人才有三项本领是必备的——外语、电脑、开车。看他那样子俨然一副奥运会全能冠军的鸟样！难怪毛主席他老人家要说，"三天不学习，赶不上刘少奇"！真是此一时彼一时啊。

那天，土龙很自豪地在我们面前亮了亮驾照，然后对着本本吹了口"仙气"，说是以后可以自己开着奔驰和女友去兜风了。看他那飘飘然的样子，真有点像是从一台眼看就要被淘汰了的286一下子就直接升级到了奔腾3的感觉。女友？他的女友在哪个丈母娘的肚子里还不晓得呢！再说了，谁不晓得他是"月光一族"啊，就他那点积蓄能够搬回两个奔驰的轮胎回来就算不错了。

大概是他自己也觉得这个说法不够严谨，马上又检讨说，当然，这种重色轻友的念头要不得，还是载着咱大家伙周游全国更痛快些。

虽然还是吹牛，我们倒也没话说了。

拿了本驾照回来，土龙时时都有股跃跃欲试的冲动，开口闭口都是一串串有点儿专业的术语，有时我们不耐烦了就和他开玩笑说："以后轮到我们去学车时，理论课都可以申请免修了。"

最有意思的是，以前打牌的时候，谁出牌慢了，他总要不耐烦地用手去敲桌子，学车后他就改为用大拇指猛摁桌面，八成他是把桌面当作汽车喇叭来操作了。就凭这一点，我们揣测，他做梦时应该也是手握方向盘的姿势，真是专心致志啊。

《福州晚报》2000 年 12 月 1 日

小葛"报仇"

自打几天前，警方让小葛去指认去年夏天在公园里扎他屁股的嫌犯后，小葛就一直处于亢奋状态，逢人便说天网恢恢这句话一点都不假。看他那情状，俨然全国统一部署的"打黑除恶"行动都是冲着为他的小屁股伸冤而来的。

冤有头，债有主。这下小葛不用再整天以一副苦大仇深的苦瓜脸示人了，我们也都跟着松了一口气。

小葛和我同龄，刚届而立之年。和我不同的是，我多年前就被"套牢"了，小葛直到去年夏天之前还是个很吃香的金牌王老五。起先他也曾立下鸿鹄之志，说坚决要做同龄人中最后一个处男，要做个跨世纪的"处"级干部。对于婚烟大事，他一点都不犯愁，"男人三十一枝花"便是他的座右铭。可是历史在去年夏天被改写了，我们的小葛居然一不小心就动了凡心，而且不可抑制地坠入情网。那些天小葛上班就盼着下班，好陪着他的女友逛商场、压马路、上公园拔草。这回他是决心要在世纪末炮制出场浪漫的、别开生面的恋爱来。

小葛的屁股就是在这时候"壮烈"的。事发那天傍晚，小葛约好了女友在城南的公园见面。城南的公园名声不太好，发生过几起抢劫案，小葛也是知道的，但他以为凭着他的块头，还是有点威慑力的。当那伙歹徒要抢夺他腰间的摩托罗拉 V988 时，他也确实奋起反抗了，结局就是屁股挨了两刀！

我现在还记得，从医院探视回来，跟小葛同个办公室的老凯脸露菜色。他怎么也不相信小葛的屁股——下班之前还被他狠命地拍了一掌的很有弹性的屁股，转眼就成了马蜂窝。"唉，又一桩无头公案！"老凯重重地叹了口气。这下好了，"严打"刚开始，那伙歹徒就落网了，一五一十地供出他们所犯下的所有案子。从公安局出来，小葛满脸春风，他告诉我，趁着民警没注意的时侯，他踹了那个为主的一脚。呵，小葛终于报仇了。

这天下班后，我像往常一样，踱到家门口的报摊想买一份当天的晚报。卖报的依姆老远就对着我摇头，"早没了，全被小葛买走啦！"一问才知道报纸登了抓获那伙歹徒的纪实新闻，小葛说他要把这报纸给单位的同事每人送一份。我说我要检举他，这是恶意收购。小葛在电话那端讪笑不已。

《海峡都市报》2001 年 5 月 1 日

我的"豪宅"梦

大学毕业后，前前后后搬了好几次家，先是在仓山住了几年，后来又搬到农林大学边上的一所中专学校做了家属。总之是离市中心越来越远了。

每搬一次家，发现上门来玩的朋友就一次比一次少，恍然中才明白原来大家经常挂在嘴上的"郊区好啊，绿化好，空气又好"敢情都是安慰我的。虽然我还不至于心理灰暗到觉得住到环线之外就是被这个城市给抛弃了，但终究想的还是要在市中心拥有一份物业，要逃离郊区。

我不知道人一辈子要做多少次决定，而这些决定中又有多少次是在头脑发热的情况下做出的。记得去年初，当我把准备在市中心临近乌山小学和儿童学园的地方购置一套价格不菲的房产的想法和朋友们说时，气氛顿时有点凝固，从大家看我的眼神中我反反复复读到的就四个字：头脑发热。

想想也是，按我目前的工资，买一套几十万元的房子是有点儿够呛！然而开发商对那物业的种种溢美之辞，以及我本人对那一地段的偏好之情，早就淹没了我的理智之堤。终于还是咬咬牙，就这样定了！没有压力就没有动力嘛。再说，古书上也并不缺乏置之死地而后生的事例呀，况且目前我的处境尚不算落魄……在签合约时，我就这样遍寻种种理由来为自己鼓劲，真有一点风萧萧兮易水寒，壮士一去兮不复还的气概。

交了首期付款，签完《商品房预售合同》和《个人（住房按揭）借款合同》，心情倒放松了。约上一个朋友在一家饭馆吃饭。吃完饭后，他争着和我买单，理由很简单："即使你老婆不买裙子，这一餐饭也要吃掉你们新房子的好几块砖头的。"听他这样一说，我不禁哑然失笑，没想到这么快就有人替我心疼钱了。呵呵，如果人人都像他这样，我最好要在报上登个公告，让所有认识我的人都知道，我要供楼了！从此省下饭钱来。

该省的已省了，剩下要做的事情就两个字：赚钱！单位里拿的那份薪水，在短期内是不可能上一个台阶的。要不炒股吧，可是仅有的一点钱分明已统

统付了首期房款。想去夜市里摆个摊子吧，脸皮又拉不下。去偷去抢吧，我还没有到活得不耐烦那地步。到底干些啥好呢？正在发愁时，网上的一条新闻又把我撩拨得不知天高地厚起来。

新闻说的是目前国内身价上百万的作家不在少数，而且大多不是日积月累，而是靠一两部长篇作品暴富。比如写《雍正皇帝》的二月河，比如写了很多畅销书的王朔……名单颇长。达则名扬天下，富则收入百万，这想法似乎还不错，看来我要"端正"自己的写作态度了，基本的标准是瞄准人民群众的喜好，掏报社老总的腰包。然而要命的是，我胸中的那点墨水实在是太有限了，出不了生产力！

唉，看来等不及逃离郊区，我的脑细胞就先要死掉一大批，真是天见犹怜。

《海峡都市报》2001 年 5 月 15 日

首席男保姆

在办公室正忙着，放在桌面上的手机振动了两下。短信，一个小老乡发过来的——

"与你喜悦分享：我做父亲了，生了个男孩……"

我立马回了一条短信过去，就三个字：恭喜啊！

其实，我心里是这么寻思的：呵，当父亲了很开心是吗，很快你会发现其实是当孙子！学做保姆先！

记不清哪位高人说过这样一句名言："诗人不宜做丈夫。一结婚，诗意就没了。哲学家不宜做父亲。儿女生下来，哲学就死了。"

所幸的是，我不是个诗人，所以一到法定结婚年龄我就顺利结婚了。所不幸的是，在我还来不及成为哲学家之前，我的宝贝就要降生了。所以，这辈子我注定只能当个凡人。

既然是个凡人，日子难免就过得比较俗比较烦。

妻子是一名英语老师，怀孕不久，就迫不及待地给我下了第一道口谕，在家里没有请保姆前任命我为"首席男保姆"。她满怀十分的优越感对我说："咱们的宝贝虽还没降生，我可是已经带着她上了一个学期的英语课，劳苦功高呢——"还拖着长长的尾音，看她那神情，就好像日后我们的宝贝一生下来就会开口说"How are you"？

那阵子，市面上很流行称自己为首席×××，但被称为首席男保姆显然不太好听，我就把它简化为"首席男姆"，这样听起来有点像是"首席男模"，至少干起家务活来也觉得阳刚一点帅气一点。

给宝贝打工的日子，繁又杂，忙而乱，有时难免会开点小差，后悔当初没有当诗人的决心。妻子的高明之处就在于经常会拿些看似无心的话来瓦解我仅存的一点斗志，让我"俯首甘为孺子牛"。那天她翻出我以前发表的几首小诗来边看边叹：啧啧啧，就这也叫诗呀，人家说平庸的哲学家太多了，我

117

看滥情的诗人也不少嘛，就是杰出的父亲太少了！

说实话，那几首小诗我自己都觉得寒碜。当下发誓：宁可当个平庸的父亲，也不妄想做杰出的诗人！我的天，连退路都没了。

那些日子，我这首席男保姆侍候得越好，妻子的肚子也越发大得明显，随之而来的就是食量的剧增。妻子一边十分怜爱地抚着肚子，一边自豪地说："两个人咧——"，尾音拖得出奇的长。我还得继续奋发图强！

俗话说，巧妇难为无米之炊，更何况我本来就不是个巧妇。某日，我正在厨房对着一堆丈母娘从老家菜园子弄来的丝瓜和苦瓜发愁，不知该整出些啥花样才好。妻子一边和肚子里的宝贝共享着胎教音乐，一边又抚摸着肚子走到近前若有所思地问我，"你看，我们该给孩子起个什么名字好呢？"也不知道哪根筋接错了，我双手拨弄着这瓜那瓜的，说："好办，都说种瓜得瓜，种豆得豆。我不是姓黄吗？要是生个儿子就叫黄瓜，生个女儿就叫黄豆，好记又上口。"妻子差点没把我的鼻子当场拧成黄瓜。

也就在那一下，我的灵感来了，决定自创一道名菜——苦瓜炒丝瓜，并美其名曰：苦苦相丝（思）。既苦又甜，说的就是我这个首席男保姆的感觉。

《福州晚报》2000 年 8 月 11 日

不要轻易钉下钉子

看着妻子日渐隆起的肚子，几个月来我都被一种无比的幸福与自豪感包围着。妻子时不时报以会心的微笑，我也快乐着。在某个周末的午后，与妻携手漫步在江边，静看夕阳西下，是一种无言的温馨与和谐。

在我刚结婚的头几个月里，也许是尚不适应这种面对面再也没有了隐私的生活或是其他别的原因，我和妻子之间时不时会有一些小磨擦，有时严重了甚至会引发出一场莫名其妙的"战争"。曾有一度我甚至开始怀疑当初的决定是否错了，为什么两个人在一起过日子的感觉和原先所设想的会有那么大的迥异。虽然每次争吵的结果都是以我最后的求和而告终，但我却知道这种暂时得来的和平并不是我真正想要的，这种无谓的争吵更不是我所愿。

日子就这样没滋没味地过着，如果这种"战争"仅局限于二人世界那也罢了，事实上很多事情都是和人们的意愿背道而驰的。有一天，现在我也忘了当时争吵的起因，只记得那一阵子丈母娘住在我家，那天她正好外出了。就在丈母娘出门不久后，我和妻子之间又爆发了一场"战争"，不晓得过了多久，随着"战争"的不断升级，我气得一挥手猛地就把桌面上的一个瓷器摔到了地板，恰在这时丈母娘又推门而入，于是一切终于浮出水面。

那一夜，丈母娘苦口婆心地和我们谈了很多，但在我当时看来，那都是向着她的宝贝女儿的，反正我是听不进去。丈母娘最后也被我气急了，第二天一早就打点行李住到她大女儿家去了，再不理我。

这就是当时的我。其实我知道我是有点牛脾气的，就是老改不了。凡事一旦我认定了一个死理，便不妥协相让，爱钻牛角尖，这时你要是胆敢惹我，我准跟你急，急得过头了，难免就会伤人。

还好，我并不是一个不讲道理的人，在心平气和之后，终于鼓起勇气向丈母娘和妻子道了歉。丈母娘倒没跟我计较什么，只是淡淡地叹了口气说："你啊，其他什么都好，要说坏呢也就坏在你的脾气上！"。

当时我内心也有些焦灼，是啊，还想在一起过一辈子呢，如今才过几个月，这样子下去还了得。当初不明白为啥发脾气，在气头上说的一两句伤人的话也会产生严重的后果。直至近日在一本杂志上看到一则小故事，觉得十分耐人寻味，反复寻思，终于有了醍醐灌顶般的大彻大悟。

故事里说有一个男孩脾气很坏，于是他的父亲就给了他一袋钉子，并且告诉他，每当他发脾气的时候就钉一根钉子在后院的围篱上。第一天，这个男孩钉下了37根钉子，以后日渐减少。他发觉控制自己的脾气要比钉下那些钉子来得容易些。终于有一天这个男孩再也不会失去耐性，乱发脾气。所有这些父亲都看在眼里，并告诉他，以后每当你能控制自己的脾气时，就拔出一根钉子。一天天过去了，最后男孩告诉他的父亲，终于把所有的钉子都拔出来了。父亲握着他的手来到后院说："你做得很好，我的孩子，但是看看那些围篱上的洞。这些围篱将永远不能恢复到原来的样子。你生气的时候说的话将像这些钉子一样留下疤痕。就如你拿刀子捅别人一刀，不管你说了多少次对不起，那个伤口将永远存在。"

是啊，话语的伤痛就像真实的伤痛一样令人无法承受。多少回唇枪舌剑之后换来的都是双方的身心疲惫，也就是在那次最为激烈的"战斗"平息之后，妻子告诉我，当时真是伤透了心，我要是再不醒悟，她甚至已经做了最坏的打算。因为，每次争吵，每次为图一时口舌之快的恶语相向，都像一把利剑，直穿人心。

夜已深，妻已熟睡，抚摸着她那日渐隆起的肚子，光滑细腻。真想告诉每一位脾气不好的朋友，请爱护好围篱的光滑平整，不要轻易去钉下那些钉子。

《福州晚报》2000 年 7 月 21 日

长大后，我就成了爹

　　小时候因为淘气的缘故，我的小屁股不时要接受各种"洗礼"。那时候父母打人的工具可谓种类繁多，我最怕的是扫帚上抽下的小竹枝。细细的，打了不会伤到骨头，但是巨痛。

　　小学临近毕业，强化作文训练的某天，语文老师让我们写一篇题为《长大后我要当××》的作文。同学们有想当科学家的、有要当公安的、有要做医生的……而我却有一个朴素而真实的想法，长大后我就要当爹！

　　那时候，正沉迷于《杨家将》，我梦想着一旦当了爹，就像杨继业那样生一大窝的儿子，黄一郎，黄二郎，黄三郎……手痒了就逮一个过来打屁股，噼噼啪啪，像放鞭炮一样，过瘾！

　　结局不用说也可以想象得出。三天后，老师就告到了我家，可怜我细皮嫩肉的小屁股又一次惨遭"毒手"。我的美好愿景就这样无情地被"浇灭"了。

　　就像那个著名的女歌唱家唱的"长大后我就成了你"一样，儿时的记忆还深深地留在脑海里恍如昨日，然而一晃就到了而立之年。

　　婚也结了，工作也相对安定了，夫妻间该说的话似乎也都说完了，家里的老人也催得紧，于是水到渠成地我就当了爹。

　　妻子分娩那天，我老老实实地守在产房外，丝毫不敢造次，生怕错过和我儿子或是女儿的历史性会晤。在历经十多个小时的煎熬，妻子的小腹被划拉一刀后，手术室的门终于打开，一个护士怀抱着婴儿走出，例行公事地说了声："是个儿子。"

　　儿子！我表面上不动声色，内心其实不亚于法国队捧了世界杯。左看右看、上看下看，在确定儿子没有任何"鬼斧神工"的异端后，我便迫不及待地拨通了老家的电话。那一头，我老爹一听我生了个儿子，一连从嘴里蹦出三个字：好！好！好！我这才明白，原来他平常挂在嘴边的男女一个样也只是

个假象而已。

在医院待了七天，因为有医生和护士的照料，我和儿子之间倒也相安无事。可是出院后，境况就不一样了。

作为一家之主，全没经验的我整天忙得像个陀螺，屋里屋外团团转。更让我愤愤不平的是，有一阵，儿子铆足了劲啼哭个不停，丈母娘不知从哪弄来"偏方"，非让我去亲儿子的小屁股三下不可。天哪，这样的偏方都有，居然！

最头痛的还是给儿子取名。儿子出生前不久，有一个林姓同学生了个胖娃，我逗他说，我看你儿子八成跟你一样"五行缺德"，就叫"林德"好了。他倒不恼，反而一乐，好啊，还是名牌叉车呢。这下子，轮到我那帮损友来跟我起哄了。有人说，叫四个字不会重名，就"黄道吉日"吧，好记又特别。那个说了，还是"黄恩浩荡"霸气。有说，干脆就叫"黄鹤楼"算了。更别出心裁的还是，"黄. COM"。

我跟他们说，请人看了，五行缺火，要起个有火偏旁的。这也难不倒他们，"黄不烦""黄火炮""黄火安全"……

我心里却另有主意，这名字一定要显出点儿阳刚之气，不要像读大学时，年级里那几个"鹤立鸡群"的男生一样。记得有回上哲学课，老师连着提问了几个男生后，说女生也来回答吧，于是看着花名册，就叫了个"郑昭红"，大家哄堂大笑，原来是个小男生。老师不气馁，又叫"林郁香"，好家伙，块头比老师还大。为给儿子取个好名字，我从《易经》到《诗经》，从《辞海》到大学校友录，翻了个遍。

唉！长大后我就成了爹，可我觉得更像是在当孙子。

《东南快报》2000 年 11 月 4 日

做一颗坚强快乐的土豆

李劲松是我的师弟，也是我的好友，福建师大年轻阳光的老师。

在这个春夏之际，劲松出了一场非常严重的车祸。

在医院里昏迷了整整十八天后，劲松奇迹般地醒来，又奇迹般地恢复，唯有右手因臂神经丛挫裂的原因，无法抬举用力。简直神了！

"悲观者提醒我们百合属于洋葱科，乐观者则认为洋葱属于百合科。"这是劲松康复过程中，在自己的 QQ 空间撰文时所引用的一句话。劲松无疑就是属于百合科的！

医生曾说，他的快速康复多半要归功于其自身，归功于他潜意识中顽强乐观的意志力。

顽强乐观，真是神奇的力量！其实，事物本身没有悲乐，是感受事物的心灵才有悲观和乐观之分。

同样的半杯水，悲观者说，唉，只有半杯水了！乐观者则会说，哈，还有半杯水！虽然两人面对的和拥有的都是等量存在的半杯水，但是两种说法，前者消极茫然，后者满怀希望。

早在劲松的右手稍能活动的时候，他就在自己的空间里写下一篇文章，题为《感恩的心》。文中他这样写道——

如果我受伤了就只会怕，且整日惴惴不安，那今后的生活将有可能索然无趣。可是，如果因为这次的伤，我反而拥有了感恩的心，并且善于发现人和事物的美好，感受平凡中的美丽。那我就能以坦荡的心境、开阔的胸怀来更好地面对生命中的酸甜苦辣，让自己的人生焕发出更迷人的光彩！

悲观的人说：夕阳无限好，只是近黄昏！乐观的人说：但得夕阳无限好，何须惆怅近黄昏？

悲观的人说：唉，我怎么伤得这么重！乐观的人说：哈，我还活着！

记得有一个小故事，说是父亲欲对一对孪生兄弟作"性格改造"，因为其

中一个过分乐观，而另一个则过分悲观。一天，他买了许多色泽鲜艳的新玩具给悲观孩子，又把乐观孩子送进了一间堆满马粪的车房里。第二天清晨，父亲看到悲观孩子正泣不成声，便问："为什么不玩那些玩具呢？""玩了就会坏的。"孩子仍在哭泣。父亲叹了口气，走进车房，却发现那乐观孩子正兴高采烈地在马粪里掏着什么。"告诉你，爸爸。"那孩子得意洋洋地向父亲宣称，"我想马粪堆里一定还藏着一匹小马呢！"

还有一个小故事，是我自己的。1990年，我考上了省城的大学，但是属于学校照顾山区的定向生。也就是说，毕业后哪里来还得回哪里去的那种。跨进大学校门后，我一方面不落下学习，一方面乐此不彼地参加各种社团活动。同属定向生的舍友调侃说：别费劲了，马铃薯再怎么整也是一颗土豆！

我知道我是颗土豆，就是土豆也要做坚强快乐的那一颗！

在我临近毕业的前一年，政策发生了改变，允许积分进入年级前百分之三的毕业生转为统配，后来又进一步调整为百分之十。

机遇总是眷顾有准备的人。大学毕业时，很多定向生都回到了乡下，而我则成了留在省城的一颗土豆。

《海峡都市报》2008年9月9日

像小妖一样 Happy

"只有出去旅游才能提起精神，怎么玩都不累，感觉像是抽鸦片。"小妖说这句话时，我和她坐在上岛咖啡广场的雅座里，柔和的灯光照出她一脸的慵懒。

白领。喜欢哈根达斯，卡布奇诺，莱尔斯丹，CK 和 BALLY，一切和钱有仇的东西。这就是小妖，绝对的小资情调，绝对的 CRAZY。这个城市的稀缺物种。

小妖的一个又一个惊人之举，常常令我怀疑她是不慎误入凡间的精灵。或者，每当小妖又冒出什么新奇的想法来，我都笑她是脑壳摔坏了，又要烧钱。实际上，我是巴不得和她一样发癫。只是当我的手下意识地摸到自己的钱包时，在 0.01 秒之后我就清醒了。

尽管小妖十二分地讨厌工作，但为了她那近乎偏执的梦想，还是卖力地工作。小妖的业务好得不得了，所以，前不久老板"以资鼓励"了她，眼看着几千块现大洋就这样被她捧回家去，害得一帮人拼命地找乐敦眼药水。

小妖想做什么事，就总是能够做好。从小学到大学，书越念越火爆，不仅轻松地考了托福，居然连全系仅有一名的奖学金也被她拿了。当然，玩也没耽误，整个夏天泡在海边，把自己晒得像非洲人，回家爹娘差点认不得。比如和两个女生到海边游泳，爬上岸一看，旁边竖一牌子"此处危险，禁止游泳"；再比如，退潮的时候腰上绑一救生圈带着不谙水性的同学下水，要不是男生救援，差点就上不来。小妖的壮举，一抓就是一把。

小妖也不是没有烦恼。生日过完不久，她给我发了个 E-mail，感叹说，转眼已到三十，回头想想真的很恐怖，日子像流水一样从指缝流走，越发觉得要赶快享受生活。你看，又绕回去了。

那天，看着新一期《城市画报》上的达能牛奶广告，小妖又开始想念她的哈根达斯。还说到上海去要请我。"可是，你知道哈根达斯的广告词吗?"

我问。小妖摇头。"如果你爱她,就请她吃哈根达斯。""是吗?"小妖一脸愕然,努力地回忆谁请她吃过哈根达斯。

在上海的 HARDROD 酒吧里,小妖看到一群中年老外疯疯癫癫地跳来跳去,还和孩子似的搭成火车在酒吧里跑。她说,看到他们才感受到生命是如此充满张力。我说,你快赶上他们了。小妖就笑,有点自得。

这些天,小妖成天往旅行社跑,到处搜罗有关韩国的资讯。又要烧钱了。

《城市画报》2001 年第 5 期

男人的裤腰头

前两天在单位碰到一位同事，正和他谈话时，看着他的裤腰头一阵阵颤动，有电话打进来了！

等他接完电话后，我问他："你新买的 N70 呢，怎么又用旧的那部手机了？"

同事告诉我说："被别人拿去用了！"

我于是又问："谁呀？"

他说："我也不认识！"

我恍然明白，哦！是被人偷走了！

有人说，男人的裤腰头是不甘寂寞的。在很长的一段时间里，那里挂着的是一串大大小小的钥匙，人未到声先到，甩下一路没有节律的音符。再后来，有点能耐的人纷纷在裤腰头别着个 BP 机，还不忘对熟悉以及不熟悉的人都丢下一句话：有事请 CALL 我！而如今，在腰里别着个手机也都快臭大街了，没创意！

想来真的恍如隔世。记得很多年前，当我在某部港片中看到发哥手持着大哥大神闲气定地调遣着一大帮喽啰时，感觉就一个字：酷！那时，我人生的奋斗目标之一就是，等咱有钱了，也去弄一块和发哥一样的"大砖头"来使使。

特没意思的是，在我还来不及耍酷时，"砖头"却在短短的几年中迅速变小，身价也一跌再跌。记得，当初手机还没普及那阵子，在公共汽车上，突闻铃声骤响，一汽车的人都把目光投向铃声响起处，只见有位仁兄张扬地把手机放在离耳朵还有几公分的地方，拖着长长的鼻音"喂——哪位？"旁边的人则都有几分艳羡地看着他。再后来，无论坐在哪趟公共汽车上，哪怕是极细微的一串振铃声响起，车上十有三四的人要低下头去检查自己的裤腰头，那个意思无外乎是：我也有手机呢。后来的后来，就是如今吧，在公共汽车

上，要是有哪个不识趣的，再像以前那样大声地打着手提电话，车上的人十有八九要白他一眼，心里还暗骂：傻逼！

我的裤腰头第一次挂着个手机，是在妻子怀孕不久之后，为的是在这个非常时期，我能够"召之即来，挥之即去"以尽鞍前马后之劳。

还记得，9 月底的一个寻常午后，儿子"如约"而来，把父亲的称号和世间最温馨的爱一并赠给了我。当护士们把妻子从手术室推出约半个小时后，我的宝贝儿子也被小心翼翼地放在了妻子病床边的小摇篮里。那时，当我第一眼真真切切地看到儿子那张可爱的小脸蛋时，种种感觉交织在心难于言表。我当爹了！我要让朋友们都知道，也一起来分享我的快乐。我想起有个手机广告，一个小伙子站在海边，打开手机，在山的那头是他年迈的爷爷兴奋地听着遥远的海传来的阵阵涛声。于是，我依样画葫芦，瞅准儿子放声啼哭的时候，就拨通朋友的电话，"听，这是我儿子在哭！"

《福州晚报》2000 年 10 月 13 日

狼子接力和驴子跳远

福建是汉语方言最复杂的省份之一，不但方言的种类多，而且差异大。更夸张的是，同一种方言内部也有着大大小小的差别。

在很多山区，用"翻一座山一种方言，过一条河又是另一种方言"来说也毫不为过。我印象深刻的是，小时候每凡大家族中有喜丧之事，各方亲戚便齐聚一堂，你一言我一语，七嘴八舌，腔调不一，鸡同鸭讲，无比热闹。

读大学到了福州，一下长途车，哎哟喂！福州人说的方言是啥？那是完全听不懂啊！大学之大，正如林子大了什么鸟都有，南腔北调的，就更不稀奇了。学校里的同学来自全省各地，虽然说的都是普通话，但是很多人由于方言说久了，不免影响到普通话的发音，于是常常闹出一些笑话。下辑几则：

A."狼子接力和驴子跳远"

有一回数学系的运动会进行得如火如荼时，突然听到播音员宏亮的声音："运动员请注意！狼子接力和驴子跳远马上就要开始了，请运动员到点名处点名！"明白的人都知道播音员肯定是莆田人，男子接力变成狼子接力，女子跳远变成驴子跳远了。惹得在旁观战的一伙中文系学生笑得直不起腰来。

B."406 的汉奸"

"406 的汉奸，楼下有人找！"

"319 全死光，电话！"

想起大学，我就想起当时宿舍楼门房的这两个经典之作。门房是地道的0594，说话总是带着浓厚的乡音，每当谁有电话或有人找时，她都要扯着嗓子对着喇叭叫喊，喊着喊着就喊出了经典之作来，其实太平盛世哪来的汉奸呢，更没有人死光了，这两个倒霉蛋：一个叫"汉江"，一个叫"陈曙光"。

C."煮煮酸酸是没有穷尽的！"

毕业实习的时候，某天，带队老师决定听我们小分队里一位闽侯籍同学的公开课，授课内容为《愚公移山》一文。闽侯人说普通话，常将"子"念作"煮"，"孙"念作"酸"。只听他高声朗读："愚公驳斥智叟道：我死了还有煮，煮死了还有酸，煮煮酸酸是没有穷尽的！"他越是绘声绘色，学生越是哄堂大笑，一时天下大乱。

D. "啊摸啊摸，摸啊摸！"

在福州话里"厦"和"鸭"两个字的发音都是"a"，"门、母、毛"三个字的发音都是"mo"，只是在音调上有细微差别而已。某日，闽南的小汪即兴出了道题考福州的小宋，让小宋把"厦门鸭母没鸭毛"这句话用福州方言讲出来。小宋刚用福州方言把这句话说完，一旁的人都已快笑破肚皮。你听——"啊摸啊摸，摸啊摸！"真是爽呆了！

E. "要钱不要身体！"

某日，在梯形教室看书。一旁，两个莆田口音的同学在聊天，话题似乎在谈论他们的一位叫阿詹的老乡，不仅学习勤奋、成绩好，还热心为公众服务，最近又很要强，忙着参加系学生会主席的竞选，人都瘦了一圈。

"唉，他一向都是这么要钱的！"

"是啊，我给他减了很多次了，叫他别只顾要钱不要身体！"

"话说回来，我要是有他一半的院子，就好了！"

呵，你听不明白吧？其实关键是要分清莆田口音："要钱"是"要强"，"减"是"讲"，"院子"是"样子"。现在，你听明白他们说什么了吗？

F. "酱油会不会咸？"

读大学时，常在晚自习后约了外语系的女友到学生街上的小吃店去吃扁肉拌面。有一回，快吃完之时，迎面进来了一个老外。女友抬起头一看，正巧是她的外教，忙和他打招呼。老外一边坐下，一边谈起福州的小吃不时地竖起拇指来连声"OK"。冲着这一声声的"OK"，小吃店的老板在一旁乐得屁颠屁颠的，很快就端上了一碗热气腾腾的鱼丸。我们起身和老外说"Bye-bye"，老外回应"See you again"。没想到的是，老外的话音刚落，小吃店的老板竟也在一边莫名其妙地连声"again, again"，一时把我们弄得一头雾水，这算哪一国的语言啊？等我们反应过来后，我和女友不禁笑得直不起腰来。

原来，See you again 的发音和福州话里问"酱油会不会咸?"的发音差不多，老板在惊讶于老外居然会说这么地道的福州话的同时，当然就忙不迭地回答说："会咸，会咸（again, again）!"

《海峡都市报》2000 年 9 月 6 日

"上帝"与"天使"

在我的家门口有一家小型超市，因为其商品质量可靠、价格公道和服务态度良好，每天都吸引了大量附近的居民和大中专学校的师生前来购物，生意煞是红火。每到周末，在它的收银台前通常要排起一溜不长不短的队伍来。在许多商家慨叹生意不好做的今天，这不能说不是一个奇迹。

这个周末和往常一样，在选购了所需物品之后，我排在了队伍的后面等待缴款。然而意料不到的事情发生了，前面的一位中年妇女在付完款并从收银员手中找回余额之后，开始喋喋不休地发牢骚，抱怨她对所购买的商品不甚满意等等。时间一分一秒地过去了，而她还是没完没了地唠叨着。队伍后面有人开始不耐烦起来，有人小声嘀咕："更年期！"

我不无同情地看着那位无辜的收银员，却无能为力。正在这时，却听到收银员极有礼貌地打断了中年妇女的唠叨。"夫人，假如我们退回您的货款，再白送您一件商品，商店停业，然后把我们老板给枪毙了，您看行吗？"话音甫落，中年妇女已止不住扑哧一声笑了起来，一场僵局就此打破！我不由发自内心地为这位收银员的克制与智慧喝彩，也难怪这家超市的生意会红火。

在服务业，人们通常认可了一种说法，顾客是上帝，服务生是为上帝服务的天使。不少商家据此还订出了种种规矩，声明顾客的要求永远是正确的，真可谓是用心良苦。其实，我认为世间没有不变的法则，不存在永远正确的"上帝"，也没有永不犯错误的"天使"。事实上从不断见诸报端的大量有关超市和顾客之间发生的纠纷报道来看，也充分印证了这点。

有这样一个外国小幽默：商店的经理斥责他的一个营业员："我看见你和一位顾客在争论。"他非常恼火地说，"你不记得了，在我的店里顾客永远是正确的。""是的，先生，我记住了。"营业员说，"顾客永远是正确的。"经理于是问"那说说看你刚才为什么和他争论？""噢，先生，他说您是个白痴！"这个小幽默给予我们的启示是深刻的，凡事走极端了都难免会和"实事求是"背道而驰。无论谁认定谁永远怎么样，其结果有可能都是一样的可笑。

既然没有永远正确的"上帝"，也不可能有永不犯错误的"天使"，那不如双方都客观地定位自己的角色，并且用行动去实践它，真正在彼此之间形成一种和谐的关系，这远比在脑中反复唠叨那些枯燥的一成不变的准则来得实在些，否则冲突的发生就在所难免。

很多人大概都有过同样的体会，当你神情专注地在超市里挑选自己所需商品时，突然发现有个服务生像影子般始终不离你左右，用他那天使般的眼睛锁定你那上帝之手，这时你别提有多不自在了。其实，这种场合关键看双方如何处理，处理好了，反而会成为一个轻松的小插曲，给一天的生活增添不少乐趣。有位朋友对我说，有一回在超市里，一个戴着眼镜的服务生始终笑眯眯地如影随形，最后这位朋友终于忍不住对他说，你这样笑眯眯的，有什么开心事可以一起分享吗？没想到这服务生却不动声色地回答："我这样做只是为了不让我的眼镜从鼻梁上滑下来。"妙！

我自己也有过差不多的经历，那是在一个电器超市里，从我一进门开始，就有个服务生不厌其烦地为我一一讲解，丝毫不在乎我的感受如何，最后还很客气地问，先生您看您家里需要些什么呢？我毫不犹豫地回答——"钱！"

《福州晚报》2000 年 7 月 28 日

老 杨

老杨，一个常在我家小区门口收购废品的湖北汉子。三年多来，小区的保安换了一拨又一拨，老杨依旧在这里收废品。这天，我突然萌生了一个念头，决定用我的镜头来记录下老杨日常生活的一天。

时值盛夏。福州的夏天，太阳总是特别"毒"，持续的高温快把榕城变成一个大火炉了。

"热啊，热啊！"老杨一边掀起衣襟擦了一把汗，一边摇了摇头。

老杨，今年三十五岁，两个孩子的父亲，湖北洪湖人。对，就是电影《洪湖赤卫队》中的那个洪湖。三年多前，老杨和妻子一起到福州来靠收购废品为生。此前，他在老家的一家汽修厂上班，工资本就十分微薄，又常被克扣，无奈之下就和几个老乡一起出来打工了。

今天，和往常一样，老杨和妻子各自推着板车分头行动。老杨在小区门口足足守候了几个钟头，终于收获了一板车的废纸品。

眼下小区内的住宅大多已经装修好了，卖纸皮和废品的一天比一天少，像今天这样的收获已是很难得，老杨的生计也一天比一天困难。问他为何不到别的小区试试，他说很多小区的保安都欺生，不让进。老杨是个本分人。

小区门前的树荫越来越小，正午的太阳火辣辣地晒在脸上，小区每走出一个人，老杨的眼睛都会为之一亮，他期待着能够再有些"进项"。当希望一次次落空后，老杨决定收工，他要回去自己做饭。因为即使在最便宜的餐馆吃饭，也要三五块钱，老杨舍不得，对于他来说每分钱都要掰着用。

老杨租住的地方在南京军区福州总医院边上的一个小山包上，离我们这个小区大约要走上近一小时的路。太阳炙烤着水泥路面，一路上除了公交车和出租车不时地从身旁疾驶而过，路上几乎看不到什么行人。

在白马路，老杨碰到了一个清洗抽油烟机的师傅，和他做成了一笔小买卖，从他手上收购了一段废旧的通风管。后来又碰到了另外一个收购废品的老乡，乐呵呵地拉着满满一板车的纸皮，一边还抽着烟，老杨有些羡慕。

每到一个路口，老杨都要特别留意有没有交警或是城管。迄今为止，他已经被没收了五辆板车。说到这，老杨对我讪笑了一下。他说一个城市总有自己的规章，要不，肯定乱套了。他说自己毕竟读了几年书，道理还是懂得的，只是自己也是为生活所迫，出于无奈。因此他总是尽量早出晚归，避开交通高峰期。

从南京军区福州总医院边上的小巷子拐进去，爬上一段黄土坡，再走一段小巷，然后再迈上几十级台阶，这才算到了老杨临时的"家"。

打开门，老杨热情地邀我到房里坐。这是一间不足十平方米的房子，吃住都在这里。房间里摆着一张双层铁架床，床底下和上铺都堆满了东西，还有就是一个灶台，一张桌子，一张椅子，一台14英寸的旧电视和一台风扇，再也没有别的家当。

和老杨一起为邻的也都是从洪湖来的老乡，也是一"家"一间房子。走进去，摆设都差不多。当老杨和他们介绍我的时候，他们的脸上都纷纷荡开了真实淳朴的笑容。凡我有所问，他们必有所答，就像和久别的朋友一起拉家常。

坐在一块，大家谈得最多的是这段时间的生计情况。看来都不尽如人意，虽然笑容依旧灿烂，但多少有些无奈。

难啊。老杨的"邻居"小罗轻叹了口气。在他"家"的桌角我看到了一张七月份的开支小记——

房租一百三十元，水电费二十一元，群防群治费十元，卫生费五元，米六十元，菜金一百八十元，其他（煤气、油、盐等）四十元。小记四百七十元。罗万成。

这是小罗夫妻一个月的支出，而在老家洪湖还有老有小，也要一笔开支。比如老杨，儿子在读初中，女儿念小学，负担可想而知。可是收入呢，一个月通常就在八百元左右，有时候还更少。按小罗的话说就是，"有时候还要亏本！"

"如果生病了，怎么办？"我问。

"我从来不生病！"老杨的回答非常干脆。

从来不生病，这也只是过去，可是将来呢？本想问出的一句话，最终我还是没有开口。因为他们说了，至少在这里的收入比起在老家来还是会好些。

不知不觉中，我们聊到了孩子。老杨常挂着笑容的脸不由露出几分自豪来。他说儿子从幼儿园大班到初中都是班长，成绩在班里都是第一，女儿的成绩也不错。老杨说，读不读书我不强迫孩子，但他们都很自觉。说这话时，老杨的目光直视着前方，似乎那里就蕴藏着他的希望。

骨肉分离，毕竟不舍。在他们住处，我没有看到明星照，也没有看到他们自己的照片，然而小孩子的照片几乎无一例外地摆在了最显眼的位置。

放暑假了，不少人把孩子从老家接过来，以慰思念之苦。在废品收购站前，我碰到了不少小孩子，偶尔他们也在那里一起嬉戏，但更多时候，在他们的脸上写满了忧郁和惶惑。也许，是孤单太久了。印象尤深的是，一个穿着黄色碎花裙子的小女孩，从我出现在那里，直到离开，她的眼睛就没离开过我的照相机。至今，在我脑子里挥之不去的仍是她那几分好奇、几分忧郁的眼神。

《政协天地》2003 年第 5 期

注：本文原题为《城里的"老乡"》，在福建省政协办公厅和福建省新闻工作者协会联合举办的福建省第九届政协好新闻评选活动中，荣获三等奖。

爱笑的女孩，运气不会太差

中国举重福建马江基地教研楼八层。会客室。

"来了，来了！邓薇来了！"脸朝着会客室门口的同事，语带兴奋。我回转头，一团火焰就已经飘到了眼前。

印象中，举重运动员由于长期的负重训练，身材多少都会有些走形。在新闻媒体中的邓薇，似乎是个特例。当这位里约奥运会举重女子63公斤级冠军，真实地走到我眼前，总算是彻底打破了我对于举重运动员身材的成见。

过肩的长发，隽秀的脸庞，橙红的羽绒运动装，健康健美的身材。即便称不上娇小，也绝不是矮挫。还未等她落座，一边的老领导就不停地嘘寒问暖。邓薇一一回答，脸上始终挂着微笑，落落大方。

而这边，我和同事们也早就等不及，跟着抛出一个个问题。

"你小时候上学，男生是不是都不敢惹你？"

"不会啦，没那么夸张！"

"你是怎么发现自己有这一专长的？"

"小学的时候，体校老师到我们学校去，让我们做了一些基本动作……就这样被相中了。"

"你觉得还可以再参加几届奥运会？"

"哈，这个我也不知道，东京奥运会应该没问题吧！"

"获奥运冠军拿了多少奖金？"

同事话音刚落，在座的人都哈哈大笑。邓薇笑而不答。

一旁的省举重中心领导替她解围说："杂七杂八加起来可能也就百把万吧。"

"这还不够在福州买一套房子呀！"听完，有人这么感叹。

"三分之一套都不够！"我插话。事实上就是这样，目前福州市中心的房子已经达到3—4万元/1平方，以一套100平方计算的话。

边上又有同事把它和中国戏曲梅花奖做了比较。在我省，凡是戏曲梅花奖获得者，省政府都奖励其一套房子。能够获得中国戏曲梅花奖的，当属凤毛麟角，奥运冠军又何尝不是。对比之下，不由感慨，还是奖励房子实在。

对于邓薇而言，她的这个奥运冠军更是来之不易。

在里约奥运会上，被誉为中国男举最稳定的金牌选手谌利军因抓举出现抽筋，无奈退赛；女举名将黎雅君抓举101公斤打破奥运纪录，但挺举三把试举失败，最后没有总成绩……冷门一个接着一个，整个中国举重队沉浸在凝重的气氛之中。

这时候，国家举重队迫切需要一个人去打破僵局，避免负面情绪的扩散。这一重任落到了接下来比赛的邓薇身上。

众所周知，个人比赛水平的有效发挥，除了硬实力的作用外，还受着心理状态的极大制约。让人感到欣喜的是，邓薇不辱使命，稳扎稳打，在放弃挺举第三把的情况下仍然夺得了金牌，并打破了两项世界纪录。

可以说，这枚金牌是在巨大的心理压力下诞生的，对于中国举重队而言，其意义非同一般。而这枚金牌，对于邓薇个人及其家庭而言，同样意义非凡。

因其目前就读福建师大体育学院运动训练专业，算是我的校友，对其自然多了一分关注。记得在其夺冠后，有篇《举重奥运冠军邓薇10年未回家，赛前家里刚装电视》的报道。读完之后，让人久久难于释怀。

从报道中可以看出，邓薇的家庭比较困难，因为这次她参加奥运会才刚装上电视。她父亲有残疾，她还有个妹妹，可以说，她是全家人的希望。

邓薇的父亲身患强直性脊柱炎多年，曾经一度卧床不起，咳嗽一声都会腰痛，更不要说干农活养家糊口，只有一点低保收入；母亲则在外面打零工贴补家用。她家曾经是贫困户帮扶对象。

好在邓薇上体校后学校减免了许多学费、住宿和伙食费，也给家里减轻了一些压力。特别是在邓薇被国家队选中后，每个月都会往家里寄钱，用自己的双手扛起与她年龄不符的责任，扛着这个悲苦的家庭前行，一晃十几年没有回家。

在电视机前看到女儿夺冠后，邓薇的母亲黄菊珍潸然泪下，"女儿太辛苦了！"

"希望她早点回家。家里新房盖好了，她的房间都收拾好了，抽屉里都是她的奖牌，还有她小时候的照片，可她却从来没住过。"可以说从体校，到省队，到国家队，到如今的奥运夺冠，邓薇个人奋斗的历程，其实也是贫寒子弟努力改变个人乃至家庭命运的历程。

面前的邓薇，阳光，青春。即便是谈起夺冠后难得回家一趟，却因担心猪牛羊等肉食品含有违禁成分，只能吃素，也是始终挂着笑容。

笑着进来，笑着离开。一如她在里约打破世界纪录夺冠时的微微一笑，风轻云淡。

嗯。爱笑的女孩，运气不会太差！看着她离去的背影，有个同事说："你们有没觉得她像李宇春？"

细看。还真有点像。

2017 年 3 月 7 日

第三辑　闲言絮语

那些名留"青屎"的事儿

上厕所，古人称之为如厕。

谈如厕似乎不太雅，可是世间人不论雅俗，概莫能免！人活一世，可以不当官，不发财，富贵不能淫，威武不能屈，但决不可不如厕！

历史上最有名的一次如厕，非汉高祖刘邦莫属。在鸿门宴上，刘邦借口上厕所，逃出项羽军营。文见司马迁《史记·项羽本纪》："沛公起如厕……"

可以说，这是历史上最有名的一次"厕遁"。

既然是最有名的，那肯定还有第二有名。嗯，第二有名还是他刘家！

话说，到了东汉末年，刘皇叔寄于刘表篱下。刘表的亲信蔡环以设宴招饮为辞，想趁机杀害刘备。刘备在席间察觉后，马上重操他祖上的故伎，以如厕为借口逃走，这就是《三国演义》里有名的"跃马过檀溪"的故事。

谈到古人的如厕，就不能不提名留"青屎"的晋景公。不过，这个说起来就有点污了。

晋景公是春秋时期晋国的一位君主。他曾攻败楚国，也曾打败过齐国。用当下的话来说，他就是个打"反恐精英"的高手。

然而，就是这么一个晋景公，《左传》只用了一句话记录他的死：

"将食，涨，如厕，陷而卒！"

意思是说晋景公吃了碗麦粥，突然觉得肚子涨，于是就去上厕所，结果重心不稳，跌入厕所内。天可怜见，堂堂的一国之君就这么活活被大粪给呛死！

这可真是——生的伟大，死的扑通。

写到这，我想，有人不免要说，都一国之君了，怎么厕所还这么简陋，上个厕所能把命给丢了？

会有这疑问的多半是城里人。

别说那是两千多年前了。就是在当下的农村，还有比这更原始的。

什么样的呢？说说我小时候去走亲戚时的经历吧。

放寒假了，贪嘴，跟着大人去"吃猪肉"。肚子承受不了突然的油腻，半夜内急，只好由大人拿着火把陪着一起上厕所。

厕所在哪呢？绕到房子后头，摆着一个特大号的木桶，你能想象多大就多大！沿着一个木梯爬上去，上头支着两块木板，人站在木板上吱吱响……

如果你能有幸去使用一次，保证你终身难忘！

这么说吧，你内急得不行，怎么办？

不管三七二十一，就是一阵子排山倒海。还伴随着一阵阵此起彼落的"哼叽哼叽"！那是因为边上猪圈里的猪听到动静了，跟着起哄。

大冬天的，风把屁股吹得一阵阵发麻。大人还在边上不耐烦地催着："好了吗？好了吗？"

完事后，起身看那黑乎乎的深不可测的大木桶，逃都来不及，感觉像是捡回了一条小命！

记得那天跟朋友聊起这个"不堪"的话题时，朋友说："你本家黄永玉《无愁河的浪荡汉子》也是这么絮絮叨叨……也有几个蹲茅坑的画面，叙说些平常也挺精彩。"

《无愁河的浪荡汉子》我没读过，倒是彰显黄永玉式幽默的《出恭十二景》让我过目不忘，且不由多看几眼，哈哈而乐。正如他自己所说的——

世上之吃喝拉撒睡，拉撒最受轻视。历史讲得最多的是吃喝睡，花钱也最舍得。我画的这批画很快将在历史上淹没，给诸位留点见识趣味，不挂在书房客厅而挂在洗手间，也算是增加一点上洗手间的情趣。

其实，黄老说的也不全对。在中国文化的历史典籍中，有关厕所的"笔墨"还是不少。宋人欧阳修称自己读书构思，是在"三上"即：枕上、马上、厕上。

大家都知道"洛阳纸贵"的典故，但对左思穷十年之功写出《三都赋》的状况未必清楚。据《晋书》称："（左思）构思十年，门庭藩溷，皆著笔纸，遇得一句，即便疏之。"这里提到的"藩溷"就是厕所。

这句话啥意思呢？用现在的话来说就是：左同学在写《三都赋》的时候，门上、庭院里乃至厕所，都放着纸笔，一找到灵感就随时随地写下来。

如果说在厕所写书，是因为茅塞顿开。那么在厕所看书，对于很多人来说，无疑是人生一大乐事。只不过，现如今渐渐演变成了看朋友圈，点赞。

小小厕所大文章，难怪乎老子早就有惊人之语。

老子说道乃"玄之又玄，众妙之门"。弟子问他：在哪呢？老子答：道在便溺之处。

这"便溺之处"，不就是厕所嘛！

《石帆》2018 年第 6 辑

尿里乾坤大

吃喝拉撒睡，谁的人生都逃不过如此。吃得多就拉得多，喝得多就撒得多。

撒虽说和拉一样难登大雅之堂，但在为数众多的绣像小说里多有笔墨记叙。宽衣解带，或立或蹲。有时是在墙根底，有时在葡萄架下，或蔷薇花间，或假山石旁。只有想不到，没有尿不到。一言蔽之，很接地气。

记得小时候在乡下，也是一点都不讲究，几兄弟挤一张床，尿桶就放在床边，半夜三更被尿憋急了，轮流起来，叮叮咚咚。那尿桶也不带盖，存的日子多了，一泡尿撒完，屋里骚气一片，得好半天才消停。现在回想起来，那股骚味宛然。

与小说及乡野的逸趣相比，处庙堂之高的"溲溺"则更多的是让人匪夷所思。比如《史记·郦生陆贾列传》以及《资治通鉴》等，就都有这么一个桥段："沛公不好儒，诸客冠儒冠来者，沛公辄解其冠，溲溺其中……"

译成现代文就是说，刘邦因为不喜欢儒生，许多头戴帽子的儒生来见他，他就把他们的帽子摘下来，往里边撒尿。

古往今来，多少帝王被谓之流氓的，如果说刘邦称第二，那就没人敢称第一。

到了汉武帝，有样学样，跟着耍流氓。太史公司马迁只因替李陵说了几句公道话，结果汉武帝火冒三丈，"你牛什么牛？我根本不尿你！"

于是乎，因为尿不到一个壶里，太史公就被加以宫刑，撒尿的工具惨遭修理，成了终身受辱的刑余之人。要说太史公，错就错在往皇帝老儿的头上"撒尿"。

这里得普及一下常识。古时候，常于卧室床底下置一夜壶。有朋自远方来，心交神会，彻夜长谈，凡有尿意，皆撒于一个夜壶之内。这，就是如今人们常说的能"尿到一个壶里"的来历，相反则是"尿不到一个壶里"。

话说，太史公虽然撒尿的工具被废了，但其仍秉笔直书，偶尔也为被尿者翻身把歌唱。

《史记·范雎蔡泽列传》中就记述了这么一个君子报仇十年不晚的故事：范雎是魏国相国魏齐的门客，因怀疑其与齐国有染，被鞭笞得奄奄一息后，又被扔在厕所里，让宴饮的宾客轮番往其身上撒尿。范雎在诈死之下获魏人郑安平相助潜逃入秦，后官拜秦国相国。秦昭王为范雎雪恨，逼魏齐于绝望之下自刎。

当然，"一个愿撒，一个愿挨"的情况也不是没有。《大唐新语》中就有这么一条记载：御史大夫魏元忠患病，御史郭霸去探望上司，见他病得不轻，便提出要尝一尝魏元忠的尿液，尽管魏元忠一再制止，郭霸还是咂咂有声地品尝了一番，说是味道偏苦，病情已无大碍。但郭霸的运气不佳，魏元忠秉性刚直，"甚恶其佞"，把这桩丑事公之于朝廷，郭霸非但没讨到好，还因此名声扫地。

更绝的是《北齐书·和士开传》中的记载：有一次，大权奸和士开病重，医生开出一味"黄龙汤"。那股扑鼻的臭气，想之即吐。不料，有人当即把握住这个千载难逢的机会，自告奋勇，大献殷勤，为其尝试"药"味，咕咚咕咚一口气喝完，嘴巴一抹，连称味道不错。

这可是入了正史的丑闻，读来真叫人不得不瞠目结舌，口不能语！

写到这，也许有人就要问，天哪噜，都这么不堪吗？其实也不是，说个轻松点的。

话说北宋有个名臣叫苏颂，官至相国。苏相退休后，选了一年轻漂亮的暖床丫鬟韦氏。所谓暖床丫鬟，就是天寒季节，替主人暖暖被窝，充当人体"暖水袋"。

可是，这个韦氏第一天上班就出糗了——暖着暖着，竟然睡着了，还尿了苏丞相一床。"暖水袋"漏水，这还了得！

好在我们这个老苏不仅不恼，还非常巧妙地就把这个锅给甩了，那理由是相当的高大上。苏颂对小韦姑娘说："你这是大贵之相，我这地方太过窄小，不是你应该待的地方，你应该进京服侍皇室才对！"

就这样，韦氏和其他几位姑娘，被送到了端王府中。而这个端王不是别

人，正是后来自创了"瘦金体"的宋徽宗赵佶。

更没想到的是，这个赵佶不仅琴棋书画样样了得，"枪法"也是极准，很快韦氏便诞下一子，这便是宋高宗赵构。韦氏就这么"因尿得福"逆袭成了韦太后。

回想起自己小时候，偶尔尿床，每每被胖揍或嘲笑，顿时整个人感觉都不好了。唉，逆袭的故事总是别人家的。

《石帆》2018 年第 6 辑

说些"屁事"

　　放屁，是一种正常的生理现象。然则，因为屁有异味，甚至伴有响声，众目睽睽之下最为忌讳。作为农村长大的孩子，从小我就知道上学之前不能吃太多地瓜，否则上课时就会忍不住放屁，而且味道还非常难闻。

　　奈何在那个物质极其匮乏的年代，几乎三餐都离不开地瓜，到了冬天的夜晚那才叫一个"惨"。兄弟仨挤在一张床上，被子又薄又小，恨不得把整个人都蜷缩到被窝里去，然而比寒冷更难抵御的却是可预料又不期而遇的臭屁！最恼人的是，刚小解完浑身哆嗦地钻进被窝，冷不丁的又被臭屁给熏出来，如此周而复始。

　　童话作家郑渊洁先生，把屁归为四类："其一是又响又臭。一旦制造了此类爆炸性外加毒气的屁，肇事者很难不被发现；其二是有味无声。此类屁只要在场人数逾三人，就有可能逃脱'道德法庭的制裁'；其三是有声无味，制造这类屁的人比较吃亏，没造成恶果，却背上了'坏名声'；其四是无声无味。此乃群居之下的最佳之屁，当事人都会有吃了一顿免费午餐的感觉。"

　　细想，小时候因地瓜而肇事的当属第二类。彼时的苦难经历，如今回首却不禁莞尔，特别是多年后当我读到季羡林的《留德十年》，觉得我儿时的那点经历真不算什么。

　　《留德十年》记述了二战期间季老在德国的经历。1944年，苏军和盟军已经从东西两线逼近德国本土，物质条件极度困难，令季老最刻骨铭心的记忆，就是饥饿。当时他所在的哥廷根市配给的面包，里面搀杂了木屑，不仅没有营养，而且能在肚子里制造气体。"在公开场合出虚恭，俗话说就是放屁，在德国被认为是极不礼貌，有失体统的。然而肚子里带着这样的面包去看电影，则在电影院里实在难以保持体统。我就曾在看电影时亲耳听到虚恭之声，此伏彼起，东西应和。"可见当时普通德国人生存状况的尴尬。

　　真可谓是，一叶知秋来，一屁知饥寒。

149

诚如季老所说，在公众场合放屁是极不礼貌的。古今中外的礼仪规范，概莫如此。古人甚至连放屁这个词都不直白地讲，而是称之为"纵气""出虚恭"等，就像以"如厕""小解"替代拉屎撒尿一样。但是忌讳归忌讳，该来的还得来，毕竟屁产生的时间实在无法把握，北宋官员邵篪就干过这事而名载史册。

据《桐江诗话》记载："一日，邵篪因上殿泄气，出知东平。"意思是说，有一天朝会时，邵篪因为腹中气压积累，实在憋不住了，就放了一个屁。在皇宫大殿庄严肃穆之地，放出如此臭气，实在是有伤大雅。宋哲宗大怒，下诏将邵篪降职外放到东平做知州。

邵篪本是一介无名的低级官员，只因他在不合适的场合，不合适的时间，放了一个屁，而载入了史册，这恐是他始料不及的。正所谓"邵篪风流余韵，他无所闻，以上殿泄气，至今传之，不然，几与草木同腐矣。"

有人因屁留名，也有人因屁得福。清人沈起凤在其所撰的《谐铎》中就记载了这么一件事：有一年陕西乡试，一位主考大人赴西安做考官，临行前拜访官至尚书的恩师。谈话间，尚书想放屁，但又不好意思，忍不住移了移屁股，主考官以为有玄机，立马问有啥吩咐。尚书说："无他，下气通耳！"意思是说，没啥，只是放了个屁，主考官理解错了，以为要他关照一个叫夏器通的。结果在西安，真有一名叫夏器通的考生，然后就这样阴差阳错地得了个第一名。

而说到在朝堂之上公然放屁，不能不提为大家所熟知的"十阿哥"。电视剧《雍正王朝》有这么一个小细节：雍正登基伊始，在乾清宫第一次以皇帝的身份训话，不巧老十那天正好拉肚子，不时地放屁，惹得朝堂上所有人都哄堂大笑。

而这，只是十阿哥的种种"草包"举止之一。对此，一直以来都有两种截然不同的看法。有人认为，他是真的蠢，心机太浅，喜形于色，如他意就点赞，不如他意就喷，实则他只不过是八爷对付四阿哥的一颗棋子而已。而另一方则认为，在古时封建王朝，王室纷争，你死我活，尔虞我诈，以致亲情贱踏，骨肉相残均是常事，作为康熙第十子，自然深谙这些道理，他实为大智若愚，装傻充愣。也正是因为他的这种"二逼"性格，雍正在清理八爷党的时候，最后才没有整死他。

嗯，公说公有理，婆说婆有理，似乎都挺有道理的。其实呢，说开来了，有时候你认为的真理在他人眼中可能也是一个"屁"，只是没说出来而已。

《石帆》2018 年第 6 辑

像勒夫那样挖鼻屎

挖鼻屎，对于很多人来说是一件暗爽的事情。

无所事事的时候，手就不由自主往鼻子方向移动，嘴角紧闭，眼神专注，小指或者是食指伸出，轻轻地抠挖，左右回旋，均衡用力，一旦遇到阻力，精神高度亢奋。一二三，起！

抠出鼻屎的那一瞬间，堪比攀上人生巅峰，神仙也不过如此。那下子，就恨老天为什么只给两个鼻孔。

挖鼻屎，可以说是一项喜闻乐见的"全民运动"。口说无凭，不信，你上果壳问答或者知乎网上看一下。像《如何科学文明有效地挖鼻屎》这样的帖子，比比皆是。

也许，你觉得我这么说没有说服力，你尽可以找度娘。

最早对于挖鼻孔现象的系统性科学研究来自 1995 年美国麦迪逊两位精神疾病学者托马森和杰斐逊。他们当时以信件问卷调查访问了上千名威斯康辛州戴恩县的成人，在获得的 254 份回复中，高达 91% 的人坦承他们有挖鼻孔的习惯，甚至有 1.2% 受访者承认他们一个小时至少挖一次鼻孔。

比较好奇的是，人类从什么时候有了挖鼻屎这一嗜好呢？

台湾三言社 2005 年出版的《挖鼻史》一书，煞有其事地介绍人类挖鼻孔的历史，可以追溯到公元前 4075 年。当时古埃及壁画中，就有男性以手指挖鼻孔的图画。也就是说，人类"挖鼻史"已经超过 6000 年了。

生活中人，谁没有过挖鼻屎的经历，但正经八百地将挖鼻史写成一本书，这大概也算是开天辟地头一遭吧。

可是，为什么我们会想要挖鼻屎呢？这一直没有明确的答案。也许就像是咬指甲、撕伤口结痂一样，我们可以借由这一行为获得把事物"整理干净"的小小满足感。

还有一个关键，鼻子处于十分容易得手的地方，换句话说，我们挖鼻子也许是因为"它就在那里"。而且，相较于一盒卫生纸，手指头从来不会短缺。

挖鼻屎确实是无师自通的，而且还代代相传。小时候，父母一遍遍训斥，"你怎么又挖鼻屎了?！恶心不恶心?"为人父母后，轮到我们虚张声势训斥自己的孩子。其实，只是没有当着孩子的面挖而已。

加拿大萨斯喀彻温大学的纳珀教授，通过多年研究后说，在现实生活中，不存在不抠自己鼻子的人。出于某种原因，抠鼻子是大自然赋予人们的一个习惯，既是必要的，也是自然而然的。

看来，人们大可不必因为挖鼻屎而有任何心理负担。甚至挖完后，你还可以试着尝尝它的味道！

记得 2010 年南非世界杯上，德国队主教练勒夫以其帅气的外形和时尚有型的穿着搭配成为赛场边的一道亮色，不少女球迷都钟情于他。但勒夫的一个习惯却被无孔不入的媒体无限放大，那就是挖鼻屎。

在英德大战之时，在全世界面前，勒夫在教练席上被记者拍到挖鼻屎。更绝的是，在豪爽地挖完鼻孔后，勒夫把鼻屎从右手转移到左手，随后捻成一团，塞进了嘴里。

时隔四年之后，在小组赛与葡萄牙的比赛中，勒夫再次因为鼻屎引人关注。不过这次他并没有将鼻屎放入口中，而是挖完之后和 C 罗握手致意。

那阵子，《舌尖上的中国》正热播。"舌尖体"无处不在，网民集体狂欢：

"四年一度的世界杯开始了，德国队主帅开始了为期一个月的忙碌，他把手指塞进鼻孔里，寻找一种珍贵食材——鼻屎菌：一种产自鼻孔的珍贵菌种；一天当中只在某个时段毛囊分泌物与吸入的不干净空气产生微妙化学作用，生长出深色而坚硬的鼻屎菌。勒夫知道，什么时候采摘的鼻屎菌品相最佳。"

"即使在全球 3 亿观众面前，他也没忘记挖鼻屎传统。场上比赛开始了，勒夫在场边也开始了一天的劳作。越是弥足珍贵的美味，外表看上去，往往越是平常无奇。不过，这次他没有独自享用，而是将它留给了 C 罗，希望这种古老而又优雅的制法能传承下去。"

……

这么大大方方的挖鼻屎，真不亏是条日耳曼汉子。

所以，下次你不用再遮遮掩掩地挖鼻屎了！更不需要担心有人用奇怪的眼神瞄着你。

毕竟，挖出来那一刻，啊！整个世界都会很自然的安静下来。

《石帆》2018 年第 6 辑

坐相漫谈

从老祖宗传下来，咱们中国人，似乎什么都有"相"。除了常说的吃相，古人还讲究坐卧之相，因此才有了"坐如钟，卧如弓"等说法。今天我们就来说说坐相。

先来一个关于孟子的八卦。西汉人韩婴所撰的《韩诗外传》有一段记载："孟子妻独居，踞，孟子入户视之，向其母曰："妇无礼，请去之。"母曰："何？"曰："踞。"

意为：孟子的妻子独自一人在屋里，叉开双腿坐着。孟子进屋看见后，就对母亲说："我那婆娘不讲礼仪，请允许我休了她。"孟母问："她咋的啦？"孟子说："她她她……叉开双腿坐着。"

要知道，古代的"坐"与我们现在的"坐"大不同，标准坐姿需要两膝相并、双脚在后、脚心朝上、臀部落在脚跟上，这个姿势在今天的日本韩国还很常见。合乎礼仪性质的有"安坐""正坐""跪坐""肃坐"等等，这些都属"坐有坐相"。与之形成鲜明对照的，则是"坐没坐相"的"踞"。

那么，何为"踞"呢？"踞"的特点是双脚和臀部落在地上或其他支撑物上，两膝上耸。"踞"分为"蹲踞"和"箕踞"，两者的区别在于前者膝盖并拢而后者膝盖打开。青蛙的坐姿看过没？嗯，这就是"蹲踞"，很放松。

"箕踞"也是一个很形象的说法，人在"箕踞"时双腿叉开，就像簸箕一样，比"蹲踞"更放松，却也更容易"走光"。在讲求礼仪的人看来，箕踞简直是十恶不赦的大罪，对于女性来说尤甚。因为先秦时，女性穿的都是开裆裤，且无着内裤的习惯。

春光乍泄，难怪乎！孟子的反应如此强烈。

这边，孟母就问了："你怎么知道的？"孟子说："我推门进去亲眼看见的。"孟母说："瓜娃子，这就是你的不对了，而不是妇人没礼貌。《礼记》上不是说了吗？进屋前，要先问有谁在里面，好让屋里的人知道，而做好准

备。现在你进门不先打报告，反来怪你妻子没礼貌！"……如此这般，我们的"亚圣"总算认识到自己的错，不敢再言休妻。

幸好，故事有个光明尾巴，要不然孟夫人可真是憋屈死了。

礼仪，体现的是人们交往中的相互尊重，如果不是在公众场合，也去苛刻要求，便是无礼，乃至失礼。孟子这样近乎苛责的挑剔，连他的母亲都看不下去。

反之，在公众场合，不会坐或是乱坐都属不懂礼仪。孔子的发小原壤同学，就曾因乱坐而被孔子臭骂一通。

据《论语·宪问》记载，有一次，原壤张开双腿，坐等孔子。孔子见到后当场就发火，用拐杖敲打着原壤的小腿教训开了："你呀你，小时候目无尊长，长大后又无所作为，老了又不死，祸害啊！"好一通叽哩呱啦。不过，在笔者看来，孔子此通训斥，虽说是于礼有据，但未免有些"抓狂"了。

笔者曾经写过刘邦因不喜欢儒生而"耍流氓"的典故。然而帝王之所以为帝王，就在于他有时候也是个知错就改的"好学生"。关于踞坐，《史记·高祖本纪》说了他这么一桩事——

刘邦"踞床"接见郦生，还"使两女子洗足"，也就是说还安排了两个洗脚妹在边上。郦生见了此景，也不下拜，只是作了个长揖说："足下必欲诛无道秦，不宜踞见长者。"刘邦听言，自觉有愧，赶紧就站了起来，整理好衣裳，请郦生坐到上首。

恨"箕踞"的人不少，爱"箕踞"的人也大有人在。因为这种放松休闲的姿态虽然无礼，但是更显精神上的放荡自由。君不见《庄子·至乐》中，"庄子妻死，惠施往吊之，庄子方箕踞鼓盆而歌"。

孟子因为妻子箕踞而要休妻，庄子却在妻子去世时仍箕踞。这两位老先生要是碰在一起，肯定很喜感。

"竹林七贤"之一的阮籍也是"箕踞"的拥趸，《晋书·阮籍传》记载：阮籍母亲去世后，"裴楷往吊之，籍散发箕踞，醉而直视，楷吊唁毕便去。"

有意思的是，不少人对庄子、阮籍等人的推崇更多的正是缘于他们的不羁。毕竟，好看的皮囊千篇一律，有趣的灵魂万里挑一。同理，这也不妨碍好看的坐姿悦己怡人。

纵览文学典籍，特别是古典小说，那些运筹帷幄的文臣谋士，作者往往都是让其"端坐"着来展现泰然自若、稳操胜券的风度。

有人统计过，在《三国演义》中，共有十多处写到诸葛亮坐着出场，每每都是镇定自若、儒雅从容。最经典的，莫过于从司马懿眼里写出诸葛亮巧设"空城计"的情景："果见孔明坐于城楼之上，笑容可掬，焚香操琴。"坐着的孔明给人以从容镇定感，使司马懿疑有伏兵或念及"狡兔死，走狗烹"之道而退去。

小说反复把诸葛亮的"坐态"造型渲染到极致，直到诸葛亮死后，蜀军还按照他的吩咐，巧妙地利用其坐着的姿态将魏兵糊弄了一番，足见诸葛亮"坐态"所拥有的符号力量。

这种符号力量，也深深感染了读者。我年少时候读《三国演义》，每看到诸葛亮出场，都深感痛快淋漓。及至其命殒五丈原，又不禁怅然若失。

2018 年 12 月 17 日

漫说吃相

吃相，也叫食相，乃指人们吃喝时的姿态与形象。

中国作为"食礼之国"，一直都有"君子食略尝之味，小人撑死不足"的说法。意思是：君子看到好吃的东西，尝尝味道就行了，而小人就是吃得撑死了还觉得不够。一语道尽君子与小人迥然不同的吃相。

老一辈人常说，从一个人的餐桌礼仪能看出一个人的品性和修养。马未都讲过一个故事，说一个人和朋友吃饭，正好赶上父亲来，就带上父亲一起。回家路上，父亲和儿子说，这个朋友不可深交。因为他观察到，儿子的朋友习惯在夹菜时把筷子深深地插进菜里，扒拉两下之后，才夹起自己的菜。

"这种人，不顾及别人，很自私。"果然，一段时间过后，儿子的朋友因生意上的一点小事见利忘义，弃他而去。所谓见微知著，大抵如此。

曾经看过一篇文章栩栩如生地描写某类食客——

"倘席间遇到自己喜爱的菜，待盘子转到自家面前，立马精确制导，眼如闪电，快如雨点，运筷如飞，端的风卷残云矣。即便菜盘已转开了，亦要站立起来，引颈伸臂去追杀一番。一桌八人，八块红烧肉，贵年兄独力消灭了四块：肚里一块，喉中一块，嘴里一块，筷上夹着一块，两眼犹目不转睛地盯着剩下的那一块。"

这端的是，如饕餮再世。话说，我也亲见过夸张的食客，比马未都先生所述有过之而无不及。

那是多年前，受单位委派，笔者到闽北山区某山村担任党支部第一书记。那时候流行一句话叫"上面千条线，下头一根针"，三天两头有县里各部门下乡来检查指导工作。彼时，还没有"八项规定"之说，下乡的头头脑脑们正儿八经走过场之后，饭点一到，乡政府食堂早早就备好了一桌美味佳肴等着。作为省派干部，我经常"有幸"被叫去陪餐。

有一回，来的是县里组织部门的主要领导，席间有一道特色菜"草药炖牛蹄"。只见这位领导先用筷子像哪吒闹海一般，将整碗蹄子翻个底朝天，夹起一块，瞧瞧，不满意，放下；再夹，再瞧，仍不满意，又放下。如此这般反复"审视、考核"，最后又夹起第一块。一碗牛蹄子几乎被他考察了个遍，堪比考察干部还要细致入微。

挂职结束回城后，我又几次出差到该县，都没再碰到这位领导，经问，才知已是阶下囚。

其实，关于饮食礼仪，早在先秦的《礼记·礼运》中就载有："夫礼之初，始诸饮食。"可见，人类最早的礼仪，就是从饮食礼仪开始的。我小时候经历过的种种糗事，就几乎都和饮食礼仪有关。

那时，一年到头粗茶淡饭，是那种"嘴里可淡出鸟来"的淡。三餐就着地瓜配稀饭，是那种稀得"光可鉴人"的稀。有一天，邻家那个大姑娘要出嫁了。这对于我们这些毛头孩子来说，真是天大喜事啊，可以跟着长辈"坐席"吃大餐了！

好不容易等到开席，可是伸出的筷子还来不及逮着"猎物"，手背上就先被招呼了一巴掌。抬头看，母亲正拿眼瞪我："没大没小！"嗨，都怪我嘴馋忘了规矩。长辈先动筷，这条规矩在这种场合最讲究，作为小字辈，没忍住先下了筷子就是缺乏教养。

还有一回，农忙完后难得加餐。哧溜哧溜，一碗闽南咸粥落肚后，我端着空碗到灶台边准备盛第二碗。怎奈，兄长动作比我还快。站在他身后，我火急火燎地用筷子把空碗敲得"当当"作响。说时迟那时快，后脑勺上又被招呼了一巴掌！回头看，父亲的胳膊还抡在半空中，也不解释。后来长大了才知道，旧时代乞丐要饭就是这样敲碗的。

俗话说：吃一堑，长一智。但是，很多"餐桌禁忌"大人们的解释往往也是语焉不详，因而仍然是懵懂不解，全靠被"招呼"多了长记性。比如，吃饭的时候，不要老是说话，因为孔子曾曰"食不言，寝不语"；不能用筷子指人，因为筷子头比较尖，用筷子指人是对他人的不尊重，是所谓的"指筷"；也不能手举筷子拿不定主意吃什么菜，在餐桌上四处游寻，这叫"迷筷"；更不能把筷子插在碗里，因为这如同祭奠死者，叫"供筷"。如此种种，不一而足。

　　《礼记·曲礼》载有一整套关于饮食礼仪的繁文缛礼，其中有几句：共食不饱，共饭不择手，毋搏饭，毋放饭，毋流歌，毋咤食，毋啮骨。

　　用现在的话来说，大意是：一起吃饭时，不可只顾自己吃饱。如果和别人一起吃饭，要检查手的清洁。不要用手搓饭团，不要把多余的饭放回锅中，不要喝得满嘴淋漓，不要吃得唾吧作声，不要啃骨头。

　　古人的这些"讲究"，口耳相传，便成了日常的"体统"。然则，在某些时候，不那么讲究，却也别有一种趣味。

　　单说这"毋咤食"吧。小学毕业后，我有幸考上了县一中。县城离家有六十多公里，交通十分不便，为了节省路费，一学期也难得回一两趟家。盼星星，盼月亮，好不容易盼到寒暑假。母亲早早就做了好吃的在家等着，进了家门，也顾不上洗去一路的风尘，上桌就是一阵狼吞虎咽，唾吧有声，之后又狠狠地打了几个饱嗝。对于我如此之吃相，母亲不仅不觉得有失雅观，反而满脸笑容，对于她来讲此时最大的幸福，莫过于着实犒劳了一回儿子的胃。

　　多年后，当我渐渐修炼成亲朋眼中的厨神，偶有宾客上门，在厨房一阵忙乎后，看到亲朋好友的饕餮之态，我也是开心不已，远胜于滔滔不绝的溢美之词。

　　从上大学到参加工作，我就一直在福州城生活着，宛然是个城里人了，然而骨子里却觉得自己始终是个下里巴人，阳春不起来。

　　稍有闲暇，逮三五好友，大碗喝酒，大口吃肉。我想，也许我天生就是一颗马铃薯，再怎么打扮也是土豆，就这样了吧。

2018 年 11 月 25 日

一切皆有可能

还是那句西方谚语：在没有打开下一个巧克力之前，你永远不知道它是什么味道！

美国神枪手埃蒙斯在今天的男子 50 米步枪三姿决赛中就尝到了一块苦味的巧克力。熟悉射击运动的朋友都知道，这已经不是埃蒙斯第一次尝到苦味巧克力了。四年前的雅典奥运会，在同样的项目中，被誉为美国射击"神童"的埃蒙斯一路遥遥领先，但在最后一枪时却发生了离奇的一幕：埃蒙斯竟然把子弹打在别人的靶上（而且是 10.6 环），从而匪夷所思地把唾手可得的金牌让给了中国的贾占波。

这一次，同样是最后一轮，谁都没有想到奇迹再次发生了，埃蒙斯虽然没有出现雅典脱靶的失误，但是居然只打出了 4.4 环！

就这样，煮熟的鸭子又一次飞了！在祝贺我国选手邱健获得本届奥运会最后一枚射击金牌，为我国射击队完美收官的同时，我不由感叹造化弄人，历史性的悲剧竟然会在同一个人身上重复上演，而且是在亿万观众瞩目之下。

有人说，这就是竞技体育的残酷之处也是它的魅力所在，正如《大话西游》里那一句经典对白"我猜到了开始，却猜不到结局"！随时都有不可预知的情况发生，随时都有可能上演惊天大逆转。

幸运的是，在雅典奥运会上，埃蒙斯虽然一枪射失了金牌，却意外收获了一段异国情缘。据说，那次赛后，埃蒙斯感到异常沮丧，一个人躲在酒吧的一角喝闷酒时，一位美少女突然出现在他面前，细心的安慰和柔情的关照让无比失意的埃蒙斯重又体会到温暖和光明。这个美少女不是别人，正是被称为捷克射击界天才少女的卡特琳娜——在本届奥运会上夺得首金的那一位金发美女。如今，她已是埃蒙斯的妻子。

一切皆有可能！无论是赛场内还是赛场外。正是种种可能性，组成了生活的全部。

2008 年 8 月 18 日

大话菲尔普斯

迈克尔·菲尔普斯在水立方的泳池中，一口气揽下八枚金牌，让整个世界都为他倾倒！费德勒、纳达尔、大小威廉姆斯……网坛顶呱呱的一个个巨星都把他视为偶像，就连科比，这个在篮球赛场上几乎无所不能的家伙，也被菲尔普斯深深折服。

记得乔丹和约翰逊当红的时候，在 NBA 有一种说法："地板属于魔术师约翰逊，空中属于迈克尔·乔丹。"

模拟造句，"陆地属于飞人博尔特，水里属于菲尔普斯。"这是我想说的，对这两个世界上跑得最快和游得最快的人。

看看大家都是怎么说的吧——

路透社发表专栏文章《如果菲尔普斯宣布独立……》：如果有一天，菲尔普斯宣布从美国独立，成为一个新的菲尔普斯王国，他或许可以在奥运会的金牌榜排到第四。

梦八成员韦德：他真是个神奇的家伙，我真怀疑他每天都住在水族馆里，晚上在水里睡觉。

某网友：菲尔普斯的八金，几乎等同于人类历史上最伟大的八大奇迹，无论是万里长城还是金字塔，都惊为天人所为，而菲尔普斯本人就已经等同于天人。

菲尔普斯的母亲：迈克尔太棒了，他太神奇了，不过他真的是我生的……

大家都说了，也听听菲尔普斯说说吧。他说：迈克尔·乔丹是我的偶像！

原来，明星也有自己的偶像。

两个迈克尔，在我看来，他们的共同之处是：天才+勤奋+耐力＝成功。

乔丹如果仅凭英俊的容貌和天生的身体素质，或许可成为一个一流球星，但绝不会成为"天皇"巨星。为了比赛的胜利，他可以放弃娱乐和休息，拼命苦练，长期艰苦的技巧和体能训练是乔丹获得成功的根本保证……菲尔普斯也是这样干的，七年中只有五天没下水！

这是怎样一个概念呢？七年中只有五天没下水！按照这个算法，即便是每年的圣诞节，迈克尔也并没有放弃游泳，这个惊人的数据，很有力地表明了菲尔普斯的成功秘诀。

天才等于百分之九十九的汗水加百分之一的灵感！

爱迪生的这句话我们虽然耳熟能详，菲尔普斯却把它铭刻在心。奇迹就是这样诞生的。

2008 年 8 月 18 日

青春无敌

说起"90后"，很多人都曾经很不屑，也很担忧，关于他们的种种见诸于报端的劣迹可以列举出一大箩筐来……

总而言之，言而总之，就是：九斤老太一代不如一代！

可是不管怎么说，从本届奥运会上"90后"的整体表现看来，给我的印象就四个字：青春无敌！

从那个举重若轻，长着一张娃娃脸，吐着舌头，做着鬼脸的小伙子——龙清泉开始，陈若琳、王鑫、林跃、江钰源、杨伊琳、何可欣、李珊珊、邓琳琳……一个个"90后"奥运冠军横空出世。

有媒体报道，龙清泉，喜欢上网，有自己的Q群，聊天游戏无所不能，喝起酒来更是让他的教练都甘拜下风；王鑫，女子双人10米跳台冠军，夺冠前一天正逢16岁生日，央视记者采访她时，见她手上拎着人家送给她的生日礼物，便问是何许人送的，不料王鑫斜了记者一眼：你管？你又不送我！

青春阳光。个性张扬。甚或有些天马行空。这就是"90后"！

除此外，我还读到了顽强和坚韧。记得那天女子体操资格赛的时候——高低杠实力最强的何可欣从高杠转到低杠时，右手打滑，一下子掉了下来，现场一片惋惜声。只有16岁的小姑娘爬起来，镇定地往手上涂了一些镁粉，再次上杠，顺利做完动作，稳稳地站在垫子上。很高的起评分和完美的结束动作为她赢得了15.725的高分！

记得几年前，曾有20世纪60年代生人和70年代生人在各种媒体上"打群架"，再后来是"80后"成了目标，直到如今的"90后"成了众矢之的。似乎上一代人不屑下一代人已成了历史的惯性，而历史偏偏就是在"九斤老太一代不如一代"的叹息声中传承了下来。

每天都在前进，从来未停下过脚步。

有时候会跌倒，有时会走弯路，但青春就有资格从头再来。只要坚持，只要努力，青春就无敌。

　　长江后浪推前浪，前浪死在沙滩上。这才是亘古不变的真理。

2008 年 8 月 25 日

也说败者为王

奥运正在如火如荼地进行着，传奇天天在上演。有跳出的黑马，有爆出的冷门。有人收获欢笑，有人收获泪水。前者如仲满，后者如朱启南。

值得欣慰的是，人们在为胜利者欢呼的同时，也把掌声和喝彩送给了失败者。

男儿有泪不轻弹，只因未到伤心时。在射击男子 10 米气步枪亚军领奖台上，朱启南微笑中难以掩饰遗憾的泪水。当他听见全场的观众都在呼喊他的名字，为他加油时，朱启南更是泣不成声，一会儿坚定地竖起手指，一会又对观众鞠躬致谢。

有看了直播的观众在网上给朱启南留言，他们说："感谢你为中国又拿了一块银牌。你是英雄！"

在颁奖仪式后的新闻发布会现场，一位来自新华社的女记者在提问中掉下了眼泪："请问朱启南，你的阑尾炎好了吗？身体状况怎么样？今天的比赛会不会是你的告别赛？"言语中尽是关切。

刚从阑尾炎手术中恢复过来的朱启南，在赛场失利后并没有像澳大利亚姑娘斯奇佩尔那样，将夺金失利怪罪于泳衣拉链，而是不断地说"中国队加油""祝愿自己的队友好运"，让我们看到了男人的担当和大气。

20 年前，汉城奥运会失利的李宁回国时，迎接他的是一片指责的声音——"李宁，你怎么了"；20 年后，北京奥运会失利的朱启南，有千千万万的人在为他鼓劲——"孩子别哭"！

24 年前，中国观众为电视里中国运动员的表现流泪呐喊；24 年后，中国的观众在自家的体育馆里，为来自全世界的运动员叫"好"！

正是掌声与鼓励，成就了败者为王的风采，也成就了崛起中的大国文明。

2008 年 8 月 12 日

叫买与叫卖

日前，由省委组织部、省人事厅、中国海峡人才市场等单位主办的为期15天的省、市赴省外招聘人才行动已顺利结束。这真是个好消息！人才这一特殊的"商品"终于被人们大大方方地摆在桌面上去进行"叫买"和"叫卖"了。

我不由想起年初两桩在一北一南的媒介上被炒得煞是火热的事来。

其一说的是，在北京大学校园出现一则广告：诚聘具有网络背景，熟悉互联网的网络人才，月薪要求低于15000元者免谈；熟悉三维动画设计的美工人员，月薪要求低于6000元者免谈。其二说的是，在福建省举办的全省非师范类大中专毕业生供需见面会上，福州大学应届毕业生杨某响亮地打出"谁聘我，年薪10万"的口号。

这两者，按当今市场上流行的行话来讲，一个是地道的买方，一个是典型的卖方。我想，之所以会引起轰动，前者在于企业能够大大方方地亮出自己的底牌，敢于如此张扬地对应聘者"狮子大开口"，这本身就是一个大手笔。你看，通览广告全文，也就那么一块豆腐块，只言片语都没向你表白说他们是如何如何的求贤若渴，但谁又能否认他们的这种心情已经跃然纸上，昭然若揭呢？正如举行招聘会的北大天正公司负责人所言："提出如此高的工资，这就要求应聘者充分估计自己的实力。互联网对技术要求高，充分凸现个人待遇，会调动年轻人的积极性。再说，为网罗真正的高手，花再多钱也值得。"这不正是现代企业所需要的大度与自信吗。

而对于杨某来讲，他的现实意义则在于他是福建省第一个敢于"明码实价"推销自己的大学生，独树一帜的举动自然会招来各种不同的反应，但对其勇气，见面会上大多数人还是忍不住叫好。毕竟，要敢于第一个去吃螃蟹也不是那么简单的事。当代大学生在面向市场之时，难得的是不妄自尊大，也不妄自菲薄。

　　一个是周文王般的求贤若渴，一个是姜子牙般的蓄势待发，两者其实是殊途同归，他们的终极目标都是要成就一番宏图伟业。我想无论是对于企业还是对于人才来讲，难得的是正确地给自己一个准确的定位，清楚地了解自己所能付出的和自己所想得到的。一旦认准了，至于你如何大张旗鼓地去实现目标都是无可厚非的，毕竟企业要的是"一将难求"的人才，各路英雄好汉们所要的是一块能够施展拳脚的用武之地。

《福建日报》2000 年 11 月 22 日

婚姻这一碗"骨头汤"

一次偶然的机会，我和几位朋友到一家酒楼去吃那里有名的骨头汤。我们一边吃一边自然而然地就聊到了有关婚姻的话题，看着碗中热气腾腾的骨头汤，大家不约而同地在骨头汤和婚姻之间找到了共同点，觉得婚姻的历程就像是在熬一碗骨头汤。

不是吗？婚姻刚开始的时候，就好比刚出锅的骨头汤，味道自然是极为鲜美清甜的。以后，汤不断地被舀出来喝掉，清水不断地被加进去，时间长了，汤的味道自然是越来越淡。最好的办法是要趁着骨头还没熬干的时候往汤里加点调料，味道依然可以保持长久的鲜美。当然了，因为人们口味的不同所加的调料也是各有千秋的，这也是一桩婚姻能够保持美满的奥秘。

而有一类人，总觉得自己熬的汤索然无味，看着别人锅里的汤味道似乎更鲜美些，便千方百计地寻找机会从别人的锅里舀来一点汤换换口味，尝尝鲜，觉得味道不错——你看，这不就有了红杏出墙，有了婚外恋。

还有一类人，觉得这样喝着终究还是不过瘾，一不做二不休干脆就把自己锅里的骨头给扔了，另起炉灶，重新熬过一碗汤——人皆如此来对待婚姻，民政局可就热闹了，离婚的人肯定要排起长队。

唉，真是说不完道不尽婚姻这一碗烫手的"骨头汤"！难怪有人这样调侃婚姻：如果说性别是大自然的一个最奇妙的发明，那么婚姻，则是人类最笨拙的一个发明，自从人类发明了这部机器，它就老是出毛病，使我们为调试它修理它而伤透脑筋。

如果说一千个观众心中有一千个哈姆雷特，大概一千个人对婚姻也有着一千种不同的理解。在我看来，婚姻和爱情的不同之处在于，爱情可以有无限止的浪漫，而婚姻却是实实在在的面对面，你无法回避柴米油盐酱醋茶。难怪尚福尔这样感慨：恋爱有趣如小说，婚姻无聊如历史。

《福建广播电视报》2001 年 1 月 2 日

换个角度

第三届广州 2010 亚运会歌曲和音乐邀约活动完成的第一部歌曲《蓝天》，由成龙和孙楠合唱。

在央视播出的新闻中，我看到有记者问成龙大哥："人家都说，不要在孙楠之前，也不要在孙楠之后，更不要和孙楠一起唱歌，因为他的实力实在太强了，一下子就被比下去。"成龙逗笑："相反，我一点压力也没有，唱不过孙楠是应该的，万一唱得过孙楠，那就是奇迹，怎么说都是我划算！"

换个角度看问题，真是大不一样。虽然，这一番话，在成龙大哥接受采访的当下，也许只是调侃之辞。

人的一生会有种种遭遇。不怕在一棵树下乘凉，就怕在一棵树上吊死。很多时候，我们都不妨换个角度看问题、处理问题、思考问题。

记得，几年前我在闽北乡下挂职时，有一农户意图违章建房，土地部门在业主刚开始垒地基时就及时发现了，多次前往规劝，无奈业主仍一意孤行。后来，竟至与执法人员剑拔弩张、势如水火。见此情状，我示意相关人员先行撤回，另做打算。

是夜，我独自踱到该农户家，敲门。那时，我在村里挂职已有一段时间，也实实在在为村里办了些事，村民们都看在眼里。因而，见是我独自来访，主人还算热情，把我迎到厅堂落座。主人敬我香茶，我则从口袋里掏出烟来，递给他一根，点上。打开话匣子，我和他拉起了家长里短，谈我闽南老家不同于闽北的许多习俗。你来我往，渐入佳境。主人提议一起喝点他自家酿的水酒，我也不拒绝。三杯两盏下肚，话更多了，情更浓了，他不时拍拍我的肩膀，我也捶捶他后背。一个晚上，我只字不提有关他违章盖房之事。临行，终于，他拍拍自己胸脯说，兄弟，我服了你！我保证不给你添乱了。我微笑，转身离开。

那一夜，我感觉，乡下田野吹来的风似乎带着甜味。没想到原来很棘手的一件事情就这么轻松解决了。换一个角度和方式处理问题，这种举重若轻的成就感真是妙不可言。

曾听到过这样一个故事。深秋的夜晚，有一英俊的小伙想跳楼自杀，被借居在楼顶的老丐拦住。老丐问："你为何寻短见？""我刚结婚一年，老婆买彩票中了 50 万大奖，就遗弃了我。你说我活着还有什么意思？"老丐听了沉吟片刻。说："一年前，你是怎样过日子的？"小伙说："那时我自由自在，无忧无虑呀……""那时你有老婆和大奖吗？""没有""那么你不过是被命运之船送回到一年前，现在你又自由自在无忧无虑了。你看，你和我比如何……"

小伙回头看了看衣衫褴褛的老丐，想了想，便下楼走了。

换个角度看待自己，人生便有另外一番风景。有位哲人曾说，我们的痛苦不是问题的本身带来的，而是我们对这些问题的看法而产生的。这其实也是说，我们是快乐还是苦恼，关键在于我们怎么样去看待自己。

汪曾祺曾在《名优逸事》里记述过京剧名丑贯盛吉临终前的一件侠事：有一天，他很不好了，家里忙着，怕他今天过不去。他瓮声瓮气地说："你们别忙。我今儿不走。今儿外面下雨，我没有伞。"一个人在病危的时候还能保持生气盎然的幽默感，能够拿死来"开逗"，那么还有什么畏惧的呢。

一直以来都喜欢歌手阿牛，喜欢他的率真与阳光。在他一首名为《老朋友》的歌中有这么一句唱词："在那个有风的下午，你叫我换一个角度，痛苦不过是生命赐给我们还没打开的礼物。"

是的，换个角度，换个方式，换个思维。也许，好运就在转角处。

2010 年 5 月 20 日

"靠天吃饭"的功夫

说到"靠天吃饭",很多人的第一个反应都认为这只是农民兄弟的事情。其实不然!摸透老天爷的脾气,固然是农民兄弟们的必修课,但仔细想一想,哪一行又脱得了和老天爷的干系呢?大到航空航天,小到做服装的、卖空调的、酿啤酒的、倒西瓜的,无不要看老天爷的脸色行事。

大家应该对去年冬天延续到今年春天的那一阵异乎寻常的冷记忆犹新。多年来习惯了暖冬天气的人们,对这突如其来的冷多少有点措手不及。但正是这场突如其来的冷,愣是让那些反应异常灵敏的商家大发了一把,我的一个朋友就凭着延揽下多家商场陈年积压的大衣而狠狠地赚了一把,真是不想发财都不行。但是,今年还想依样画葫芦恐怕就行不通了,君不见冬天才开了个头,各个商家的皮大衣却已经在竞相"跳水"了。

其实,把气象作为营销决策的依据,借天气做生意,观风雨赚大钱,一直都是商界有识之士的一项重要经营战略。当然,如何念好这本气象经,各人有各自的高招,像"冬卖裘,秋贩纱,夏天地头抱西瓜"那是最司空见惯的了,到什么季节就吃喝什么,这不算有什么独到之处。最让人称道的应该是那种在哲学上善于"透过现象看本质"的人,唯有独具慧眼,方能鹤立鸡群。英国一位企业家曾这样说:"靠天气发财也是一门学问,市场的经营者应该充分了解和掌握每种气象变化以及每一个温度下的销售额百分比及其变化规律。"

有一个很著名的例子:1982年墨西哥火山爆发,成千上万吨的火山灰直冲云霄,正当全世界都在议论火山奇观和它所造成的灾害时,唯有美国的有关专家敏锐地意识到,悬浮在空气中的火山灰将造成低温和多雨从而使全球农业减产,于是美国农业部门根据专家组提出的报告及时采取了相关的对应措施。第二年,世界各国粮食产量果然普遍下降,美国成了唯一的粮食出口国,真是捡了个"天"大的便宜!

　　眼下，随着又一个季节变更期的来临，新的商战也在愈演愈烈。"经商看天气，销售观风雨"，但愿我们的企业经营者们都能掌握一门过硬的"靠天吃饭"的功夫，准确把握气象信息，及时做出恰当的反应。只有善于未雨绸缪，方能抢占无限商机，出奇制胜，百战不殆。

《福建日报》2000 年 12 月 6 日

也说 "做女人挺好"

　　近日，在报上看到某张姓作者一篇题为《"鬼要""屁用"的广告》的文章。文中对于某美乳霜所宣传的"做女人挺好"，在他看来那无疑是对女性的损伤，于是便为女士们打抱不平，提出了自己的反诘：不"挺"就是坏？

　　看完，我觉得张先生的责难近乎吹毛求疵。实际上，这一广告在肯定"做女人挺好"的同时，并没存心去打击"不挺的女人"，这好比我们在夸自家的孩子很乖，并不意味着别人家的孩子就不乖了。再退一步讲，如果从人体美学的角度来看，女性不"挺"到底好不好，相信大家都是心知肚明的，只不过中国人一向比较含蓄，没人说出来罢了。

　　爱美之心，人皆有之。广告作为一种宣传手段，如果对这点视而不见，听而不闻，无异于驼鸟把头埋在沙里，不仅是荒谬的，也是愚蠢的。实际上，人们追求美，一为自喻，一为"对异性更具吸引力"，无论减肥、扮靓，还是运动、健美，其深层心理都无出其右。广告人所应做的，一是力图把握好社会的伦理尺度，在美感、性感、羞耻感之间保持必要的张力；二是把握好产品与性感信息的关系，不要生拉硬扯，更不能低级趣味。女性用品的广告历来不好做，平心而论，某美乳霜的这一广告不仅功能诉求极其到位，而且广告语也十分简洁准确又含而不露。勿庸置疑，当初一夜之间出现在大大小小公交车站的这一广告给人留下了极为深刻的印象，人们在心领神会，莞尔一笑之余，也记住了它，一个独特的品牌形象藉此在消费者面前树立起来了，这"挺"恰到好处，给人一种女性的丰满之美，与产品本身的特点可谓紧密相扣。我们不妨扪心自问，换成我们来做这类产品的广告，又能做出什么样的东西来呢？

　　我无意为某个厂家做辩护，只是觉得在经济生活中，当你要对某一经济活动进行分析之时难得的是以一颗平常心去客观评判。人们常说，没有调查就没有发言权。据我所知，张先生所抨击的这一广告恰恰很有"生命力和吸引力"，作为一家中外合资企业旗下的这一品牌，在由中国商品学会和中国质量学会联合举办的"2000年中国市场商品质量调查活动"中，被列为同行业第一品牌。

这一业绩的取得，就很说明问题。

《福建经济快报》2000年11月21日

禁播令，拯救中国动画？

北京时间 18 点 10 分。

我那过完暑假才满六周岁的儿子正坐在电视机前专注地看着央视 6 套播放的《想做熊的孩子》。这是一部充满极地原始生命力的法国动画电影，它源自古老的爱斯基摩传说。影片鼓舞每个年龄层的观众，重新燃起勇气面对生活中的困难，也令人重新思索人与自然密不可分的关系。本片于 2000 年推出后受到了各界一致的好评，是历年来数一数二的唯美动画影片之一。影片不仅将音乐与艺术作了最纯粹的结合，同时也衍生出对生命与环保的人文关怀，完美地将单纯的卡通片变成了感人且充满诗意的电影。

此时，儿子并不知道再过二十多天，他就再也不可能在这样的时间段看到类似的外国经典动画片了！

今天，几乎各大网站的首页都登载着这样一条消息：据《广电总局关于进一步规范电视动画片播出管理的通知》，自 2006 年 9 月 1 日起，全国各级电视台所有频道在每天 17 时—20 时之间，均不得播出境外动画片和介绍境外动画片的资讯节目或展示境外动画片的栏目。

看到这一新闻的时候，我的第一个反应是吃惊，第二个反应还是吃惊！

是中国的孩子不喜欢外国动画片吗？显然不是！

据《法制晚报》记者在北京市中小学中所进行的抽样问卷调查显示，有八成的孩子喜欢看国外的动画片，近七成孩子喜欢看日本动画片。对于将来在电视上如果看不到引进动画片，虽然多数孩子表示还是会看国产片的，但回答中多少有些无奈，因为很多孩子说他们将通过其他途径来看国外动画片，如买碟、网络下载等。

那么，是外国动画片内容不健康吗？显然也不是！

比利时动画片《蓝精灵》、捷克斯洛伐克的《鼹鼠的故事》、美国的《唐老鸭与米老鼠》《猫和老鼠》、日本的《花仙子》《聪明的一休》《铁臂阿童木》《机器猫》，哪一部不是既好看又好玩又有教育意义的？再比如，我前面所提到的《想做熊的孩子》就堪称是一部经典之作。

实际上，外国的动画片由于高技术和高投入，除产品质量较高外，在内容设计上也有很多值得我们学习的地方。如动画片《狮子王》所宣扬的勇敢精神，甚至取材于中国传统故事的《花木兰》，也一直为观众们所津津乐道。当我们在孙悟空的身上看到他的智慧与灵动时，在阿童木身上不也同样可以感受得到吗？！

那么，到底是什么原因要出台这么一道禁播令呢？原因只有一个，那就是——为了拯救中国动画。有90年历史，也曾经产生过类似于《大闹天宫》《葫芦娃》《三个和尚》等经典之作的中国动画，竟要被如此"搀扶""拯救"！

可是这样的"拯救"真的是明智之举吗？这样就可以迎来国产动画的春天吗？大家都清楚，眼下的中国动画无论从制作、导演还是原创性来说，整体水平都比较低。现在电视上充斥着的国产劣质动画，正是一种片源不足导致的饥不择食。

行政部门采用政策倾斜的方法，扶持某一领域原本无可厚非，但是在市场经济日趋成熟的今天，这一种扶持应当具有理性的前提，而不能仅仅是一声叹息，举足无措。

2006 年 8 月 13 日

禁不禁止，这是个问题

今天在《海峡都市报》上看到一则新闻，说是在长沙的湘江上，一名女孩双手和双脚都被布带和绳子捆着，只能用脚使劲地蹬水游动。在游了三个小时约三公里后，女孩才被母亲叫上岸，只见她脸冻得发紫，母亲赶紧给她喂蛋糕补充营养。据父亲称，女孩今年十岁，读小学四年级，从五岁时就训练她游泳了。受海南八岁女孩张慧敏徒步跑到北京的影响，也想挑战游过英吉利海峡的纪录保持者。当有围观市民称，此举太不安全时，父亲说："女儿游泳要轻松一些，毕竟张慧敏跑了四千多公里，女儿是在坚持自己的梦想！"

这不禁让我想起不久前在《读者》上看到的另一则故事：

布提亚·辛格是印度的一个五岁男孩。虽然他年纪小，却是全世界最年轻的马拉松选手。因为在他只有四岁半时，就完成了 42.195 公里马拉松跑，此举震惊了整个印度，人们称他为马拉松神童。

2007 年 6 月 6 日，五岁的辛格开始了新的挑战：打算用十天时间，从印度东部的布巴内斯瓦尔市跑到西部城市加尔各答。整个行程大约五百公里。起跑前，有许多支持辛格的人，拉着横幅到起点给他打气。一些媒体也纷纷来到现场，采访这位长跑神童。

但就在这时，一件意想不到的事情出现了：大量警察封锁了辛格的长跑线路。警方负责人解释说，他们接到政府的指令，严禁辛格参加这项马拉松活动。对此，主办方非常恼火，认为政府这样做会扼杀一个长跑神童，他们还准备向当地法院起诉政府这种非法干预行为。

但是，面对着辛格家长和教练的反对，面对着辛格支持者的抗议，印度政府还是禁止了辛格的马拉松活动。

印度政府禁止的理由是：辛格只是一个五岁的孩子，而五百公里的路程，对他的体力和情绪都是一个负担，这很容易使他身体出现营养不良、贫血和心脏疾病。让一个孩子去尝试不属于他年龄的生活，这是一种极大的残忍。

国家可以不要神童，但有责任保护一个孩子的生命健康。

其实，相比于中国这个已经步入体育强国的国家而言，印度更需要有人来实现他们的体育梦想。作为人口大国，印度迄今没有一个人摘取过奥运会单项金牌。在印度参加奥运的七十四年历史上，只有曲棍球队赢得过一次冠军。可是即便在这样的情况下，他们都宁可要一个健康的生命也不要一个神童。不知道这能否给我们予某种启示呢？

禁不禁止，这是个问题。

2007 年 10 月 4 日

闽南的"天公生"

在闽南乃至台湾地区，初九"天公生"是一年之中除了除夕之外，最为重要和热闹的一个传统节日，老百姓对其的重视程度完全不亚于"过年"。

关于这一节日的来历，有两种说法。

一种说法是：传说在唐朝，黄巢的军队曾在新年间从北方到南方（也有人说是宋朝杨宗保，还有人说是唐代开漳圣王陈元光），军队在遇到服饰与语言不同的福建居民时，由于听到这些居民自称是"狼"（闽南音"人"的读音），而大开杀戒。

面对北方强兵的福建居民，只好纷纷逃到甘蔗园内躲避。一直到北兵弄清楚是怎么回事，停止了杀戮后，人们才走出蔗园。这一天即正月初九日，人们补过新年，形成了后来的风俗。

另一种说法，来自于学者的解释：说是源于女娲娘娘开天地，造万物。初一为鸡日，初二为狗日，初三为猪日，初四为羊日，初五为牛日，初六为马日，初七为人日，初八为谷日，初九为天日，初十为地日。

也就是说，正月初九是"天"诞生的日子。古人认为天是宇宙万物的主宰，也是万物生长化育的本源，所以不可不敬天畏命，顺天行道，因此联想自然界中有一位最高的神明在支配万物。于是天命令君王来人间执政治民，君王必须顺应天意，这样才能风调雨顺，国泰民安，否则君王违反了天道，天就会降下各种不祥之兆与灾害惩罚。

君王敬畏天，庶民百官自然而然也敬畏天，君王既然是奉天之命治理人世，所以君王不得不崇拜天。定期祭天，不但是君王必行的职责，也是国家的大典。

据史料记载，有正式祭祀天地的活动，可以一直追溯到尚处于奴隶制社会的夏朝。此后，历朝君王每年必举行盛大的郊祀，但当时所祀的天，纯粹是指昊天上帝，即"苍天""昊天"。

直到宋真宗时，皇帝亲自为玉皇大帝造像，使得玉帝这个神的形象借由"天公""老天爷"延续了下来。日积月累，民间把两者合而为一。宇宙穹苍，天的形象就这样定型在普通老百姓的心中。

实际上，在很多闽南人看来，天公就是天公，不是指玉皇大帝，而是天上最厉害的神。具体到底是指哪个神，却大多说不上来，只知道是一辈辈传下的规矩，拜天地间最牛逼的那位。

这观念，更像是穿越到了北宋之前。因此，在闽南地区普遍认为"天公"作为最具权威的神，无相足以显示，因此不敢随意雕塑他的神像。

在普通老百姓家里，大多于厅堂高悬一"天公灯"，每到祭拜之时点亮。此外，敬天公的香火和敬祖宗的香火也不一样，敬祖宗是两炷香，敬天公则是三炷香。

在庙宇，天公则以"天公炉"及"天公座"来象征。一般庙宇都有一座天公炉安置于庙前，祭拜时要先向外朝天膜拜，这是烧香的起码礼仪。

敬天公的供品分别有五果、六斋、搭饭、烧酒、全猪、全羊、鸡公等，一般选择三牲（猪、牛、羊）或以鸡代替其中一种，另外鲜花、水果、柿饼、桂圆干、红枣等也是必备之品。

不同的地方，供品也会有细微的差别。比如，在我老家安溪，作为铁观音的故乡，除了敬奉几盏清酒之外，还会敬上三盏香茶。

在敬天公时，有时也会兼着做"安太岁"的仪式。当年生肖冲犯太岁的人，取一件自己日常用品放于供桌之上，然后用平日盛米的米筒围上红纸作炉，写上"太岁星君到此"，加以供奉，以避祸消灾。

2017 年 2 月 5 日

立春之日说"立春"

"入睡时还是冬天，一觉醒来，已是春天。"今天是立春，有人这么形容。

对于这世界上绝大多数的人来说，这无疑是一生中第一次在阳历 2 月 3 日迎来"立春"。因为上一次发生在 1897 年，那已经是 120 年前的事了。时值清光绪 23 年，中国社会动荡不安，清王朝统治摇摇欲坠。

春节的烟花尚未散尽，大清疆域内狼烟四起。就在那年的正月初三日，立春当天。清政府派遣李鸿章与英使订立《中英滇缅境界及通商修正条约》。规定：开放云南腾越、思茅、广西梧州三口通商……未经与英国议定，中国不得将江洪地区及孟连让与他国。

转眼两个甲子过去，又是一个丁酉年。谈古论今总是轻巧，可惜历史没有快捷键。看今朝，恰似换了人间。

前脚烟花绽放，接踵春花可待。按照传统的历法，今年还是个"双春"年。双春年，即是指在一年之内出现了两个立春节气，是阳历和阴历之间的"阴差阳错"造成的。

阳历，是按照地球绕太阳公转的规律制定的，地球公转 1 周为 1 年，分 12 个月，算做 365 天（闰年则有 366 天）。阴历是按月亮盈亏变化的规律制定的，以月球绕行地球 1 周为 1 月，一年为 12 个月的一种历法，实际天数为 354 天。

中国的历法是结合太阳和月亮运行的周期制定的。这样，在阴历和阳历之间就出现了 11 天的偏差，于是在阴历中出现了"闰月"，来解决阴阳历中出现的时间差问题。而在古代，人们都是以立春作为新一年的开始，所以古代并不存在现在的"双春年"之说。

关于双春年的好与坏，民间有两种说法。一种认为：双春兼闰月，是结婚的好时年。还有另一种说法则认为：两次立春有二度春的含义，不宜结婚。

与双春相对应的则是盲春，又称寡年、哑年、滑头年。所谓盲春，也就是农历当年没有"立春"节气。例如，刚过去的 2016 年，一年之中都没有立春，所以 2016 年即寡年。旧俗认为，春天是播种的季节，也是男欢女爱的象征，"无春"之年是无法怀春的，故也有"寡年"不宜婚嫁之说。

谈到"双春"和"盲春"，不由得让我想起另一个更为特殊的现象，即"双春双雨水"。之所以印象深刻，是因为离现在最近的一次"双春双雨水"出现在 1984 年。记得那一年的春节放假回家，时常能听到长辈们谈论这个年份如何如何。那时的我对这些话题并不上心，只是因为听得多了就记住了。

多年后才知道，"双春双雨水"这种现象是非常难得的，只在甲子年出现，并且是每六个甲子年才出现一次，一个甲子年六十年，六个便是三百六十年。

印象中那年也并没有什么特别的事情发生。正如前面所说的"双春"与"盲春"，其实都只是正常的历法演变，与吉凶无关，更不可能影响到婚姻的幸福与否。

即便是这些所谓的说法，它很古老很古老。

2017 年立春

听雷教授讲"德国佬"

这些天，在省委党校研究生班参加集中面授。此次面授的课程中，有一门《现代领导能力研究》，为我们授课的雷教授不久前刚从欧洲归来，在讲到"定性"与"定量"时，他给我们讲述了一段在德国期间亲历的"逸事"。

话说雷教授一行周游欧洲列国，某日到达柏林近郊某家旅馆住下。到了柏林，自然要去凭吊一番承载着沉重历史的柏林墙，虽然在1990年10月3日东西德统一后，柏林墙被拆了，只剩下一段二百米长的苍老墙体供游客远观。然而，不知何故，在官方为雷教授一行安排的行程里并没有此项。可是，就这么"近在咫尺"的岂能错过，于是不管时已日暮，他们走出旅馆，搭上地铁，义无反顾地向柏林墙"进军"。

瞻仰完，凭吊毕。虽非得意却已忘形，蓦然回首，最后一班地铁早已开走！怎么办，打的？早在国内时就听说在欧洲打的是很贵的，同行居多的是老先生，舍不得花那个钱。那就步行回旅馆，省它几个欧元吧。可是一行人越走底气越不足，因为不知道到底离旅馆有多远，要走多长时间。

好不容易逮住一个看着面善的德国人，于是就用"洋泾浜"式德语外加手势上前问路，没想到比画了半天对方却没有任何反应。大概对方听不明白吧，一行人这样想着，无奈叹着气继续前行。可是没走出多远，就听到后面急促追赶的脚步声，回头一看，是那个被问路的德国人赶上来了。上得前来，气喘吁吁地告诉他们，还需多久才可以到达他们所住的旅馆。一行人奇怪地问那德国人，为什么先前不肯告诉他们。没想那个德国人的回答大出雷教授他们的意外，"刚才你们是站在那边问我，我怎么知道你们步行的速度如何，现在我知道你们走得有多快了，才可以算出你们走到那里要花多长的时间啊！"真是严谨到了极致了，和国人经常喜欢用的"大概""也许""可能""差不多"这样的表述真是迥然不同。

哈哈，这就是人们经常描述的"刻板"的德国人吗？我不由想起多年前看过的一则笑话。说是二战期间，英德海军在某港口僵持，负责封锁的德国潜艇每周一、三、五布雷，负责保持航路畅通的英国海军则每周二、四、六扫雷。有天，英军司令突发奇想，决定不扫雷，看看会怎样，于是按兵不动，放假一天。结果，毫无准备的德国潜艇次日布雷时碰上了自己前一天布设的水雷，被炸沉了，德军舰长被盟军打捞上来时依然骂个不停："你们太没有专业精神了！"

当然，这只是一则笑话，其真实性固然已无从考究。德国人真的那么刻板吗？也许雷老教授一行碰到的只是个特例而已。为了印证我的想法正确与否，我百度了一下"问路德国人"，没想到一下子跳出六十多万条符合条件的选项。我随意点开其中的一些网页，发现很多国人在问路时碰到的"刻板"德国人比起雷教授们之所遇有过之而无不及。有一篇名为《可爱德国人》的博文中这样写道——

外出旅行问路必不可少，可是没见过像德国人这样认真的。我们停车问路的路旁常会汇集三五个德国人，拿着地图仔细地切磋着，不知道的还以为在开了什么临时会议。原来被问路的人如果不知道怎么走，不会一口告诉你不知道就完事，而是去问另外的人，如果碰巧这个人也不知道，他也不会善罢甘休，会再去问其他人……更令人感动的是，当我们实在无法明白他们指出的路线时，其中一个德国人索性开车带起了路。十分钟后我们终于抵达城堡，德国人的宝马冲我们闪了两下灯便潇洒离去，真是做好事不留名的西式活雷锋。

呵，这些"刻板的德国佬"！其实，如果我们生活中能够多一些这么热情而又"刻板"的人，世界会变得更美好。

2007 年 10 月 19 日

守望崇高与敬畏

我的老家在一个偏远的小山村，离安溪县城还有六十几公里。小时候，最开心的事情就是搬着小板凳去看露天电影，那个年代看得最多的是《刘胡兰》《烈火中永生》《洪湖赤卫队》等等这样的革命电影，就是这些耳熟能详的影片陪伴着我走过了童年。印象很深的是影片中的英雄人物或冲杀在前、或慷慨赴死之时，总会大义凛然地说：我是共产党员！

现如今，我们的生活水平得到了前所未有的提高和改善，这是不容辩驳的事实。然而不知从何时起，在大大小小的网络论坛里有个共同特点，就是好事儿基本没有，申冤诉苦，掐架骂娘的帖子很多。在街谈巷议甚至是个别主流媒体上也充斥着各种消解崇高，淡漠理想，无病呻吟，利益至上，宣泄个人情绪，热衷娱乐至死的言论，凡此种种，不一而足，令人深感不安的是有不少党员干部也是非莫辩，跟风炒作。

早在1945年，毛泽东同志就曾提出，要夺取全国革命的胜利，"就要有一个有纪律的、思想上纯洁的、组织上纯洁的党"。在十七届中央纪委第七次全体会议上，胡锦涛同志更进一步强调："我们党作为马克思主义执政党，只有不断保持纯洁性，才能提高在群众中的威信，才能赢得人民信赖和拥护，才能不断巩固执政基础，才能实现党和国家兴旺发达、长治久安。"

毛泽东同志还曾经这么说过，"房子是应该经常打扫的，不打扫就会积满了灰尘；脸是应该经常洗的，不洗也就会灰尘满面。我们同志的思想，我们党的工作，也会沾染灰尘的，也应该打扫和洗涤"。这段话说明，"洗脸"是解决问题、改进工作的有效方法。特别是在新的历史条件下，更需要发挥"洗脸"的功能和作用。

我理解，所谓的"洗脸"最重要的就是要常常自躬自省，如曾子所言：吾日三省吾身，为人谋而不忠乎？要常怀一颗"敬畏心"。俗话说，头顶三尺有神明，不畏人知畏己知。心有所畏，行有所循；心有所畏，行有所止。敬畏不是简单的害怕、恐惧，而是敬重自然和社会的法则，认识到自己的有限和渺小，从而自我约束，进而变为一种道德自律。敬畏历史，敬畏百姓，敬畏人生。

敬畏必须"有所不为"，有所不为就是不做违背法纪道德及损害国家与人民利益的事，做到清正廉洁、不偏不倚、公私分明，这既是一个很高的要求，又是一个最起码的底线。追溯我国的官场文化，"公生明、廉生威"的清廉大义早已有之。东汉人杨震是个人皆称赞的清官。他做过荆州刺史，后调任为东莱太守。当他去东莱上任的时候，路过昌邑。昌邑县令王密是他在荆州刺史任内举荐的官员，听说杨震到来，晚上悄悄去造访，并带黄金十斤作为礼物。一是对杨震过去的举荐表示感谢，二是想通过贿赂这位老上司以后再多加关照。可是杨震当场拒绝了这份礼物，说：故人知君，君不知故人，何也？王密以为杨震假装客气，便说：幕夜无知者。意思是说晚上又有谁能知道呢？杨震立即生气了，说：天知地知你知我知，怎说无知？王密十分羞愧，只得带着礼物狼狈而回。

清代河南巡抚叶存仁卸任离职时，同僚下属避人耳目，深夜用小船给他送了很多礼品，叶存仁作诗巧妙拒绝，"月明风清夜半时，扁舟相送故迟迟，感君情重还君赠，不畏人知畏己知"。一句"不畏人知畏己知"阐释了畏的更高境界。这是一种自守精神，是自省自律的大义和无愧百姓苍生的大爱。

敬畏还要"有所作为"。有所作为也就是做实事、做好事，要对腐败贪污恶势力无所畏惧、勇敢斗争。美国政治学者阿密泰说，"清除腐败，不仅仅是找出一个烂苹果，而更应该检查放苹果的筐子"。要让导致腐败的"霉菌"不再滋生、发酵、发毒，必须从源头上根除"病灶"，要建立"不愿为"的自律机制、"不敢为"的惩戒机制、"不能为"的防范机制和"不必为"的保障机制。这"不愿为"、"不敢为"都体现了一种敬畏的心理。

不久前，我无意中重读了一遍王愿坚的小说《党费》，那种神圣、崇高的感觉再度溢上心头。是的，也许，一个时代有一个时代的特征，我们也知道浪漫的幻想和虚幻的热情终将随风飘散，但总有些纯粹的、崇高的东西，不应该就这么灰飞烟灭。不可否认，面对错综复杂的国际局势，面对着各种不同的利益诉求，我们的党任重而道远，在前进的道路上还面临着许多矛盾和

问题，有时我们也许会因为这些感到迷惘和困惑，但即便是在平庸与忙碌中，我们还是要守望那份崇高与敬畏。人类社会崇高与卑琐共存、高洁与低俗并生。如果放弃崇高而热衷于卑琐，就一定会失去跃动人心、引领历史的根本力量。

2012 年 9 月 6 日

第五辑　恋恋风尘

烟火赤水

俗话说：民以食为天，吃饭皇帝大。

然而在城市里待久了，味蕾似乎越来越迟钝，吃嘛嘛不香。一日三餐，只是填肚。

"周末去德化赤水古镇散散心？"收到朋友的采风邀约时，我正为诸多俗事而烦恼着。

经询悉，赤水镇位于德化县西北部，是来往于闽西闽中大田、永安、尤溪等地的交通要道，镇上商贸繁荣、客栈林立，闽南旅游胜地九仙山距赤水老街不到二十分钟的车程。"飘飘乎如遗世独立，羽化而登仙。"能寻一处地方暂时换换心境，自是甚好。不假思索，我当下就答应了，不意就此开启了一趟美食之旅。

周五下午，和几个文友坐了一个小时的动车到泉州，与三五"骚客"再番会合后，我们一行人挤在一辆面包车里又倒腾了一个半小时，终于抵达赤水古镇。

时已日暮，炊烟袅袅，正是晚餐时分。在临街的一家客栈住下，简单梳洗罢，就跟随着镇上的工作人员"觅食"去了。

饭堂里，一张硕大的圆桌上摆满了各色叫得出名和叫不出名的菜肴。满桌菜香，扑鼻而来。主人已早早在那边候着，忙不迭地招呼大家落座，客气地说，入乡随俗，就吃些家常菜，怠慢你们这些大作家了。然后如数家珍地介绍，这是小肠过饥草汤，那是赤水煎果，这边是醋猪脚、那边是苦菜大肠汤……

我的家乡与赤水镇一样，同属闽南山区。对于过饥草汤，我再熟悉不过了，满溢着儿时的回忆。那时候物质缺乏，山里人即便是经年累月的辛劳，日出而作，日落而息，却还常常是饱一餐饥一顿，时间长了就会造成肠胃的不适，闽南俗称"过饥"，这时候来一碗过饥草汤再好不过了。过饥草，草本

植物，学名毛将军。据《福建民间草药》一书载：过饥草之功效清热泻火，涩精益阴；健胃，可做香料炖汤。因此，很多老一辈人都把它当做生活中不可或缺的养胃健脾良药。而如今，它已然成为美味佳肴而登堂入室。

每年正值季候之时，人们将过饥草采回家，放在太阳底下曝晒。经此处理，不仅能去除新鲜药材身上固有的生涩味，还能延长保存时限，保证一整年里都能随时取用。

过饥草汤炖制的过程看似简单却极讲究火候，有经验的师傅一般首选老式的煤炉子为佳——这种煤炉大多有个圆饼状的盖子，仅中间留个鼻孔大小的火眼，火力细微却均匀持续。头天晚上将汤底大火烧开后，放入煤炉子，小火慢炖。待到第二天一早，揭开锅盖，酱色的汤汁欢快地在锅底冒泡，满屋子氤氲着药草的馨香。

此时，把汤中的过饥草滤出来，放入猪小肠、猪筒骨，再用中火熬煮到锅中的骨肉、小肠熟透，即可食用。呷一口，混杂着小肠与筒骨香的过饥草汤，清甜可口；咬一口肠子，韧中带脆；嚼一口骨肉，劲道合宜。

品尝着地道的乡下土菜，味蕾在不知不觉中打开。我曾经跟人开玩笑说，如果三天不吃猪肉，在街上看到一头小猪我准跟它急。对于如我之辈无肉不欢的"食肉动物"，满桌的佳肴最吸引我的还是当地有名的醋猪脚。和中国四大名醋之一永春老醋的产地比邻，又有着天然的好食材，赤水醋猪脚就这么横空出世了。眼瞧着它终于转到我面前，我运筷如飞，精确制导，夹了一块放在碗里，轻咬一口，这猪脚看起来有些油，吃进嘴里却是油而不腻，瘦而不柴。肉嫩皮 Q，酸中带香，香中透酸，让人回味无穷。

我一边品尝着醋猪脚，一边回头张望着。善解人意的伙计心领神会，端上来一碗香喷喷的白米饭。坐在边上的当地朋友告诉我说，这可不是一般的白米饭。

交谈中得知，这米饭的食材来自该镇东里村，因富含硒元素，人们称其为"富硒米"。科学研究显示，硒是人体必需的微量元素，具有增强免疫力和抗氧化功能，被国内外医药界和营养学界尊称为"长寿元素"。东里是远近闻名的长寿村，据清乾隆版《德化县志》载，该村就有过一位茶寿老人。当下，千余人口的村中，年过八旬者就有二十四位。一直以来，人们对于东里村人何以多长寿不得而知，直到 2016 年，闽东南地质大队选派技术人员勘查取样，发现东里村土壤含硒量达到富硒标准，至此才揭开了这座古村的长寿密钥。

如今，为了更好地利用富硒土壤资源，发展富硒产业，赤水镇正着力打造以"硒游记"为主题的富硒康养产业园，一个集硒产品聚集地、硒文化传承地、硒养生旅游目的地为一体的富硒养生基地呼之欲出。

配着诱人的醋猪脚，不知不觉中，我已经将一碗米饭吃完。中国作为"食礼之国"，一直都有"君子食略尝之味，小人撑死不足"的说法。意思是：君子看到好吃的东西，尝尝味道就行了，而小人就是吃得撑死了还觉得不够。我觉得我已然是这样的"小人"了，此时此刻，没有什么能阻挡我再夹一块醋猪脚，再盛一碗硒米饭的冲动。

同行的万老师在德化工作多年，不仅对赤水的掌故了然于胸，对当地的新鲜事儿也十分灵通。他看我这么"专一"，建议我不妨尝尝鲜，说完用公筷夹了一块"鳗鱼"到我碗中。我心想，如此寻常之物，何以谓鲜？抬起头来再往餐桌的盘中看去，才发现层层叠叠的鱼肉之上还有一个硕长的"鸭嘴"，原来并不是鳗鱼！万老师这才告诉我，这叫"鸭嘴鱼"，是当地村民从外地引进、政府扶持养殖的，鱼肉细嫩、鱼骨软脆，香甜且汁多润口。我半信半疑夹起来吃了一口，果然。于是当场拿起手机百度了一下，据度娘介绍，鸭嘴鱼原产于美国密西西比河流域，与中华鲟以及长江水域中的白鲟同属鲟形目白鲟科，是从恐龙时期就在地球上生活，并存留下来的一种珍稀鲟鱼类。哇，真是大开眼界。

除了富硒米、鸭嘴鱼。万老师进一步介绍说，近年来赤水镇以争创亮点工作为抓手，大力实施乡村振兴，不断发展特色产业，还建立起千亩中草药基地，建成两家养生药膳馆，引种无花果 500 亩，建立线上线下平台，实现加工销售一体化，促进产业兴旺，村财增收。

说者或是无意，听者偏是有心，还来不及品尝赤水煎果、苦菜大肠汤……我这边厢却已经对养生药膳馆生出念想来了。果然，对于资深吃货来说，没有什么是一顿美食解决不了的。原来，也并不是我的味蕾退化了，而是城市的喧嚣日益淹没了乡野风情。身居于钢筋水泥丛林，心存他念，在接

待与应酬中觥筹交错，根本无法静心品尝山珍海味。

往昔，孔子曾曰，"浴乎沂，风乎舞雩，咏而归"；孟浩然也曾赋诗"故人具鸡黍，邀我至田家。绿树村边合，青山郭外斜。"今朝，莫若邀上三五好友或携一家人寻一处清静的农家小院，换一副淡泊的心境，大口吃饭、大口喝汤。

这个地方，不用另寻，就是它了。赤水，有着烟火气息的赤水。

《政协天地》2020 年第 1 期

白云深处有人家

暮春时节，县里下派驻村的阿利邀我到他派驻的东风村去走走看看。

东风村是一个群山环抱的行政村，不足三百户的人家，分散在十六个自然村，有几个自然村连机耕路都没有，生产和生活条件都极为恶劣。

从乡政府出发，摩托车在一米见宽的盘山路上行走了将近二十分钟，就到了东风村村部。极目远眺，除了山坳坳还是山坳坳，在茅草丛掩映中可见一丘丘狭窄的梯田，上面什么作物也没有，都已经抛荒了。

那梯田之狭窄，当地人有个形象的说法"一只青蛙可跳过十丘田"；也有山里的娃儿以梯田为参照，站在田埂上摆开架势比"射程"，看谁尿得远。有个趣闻说，某日一农夫站在山顶上数自家的梯田，数来数去总是少了一丘，后来才发现是自己放在田埂上的斗笠把其中的一丘给全部遮盖住了！

在村部门口稍事休息，同行的乡党委黄委员催促着大家继续前行。他一边发动摩托车一边对我说，这里距离我们今天要去的那个名为"牛家湾"的自然村还远着呢。我心里却在想，能有多远呢，毕竟小时候我也是在乡下长大的，有点不以为然。

摩托车继续在盘山路上行走，路越来越小，速度越来越慢。寂静的山间，只听得到摩托车的马达轰鸣声在山谷间回应，间或有被惊扰的小鸟飞掠过头顶。这样又行走了约十来分钟，眼前豁然开朗，来到了一块相对开阔的山间盆地，盆地里零零星星地分布着几十户人家，房子都显得极为破旧。

我们把摩托车停在一处名为"鳌峰第"的祠堂门口，我以为这就是目的地了。阿利却笑着说，"从这里到牛家湾还要步行一个多小时的山路咧！"

步行一个多小时！也就是说，如果加上回程，步行的时间差不多要近三个小时，而且还是蜿蜒的山路。小时候和父母亲去走亲戚，也时常走这样的山路，可那已经是很遥远之前的事了，自从到城里读书后，我就再也没有步行这么远的山路了。开弓没有回头箭，走走走！

山间的小路，或幽远宁静，或豁然洞开，或陡或缓，或上或下，或碎石铺就，或泥土裸露，或落叶覆盖，或牛粪层叠。我们时而边走着边唠些乡间的轶闻趣事，时而坐下来歇歇抽上一根烟，时而来了兴致互相追逐。偶尔可以碰到三三两两赤着脚上山打柴、放牧的山里人家，虽不相识，狭路相逢却总是给我们淳厚朴实的笑容。真的给人一种"来者都是客"的亲切感觉。

一路嬉戏着，也不知从什么时候起天上飘起了如松针般绵密的细雨。雨后的山间小径，散发着特有的清香，薄薄的雾气在山间蒸腾，若有若无，欲迎还拒。人在其里，平添了几分闲适和惬意。柔柔的泥土被我们这些山外客踩得很凌乱，却越发显出松软，特别是经过暮春细雨的滋润越发显得亲切。

山路漫漫，我们翻过了一座座山岭，晌午时候终于到了一处山寨——牛家湾。

黄委员的远房亲戚，东风村的村主任熊昌发就住在牛家湾，今天我们就是要到他家做客。刚刚进到寨里的时候，两条土狗就不停地吠着，似乎在告诉它的主人，有客到。房子里出来的是一个壮实的山里人，黝黑的脸上带着爽朗的笑，忙不迭把我们让进屋里的回廊。

这是一个在闽北山区四处可见的农家回廊，内里摆上一张八仙桌，沿着回廊的栏杆是与之相连的长板凳。在长板凳上落座，主人泡上一壶热气腾腾的香茶，轻啜一口，乏意尽去。

厨房里，飘来一阵阵诱人的鸡肉香。庭前几只公鸡竞相在一只小母鸡前争宠，时不时地混战成一团。主人一边起身驱赶，一边笑着说："这都是自家养的，土得很呢，汽车喇叭声都没听过。"

谈话间，几个从邻近乡镇赶墟回来的乡亲从庭前经过，主人热情地招呼他们一起来喝杯茶再走，却被谢绝了，说要赶路呢。

大山阻碍了这里的交通，为了一个难得的墟天，老乡们天不见亮就要从几十里外的大山里，背上需要交换的商品去集市。他们手中或是抱着一两只土鸡，一篓春笋，一筐沉重的山货，去到集市交换简单的日常生活用品，倘若碰到熟人朋友一起喝喝酒，聊聊天，看看人头攒动的场面，再回去已是伸手不见五指了。

生活在这里的人年复一年，日复一日就这样过来了。真是一样的人间，不一样的人生。

　　那个午后，我们围坐在八仙桌边，也不知道喝了多少大碗酒，吃了多少块香嫩的土鸡肉，夹了多少口金黄透亮的煎蛋。

　　回来的路上，脚步越发显得凌乱。想起了杜牧的那句诗：远上寒山石径斜，白云深处有人家。

2006 年 5 月 28 日

网上助学记

在福州上岛咖啡厅一杯咖啡要 25 元，在贫困山区一个寄宿小学生一周的伙食费差不多是 25 元；在福州帝苑 KTV 一个贵宾包厢一小时就要 150 元，在贫困山区一个小学生每学期的学费差不多是 150 元……

当我们在城市里惬意地享受生活时，大山中还有很多孩子为了一两百元的学费一筹莫展。虽然我们在城市中同样忙于生计，但比起他们，我们是幸运的。

——题记

再过两天就是六一儿童节了，上午到乡中心小学去把从网友、同事们手中筹集到的六千元助学款发放到二十个贫困生手中。回到宿舍上网，正好碰到在福州的同事红英在线上，就把此事告诉她，因为她也是参与助学行动的热心人之一。

本来只想简单的把钱交给学生就行了，乡中心小学的校长却非要隆重地搞个仪式，还让学生摆 POSS 和我合影留念。却之不恭，只好随他了，而我心中却有种"贪天之功"的感觉，其实我只不过是牵牵线把网友、同事们的爱心传递给这些贫困学生而已，真正该感念的是他们，真正的幕后英雄也是他们！

受上级党组织的委派，我于去年夏天到建宁县伊家乡隘上村担任为期三年的村党支部第一书记。曾经有一段时间，我闲暇的时候会写写《驻村日记》，并把它传送到"福建热线"的 BBS 上，未曾想到"无心插柳柳成荫"。日记上传后不久，有一天，我像往常一样打开 BBS 上我的驻村日记看有没有回帖，冷不丁跳出了一条"悄悄话"来，上面写着："你好，我是星子。我想要资助一个小孩子读书，希望帮我找一个乖一点的小家伙。谢谢你啦。也希望你一切都好，农村天地很大，但也很苦，好好保重。"她还给我留下了手机号码。

星子是几年前我在福建热线的论坛上"灌水"时认识的一个网友，其实所谓的认识也只是局限于在 BBS 营造起来的虚拟空间里，从未走到现实生活中来。也不知道她是从啥时开始关注我的驻村日记的。怎么形容当时的心情呢，真是很感动。当时我本想立即回个电话过去对她表示感谢，又觉得太唐突了一点，刚好几天后我要回福州去探亲并跑一些项目，于是也就在 BBS 上回了条"悄悄话"过去："谢谢你星子，我过几天回福州后和你联系"，也郑重地附上了我的手机号码。

回到福州，忙完了公、私事后，我给星子打了个电话，约好下班后到她单位见个面坐坐，一起聊聊关于结对子的事。当天，她即决定至少在我任职内的三年中每年出三百元资助一个小学生。这是我网上收到的第一笔结对子助学款。

事后，我把星子助学结对子的事写进了我的驻村日记里，陆陆续续有人在网上向我咨询结对子的事。青橄榄、小妖、Summer、皮丫头、Anyunold、冉冉、笑笑、无影芳踪、Jean……

记得其中有一个网名叫"吸血鬼"的网友，他看到我日记中有关结对子的事后，二话没说，当即决定也来帮扶，问我怎么给钱。我给他发了条悄悄话过去："谢谢你对我的信任和帮助，你可以把钱存到我的卡里，或直接交给我，我来转交，到时把学生签收的单带给你。钱汇到乡下，学生要去领太麻烦，我保证帮你们把钱交到贫困生的手上，当然如果有兴趣，你可以和学生写信交流，信可以寄到。再次谢过！"

他又回我，"既然把这个钱交给了你就是相信你，你把银行账号给我，我直接转给你就好了。至于名字联系啦什么的这不重要，其他的话就不多说了，希望孩子们能努力读书以后为社会多做点事就好了。"我于是把我的银行卡号通过悄悄话的方式发给他，当时已经是深夜两点多钟。没想到十分钟后他给我回了个消息说，已经通过网上银行将三百元钱转到了我的建行卡上。至此，我还是连他姓啥叫什么都不知道，唯一的联络渠道就是网络。

"我不知道你是谁，但我知道你为了谁"。在结对子过程中，有一些素未谋面的网友虽然我千方百计想弄清他的真实姓名，但结果都是徒劳的，我只

能在我的驻村日记里贴上自己精心制作的一张答谢卡向他们致敬。握住他们在虚拟世界中伸出的温暖的双手，感谢他们为山区孩子献出的爱心。

记得在某个网站上看到一个帖子这样写"爱本是存在的，只是散落在四面八方，淹没在万丈红尘之中，失去了光华。慢慢连我们自己都怀疑她是否真的来过。当有一天，一阵风或者一只温暖的手将她们收拢，就像千万只快乐的萤火虫拥抱在一起，突然光芒四射，温暖人心，我们是否会因为发现自己竟有如此力量而感动甚至泪流满面？"纷纷扰扰的现实生活之下，其实每个人都有一颗渴望付出的心。

去年的 12 月 24 日，圣诞节的前一天，我把首批收到的共计三千元助学款发到了当地十个贫困学生的手上。虽然对于乡下的孩子来说，圣诞节只是书本上的一个名词，一个他们可望而不可及的节日。我希望这一天我代表网友、同事们献上的这份薄礼是他们一生中的第一份圣诞礼物，但绝不是最后一份。我相信还会有更多素昧平生的朋友加入到这个行列，我也希望能够得到资助的不仅局限于我所任职的隘上村的贫困学生……

帮扶工作还在进行中，而对于我来说，比帮助弱者更重要的是，看到了我们的社会并不缺乏爱心善心。涓涓溪流，能汇成无边大海。愿我和热心人士的共同努力能给贫困的孩子们支撑起一片明净的天空！因为我们都曾经是孩子。

《政协天地》2005 年第 4 期

注：本文荣获由共青团福建省委、《东南快报》、福建省青年新闻工作者协会联合主办的纪念五四运动 90 周年"1919，追寻我们青春的记忆'天翼杯'博客征文大赛"优秀奖。

多彩多姿新金谷

　　暮春时节，跟随"新时代·新发展·新金谷"采风团一行，再次回到久违多年的金谷镇。

　　说久违，其实并不确切。在整个中学时代，每年我都要数次搭乘长途客车往返于县城和我的家乡剑斗之间，六十公里的路程，因为山路崎岖，一路风尘，一路颠簸，要花上两三个小时，途中在湖上、湖头、金谷等站点停靠多次。金谷是个小站，每次从进站到出站，我通常都是静静坐着继续打盹，或伸个懒腰看看车窗外稀疏的人流。年复一年，来来往往，未曾驻足，更谈不上有什么深刻的印记。金谷于我而言，就是他乡；我于金谷而言，就是个过客。

　　时光荏苒，转眼三十多年过去。机缘巧合，因了这次的采风，终于让我有机会撩开金谷神秘的面纱。虽然只是短短的两天多时间，但是越深入了解金谷，也越发现她的深邃和美丽。

　　犹记得那天登临洋内村琼林寨，在一片葱郁的茶园里，导览者把我们带到一块不起眼的考古石碑前。据介绍，1957 年，村民们在此地开辟茶园时，发现了大批石斧、石锛、粗沙陶、印纹陶等古遗物，后经考古人员鉴定，乃是四千多年前的古人类所留下的遗物，遂立碑存记。如今，这一遗迹已成为研究闽越人类发展史及印证安溪文化发展史上溯到新石器时代的实物依据。

　　触摸着石碑，如同在抚摸一位饱经风霜的老人。滚滚红尘，岁月它从不曾为何人而停留，远眺山下的村庄，恍如穿越，我似乎看到一个古人从远处徐行而至。

　　金谷，古称"谷口"。相传，古时有一骚客行经此地，仰望境内有一山形酷似"金"字，山前又是一片谷地、田园，不禁脱口赞道："真乃金谷园也！"后人遂取"金谷园"之意而雅称"金谷"，并沿称至今。

　　穿透过千年的风霜回望金谷，积淀深厚的文化遗产、丰富多彩的文物古

迹、激励后人的革命遗迹，都傲然铺陈于这片绿意葱茏的山川田野之上，朝圣文化、红色文化和生态文化交相辉映。

源远流长的朝圣文化

有人说金谷是"民间信仰之乡"，凡两天之所见闻，确不为过。金谷镇辖区内有着众多闻名遐迩的宗教圣地，自古以来这里的乡民们就多神崇拜，儒释道和谐相处，共生共荣。

据载，从后晋天福年间（936—942）开始，谷口就是广泽尊王迎香之处，故又称"佛口"。广泽尊王，世俗名忠福，系唐朝汾阳王郭子仪的后裔，时龄十六岁盘膝于古藤上坐化得道成神，民间俗称"圣王公"，也尊称郭圣王。广泽尊王成仙登神后，神通广大，有求必应，行仁赐福，兴神助战，功勋卓著。自宋至清，获历朝皇帝六次敕封祭典，累封至"威镇忠应孚惠威武英烈保安广泽尊王"。如今，金谷还保留有始建于五代的太王陵、威镇庙。

太王陵坐落于河美村蜈蚣山麓，俗称"圣王公墓"，系广泽尊王父母的合葬坟，两圹并列，左祀太王，右祀太妃，中立圣旨坊，形制独特，在古墓葬建筑史上极为罕见。威镇庙位于尚芸村，俗称"河内庙"，主祀广泽尊王。据太王陵和威镇庙管理人员介绍，每年八月"圣诞"前后，海内外前来朝圣谒祖者络绎不绝，数以万计。

除了信奉广泽尊王，这里还有供奉如来、观音和三代祖师的千年古刹定明院，寺院始建于唐光化三年（900），院宇为二进五间庭院，呈重檐歇山式，周边有古樟流翠、门迎清水、石龟夜叫等八景奇观与古刹相映生辉。在定明院的近邻还有一座祀奉保生大帝、山西夫子、大使公、鄞仙姑等民间俗神的蕊珠宫，相传始建于宋，也是当地诸姓乡民世代祀神的宫宇。

此外，像主祀如来佛祖、观音菩萨的檀林岩，兼祀伏羲帝仙、五谷帝仙、玄天上帝、关圣大帝的狮子殿，纳有历代僧人舍利的契真院舍利塔等，凡此种种神迹，不一而足。

而位于大演村清溪渊港段西岸的跃鲤亭，则富有民间传奇的色彩。相传康熙年间，有一次宰相李光地回湖头省亲，突然接到圣旨，命火速进京参加庄妃国丧。因连日天降大雨，蓝溪水猛涨，洪水汹涌，乡亲们便想了个办法，仿照三国中曹军把船只钉连起来，把两条木船绑在一起，减少颠簸而不致于在洪水中翻沉。船到渊港险滩，竟有一条大鲤鱼跃上甲板，宰相怜之，将其放入水中。后来李光地再次回乡时，为纪念此事，在跃鲤之地建一路亭，名曰"跃鲤亭"，并亲笔题字。此后，迎官送客均至此亭，偶有后人前往追思凭吊。大清一代名相，抑或在当地人眼中也算是"圣人"吧。

独树一帜的红色文化

无论是民间信仰还是民间传说，无不为金谷抹上一层传奇色彩，而独特的地理位置又使其成为一方红色热土，催生出独树一帜的"红色文化"。

由于地处安南永三县交汇处，金谷历来为兵家必争之地。早在明嘉靖元年（1522），知县龚颖就在通往永春的路上兴建了东溪隘。第二次国内革命战争时期，这里是中共地下党主要活动区之一，被誉为安溪革命的发祥地。1928年初夏，猎户陈体第一个站在镰刀斧头红旗下宣誓，成为安溪第一个共产党员，次年又建立东溪党团支部，成为安溪最早的党组织。1930年秋，以东溪和佛仔格农民武装为主体，组建起安溪游击队，打响了安南永边区武装斗争的第一枪。1933年，中共安溪县委在东溪召开安南永德四县的工农兵代表大会，宣告成立"安南永德苏维埃政府"，领导群众打土豪分田地，打击国民党反动派。1934年3月，时任抗租分田委员会主任的陈体及其妻子在大坪村遭反动民团偷袭，双双英勇献身。

在这块土地上，为中国革命英勇献身而名列志传的还有陈仲琪、李南金、陈凤伍等一大批革命烈士。他们不屈不挠的革命斗争在泉州革命史上写下了光辉的一页，激励着一代代新人。

如今的安南永德苏维埃政府旧址，已经和同样位于溪榜村的莫耶故居一并被列入红色旅游线路。嗯，就是那个在不到二十岁时就写下《延安颂》而名满天下的莫耶。

莫耶，原名陈淑媛，笔名白冰、椰子、沙岛。她自幼聪明，十岁时即景吟诗："春日景色新，行到山中亭，亭中真清朗，风吹野花馨。"被乡人誉为

才女。抗战爆发后，她满怀热情奔赴革命圣地延安，并于 1938 年创作《延安颂》，成为一曲激发抗日爱国热情的战歌，唱响大江南北，至今仍传唱不衰。在此后将近五十年的漫长岁月中，莫耶一直在党的新闻、文艺岗位上辛勤地劳作，用手中的笔讴歌人民革命战争，讴歌社会主义新生活。

伫立于莫耶故居"逸楼"外，耳畔仿佛响起了如江河湖海般磅礴的《延安颂》：

夕阳辉耀着山头的塔影

月色映照着河边的流萤

春风吹遍了坦平的原野

群山结成了坚固的围屏

……

今年恰逢莫耶诞辰一百周年，当我们昂首阔步迈进中国特色社会主义新时代，迎来从富起来到强起来的伟大飞跃，重温先烈们的英勇事迹，重温莫耶革命的一生，奋斗的一生，更感幸福生活的来之不易。

绿意葱茏的生态文化

离开逸楼，已是晌午。来自福州、泉州和安溪本土的采风团一行十多人继续驱车在乡间盘桓，期待着用味蕾来感受"舌尖上的金谷"。远处层层叠叠的茶园在阳光下泛着新绿，间或有一两棵龙眼树挺立其间自成一簇。三两户农舍在山间错落有致，房前屋后的三角梅热烈地绽放着，并不与满山遍野的新绿争宠。此情此景，真是让人心旷神怡。

随行的工作人员告诉我们，生态是金谷最大的资源和最亮的品牌。近年来，通过实施"百座茶山绿化""森林金谷"等富有远见卓识的举措，让山更清、水更绿、天更蓝，让金谷变得更加宜居、宜商、宜业、宜游。

生态环境的"高颜值"促进了经济发展的"高质量"。如今，溪榜的紫薯、汤内的温泉、河美的鲜切花、渊兜的蜜柚林、景坑的百果园等特色产业蓬勃发展、渐成规模，并发展成乡村特色旅游，吸引着远近的客人前来采摘、购买、体验、游览。农业增产、农民增收，形成新的经济增长点。

说话间，中巴车已经停靠在一处"农家乐"的门口。大碗的红烧土猪肉、地道的安溪卤面、特色的草根猪蹄汤、入口即化的千层糕、施农家肥的青菜……在诱人的美食面前，谦谦君子也暂时忘却了斯文，上一道消灭一道，大块朵颐，风卷残云。善解人意的老板又适时为大家冲泡上一壶金谷本地产的茶叶——白毛猴。据共进午餐的金谷镇党委书记肖列水介绍，白毛猴是乌龙茶的一个优良品种，产地就在金谷镇金山村石竹岩，至今已经有一百多年的开发历史。因其所特有的消暑、串气功能，早在光绪年间白毛猴就远销台湾、日本、东南亚一带。

品着温润的香茗，聊着这一路的收获，看着庭院门口绿意盎然的菜地和远处连绵的群山，我的脑海里突然跃出唐代诗人孟浩然的《过故人庄》，眼前的景象不正是诗人笔下所描摹的丰年吗？"故人具鸡黍，邀我至田家。绿树村边合，青山郭外斜。开轩面场圃，把酒话桑麻。待到重阳日，还来就菊花。"

金谷，一百零八平方公里的土地上，四处恣意生长着美丽的山村。它们或古或今，或典雅或朴素，以一种恬静的姿态坐落在青山绿水间，有着自己的天地，以一种返璞归真的田园生活，等待着有缘人的到来。

苦拼会赢的金谷人

行走在金谷，随时都有不期而遇的惊喜。在金谷村我们就邂逅了一幕传统与现代的"对话"。

一尊高四点二米，重达三吨多的关公骑马铜像矗立在陈氏家庙前，铜像的创作者是极负盛名的青年雕塑家陈文令。第一眼看去的时候，觉得手持大刀的关公很传统，但细细品味的时候就会发现和传统的关公像有着很大的差别，雕像融入了陈文令标志性的"小红人"，此外还有和平鸽、书箱、金蟾等等，他用一种很温和的方式将当代的观念植入到作品中。

生于斯，长于斯，这是陈文令在离开家乡三十三年后第一次把自己的作品带回家。在颇具特色的闽南村舍与山水间，陈文令不仅为家乡捐赠了一个永久的艺术品，更体现了一个从小山村走向世界的艺术家对故土乡亲最深沉的爱。

陈文令长我两岁，可算是同一个时代的人，我的一个高中同学早年曾经与他一起在官桥中学美术班师从翁火枝学画，他告诉我，那时候陈文令家里经济条件不好，上学的钱都是找四邻借的。在一次接受专访时，陈文令曾自述："我出生在'文革'中期，当时整个村庄都很穷，笔都很少，没有一件玩具。手里拿着一块黑碳，看到哪里有白的墙就在墙上画，有时候会在我们溪里的沙地上也画一些图案。"

从小山村走出来，到成为当代著名的艺术家，这一路陈文令付出很多，甚至遭受了惨烈的无妄之灾。在成名前，经历了六七年的低谷期，做出来的作品常常一板车一板车地倒掉。其间，还遭遇歹徒持刀抢劫，近乎丧命。祸不单行，之后又被诊断出患了鼻咽癌，又是一番抗争才将病魔赶跑。然而他的创作却从未停止，在康复期间他画了数以千计的水墨手稿，彰显了更加自由和天马行空的想象力和创造力。尤其让人感怀的是他还放下内心的执念，回访案犯，并将自己作品获得的奖金捐给当地的一所劳改犯的子女学校，以"宽恕"之名设立扶贫助学基金。

当时，有一位同行的作家对村主任说，这就是你们闽南人所说的"爱拼才会赢"，他笑着更正说是"苦拼才会赢"。继而他又讲到勇闯天下的官岭人，如今从胶带、包装、贸易到现代餐饮，各行各业都有官岭人在辛勤耕耘着，也才有了美洋村的地理标志——官岭别墅群。

"苦拼才会赢"，说得多好啊！这不正是万万千千个曾经的和正处在奋斗中的，像陈体，像莫耶，像陈文令一样的金谷人的写照吗？

我在心里默默地祝福金谷，祝福金谷人。

2018 年初夏

注：本文获福建省作家协会、中共福建安溪县委宣传部主办的"新时代·新发展·新金谷"征文大赛优秀奖。

十里桃花

自从电视连续剧《三生三世十里桃花》热播后，"十里桃花"就成了一个热词。

还没等到春天花开，森林公园、鼓山、西湖公园……满城尽是寻花人，哪怕是只有一棵桃树，开着零星桃花，也要拍一张照片发到朋友圈。

家在乌山脚下，小区的一墙之隔就是乌山北坡，尽得地利之便。

早在桃花将开未开之时，就不时有朋友向我打探花期。倘若正有闲情，我就到后山去转一圈，拍几张照片，或是录一两段小视频传给朋友。有图有真相，比说啥都顶用。若是没空，就上顶楼天台往后山瞄上一眼，便知个大概。

盼望着，盼望着，一场春雨过后，又连着几日暖阳，像打了鸡血似的，山上山下，城里城外的桃花终于尽数热辣绽放！

别处的热闹，仅见于微信朋友圈；乌山的热闹，我却是亲眼所见。

花期甫到，尽心尽职的园林工人就在北坡的主入口搭起了由各式花草盆栽组成的园艺造型，一年一度的"乌石山花会"就算开始了。

如今，在福州的众多园林中，乌山的桃花林可谓独树一帜。然而早先并不是这样的，这得说说乌山的前世今生；说说它的凤凰涅槃，浴火重生。

乌山，又称道山、乌石山，与屏山、于山鼎足而立，故福州自古别称"三山"。

三山以乌山风景最优美，被称为三山之首，山上怪石嶙峋，林壑幽胜，天然形肖，早在唐代就已经成为游览胜地。

乌山上多摩崖石刻，计有自唐至清约二百多处，篆书、隶书、楷书、草书、行书各臻其妙，诗词、歌赋、传记、题记、游记文类齐全。历代文人墨客对乌山盛景的描绘不遗余力，极尽溢美之词，正是所谓的"山不在高，有仙则名"。

然而，新中国成立后，乌山被越来越多的单位所占据，各自为政，杂乱无章。公共区域凋零破败，荒草丛生。直到2007年福州市委、市政府启动乌山历史区保护建设，迁出占山单位，修复三十六奇景，并在山上遍植上千株桃花，另有山樱花、玉兰、红花檵木花树相衬，装点着乌山的各个角落。

因在城中心的便利，乌山日渐成为市民踏青赏花的好去处。特别是每年三月前后，山上的花儿相继进入盛花期之时，每每游人如织，遂有了一年一度的乌石山花会。

近水楼台先得月。热播的电视剧我一集都没去追，乌山的桃花却是年年都不曾落下。年年桃花相似，岁岁人来不同，或携妻带儿，或呼朋唤友。

然则，最常的还是独自一人漫步于桃林间，看粉嘟嘟的桃花，闻淡淡的幽香，听桃花私语，看花儿争艳。置身其中，赏心悦目，心旌荡漾。

最好是有一米阳光，再来一缕春风，摇落三两桃花，任花瓣飘落于怀，任花香溢满心间。

抑或，与古今文人骚客来一场邂逅，走过诗经周南，走过崔护诗篇，走过鲜血画成的桃花扇……直到《桃花朵朵开》《暗恋桃花源》。

一朵桃花，能喜能忧，能爱能恨。还是最爱唐寅的《桃花庵歌》中的这两句：

桃花仙人种桃树，又摘桃花卖酒钱。

酒醒只在花前坐，酒醉还来花下眠。

2017年3月28日

窗玻璃上的女孩

这是多年前的一桩往事了，多少年来每当我坐在列车上开始一段漫长而又寂寥的旅程时，都会油然地想起它来，就像一首淡雅的新诗，每次捧读它都散发出一缕浅浅的馨香。

那时我还是个大一的学生，正值歌德所说的"哪个少男不钟情"的年龄。我的老家在闽南一个叫剑斗的小镇，一直以来，它是一条半拉子铁路的终点站。因为用学生证可以买半价的火车票，大学的第一个寒假，我选择坐火车绕大半个福建回家。

列车开出福州站不久，夜幕便渐渐地拉下来了，窗外时而是一闪即逝的万家灯火，时而是模糊一片的远山近景，直到最后在车厢内灯光的映照下只看得清倒映在窗玻璃上的物象了。除此外，就是在耳际轰鸣的咔嗒声搅得我那颗归家的心更加躁动不安起来。

不经意间，我突然从倒映在窗玻璃的世界里意外地发现了一张少女姣美秀丽的脸庞，那种超凡脱俗之美不禁令我为之动容。

我下意识地转身朝车厢内真实的她看去。只见她身着一袭红色风衣，轻描淡写地围着一条洁白的丝巾，丝巾上缀着一颗和她的眼睛一样清澈透明的翡翠扣，一头乌黑的秀发不加任何修饰，是那种清汤挂面式的飘逸。

在我出神凝视的这一段时间里，她就这样静静地坐着，在夜灯下显得那么清新飘逸，宛如一尊远离尘俗的女神。

我不禁有点懊悔刚才把自己的座位换给了那位陌生的中年妇女，要不我现在就恰好是坐在女孩的对面，不像现在隔了一条过道。我更诧异的是这般靓丽的少女是何时坐在那里的，我竟浑然不晓。

在她身旁坐着一位大伯，显然已经入睡了，但因是坐着，脑袋便跟散了架的钟摆般，七歪八斜的。

女孩时而出神地望着窗外，时而侧过头来看一眼身旁这位老伯，脸上露

出清浅的微笑。凭着她眼神中流露出的恬淡祥和，我推断这位老伯应该是女孩的父亲。

正当我胡思乱想开小差之时，不料那女孩的眼睛突然往这边看过来，我一下子来不及移开视线，于是两束目光不可避免地碰在了一起。几乎就在一瞬间，又闪电般地游移开。

那一下子我感觉脸上一阵热辣辣的，像是做了一件什么极不光彩的事被人发现了一样。透过车窗我似乎也能感觉到她脸上的红云，在这种感觉的撩拨下，我情不自禁地又把目光投到她身上，殊不料她那边也正试图着往这边看过来，我的目光又一次无处可躲了，真惨！

拿出随身带的一本《台湾散文选萃》来翻阅，却怎么也看不进去，大半天了目光还是逗留在林海音的那一篇《阳光》里。

忽然，我记起开学初军训进行队形训练的时候，教官曾经教会我们用眼睛的余光表齐，这下子不是正好可以派上用场吗？我立马就付诸实践，得，还真管用。没想到军训还有这样的好处！

车厢内的广播在放着相声《星期天的烦恼》，似乎很精彩，车厢内的人都被逗乐了，可此时的我却是心猿意马，全无心思。

时间不觉已是夜里九点多钟了，列车奔腾在闽西北的山区间，窗外是漆黑一团，而窗玻璃上倒映出来的世界反而因此更显得清晰了。我在这边窗玻璃上可看到女孩正把头倚在她那边的窗玻璃上，双眼凝视着窗外。就这情状，就这剪影，撩拨得我心神慌乱，情愫暗动。

几乎与此同时，透过窗玻璃我看到女孩突然羞郝地低下了头，伏在桌上很久都没有再抬起来。我双眼盯着这边的窗玻璃一下子恍然大悟，她也正透过窗玻璃在注视着我！那一刻，我的脸又是一阵热辣辣。

我再次捧起书来，想要强迫自己集中注意力看下去，却全无效果。当我又一次下意识地往窗玻璃上望去，出乎意料的，我分明看到了女孩那浅浅的笑靥，对着我！终于鼓起勇气，我也报以会心的微笑。

刹那间在窗玻璃上绽开了两朵年轻的笑容，是如此的美丽。正在此时，广播响起，"列车马上就要进入三明站了，请到三明的旅客做好下车准备。"女孩的父亲已显得有点急不可待地开始收拾行李。

　　蓦然间，我有种怅然若失的感觉，美丽的故事总是开始得迟结束得早，美丽的邂逅总是特别短暂。

　　列车徐徐开进了三明站，窗玻璃上的那个世界被站台上的强灯光冲破冲碎，一下子就荡然无存。我闭上了眼睛不再去想什么，内心却有着深深的失落。

　　列车再次启动了，那轰鸣的"咔嗒"声似乎一声声都在我心头碾过，凭着感觉我知道窗玻璃上的世界已经又恢复了它的宁静，但却不想再去看，失却了主题的风景怎可能还有诗意般的美丽？

　　时间一分一秒都过得特别慢，旅人惯常有的那种寂寥感再度向我袭来。我轻叹了口气，漫无目的地望了一眼窗玻璃。老天！怎么可能呢，我分明看到女孩依然静静地坐在那个角落，正向我颔首微笑。

　　唉，原来那位老伯并不是她的父亲！

　　在那一刻我的心真的似乎要蹦出来了，很想走过去坐在她身旁，问个好，再聊些什么，然而少男固有的腼腆终于没能让我鼓起勇气来。

　　透过窗玻璃，我可以看到女孩有意无意地对着那边的窗玻璃打着一连串我看不懂的手势，似乎还可以看到她的嘴唇在微微翕动，但终究什么也没有说出口，只是冲我微笑一下，轻叹了口气，眼神中悬浮着一缕淡淡的伤感。

　　就这样，我们时而遥遥相对，互相给予对方一个会心的微笑，时而又透过窗玻璃互相凝视着，正应了一首诗所写的：

　　看风景的人，自己也成了风景。

　　列车很快就要进入漳平站，我得在那里中转，漂亮女孩你又要往哪里去呢？

　　当我站起身从行李架上取下行李时，感觉有千钧重。女孩依然静静地坐在那里，当她再次抬起头来望着我时，我的目光又一次不由自主地落荒而逃。

　　车厢里的人开始骚动起来，过道上挤满了人，看样子有许多人都要在这里中转。女孩仍如远离尘世的女神独占一隅，然而在此刻夜灯下的她显得如此单薄，是那种令人心生怜爱的单薄。

　　我决定走过去和她说一句，哪怕是最简单的一句话。然而此刻过道上的人拼命地拥挤着，蠕动着，我和她之间很快就被人群给隔开了。

过了许久，当我挪动着脚步侧着身子试图从人缝中再看她一眼时，只见她正把双手高高地举过头顶，重复地做着一个让我感到扑朔迷离的手势。我真的很想冲上前去和她说上一句话或是握一下手，可是后边的人群已把我不由自主地挤出了车厢。

列车又缓缓开动了，渐渐地化为一个点融入苍茫的夜色之中。女孩的那一组手势就此成了我心头的难解之谜。

直到大学毕业前夕，有一次我随学校的志愿者服务队到一所聋哑学校去开展活动，当我们到来和离去时，那群天真无邪的学生在欢迎我们以及和我们告别时打出的手势，竟是如此的熟悉！

刹那间，我明白了多年前那位女孩所打出的手势的全部含义——

"你好！""再见！"

也就在那瞬间，我的眼睑竟有些潮湿。我知道此生再也无缘见到那位打着手势的女孩，但纵使时光流逝，我的心中都将永存一段美丽的邂逅。

有一种相知不在于话语多少，低头抬头本是缘。

《青春潮》2000 年第 11 期

寂寞的风铃

1

这天是周末，韩风帮老乡买了到上海的船票回来已是午后两点多了，又开始觉得无所事事起来。在这样的日子里，韩风觉得周末是多余的。太无聊了。韩风说。

风铃挂在那边一动不动的，即使有风也吹不到，向阳的窗户洞开着就是没有风肯进来，韩风侧躺在床上咧了咧嘴大骂是哪个蹩脚的建筑师设计出这种不通风的房屋。

韩风心里真是烦透了，抬起脚来抖了抖蚊帐，风铃终于发出了一阵细碎零乱的叮当之声，和韩风的心情一样糟一样没有节律。韩风长长地叹了口气，觉得这午后的空气污浊透顶，干脆就拉过被子蒙头盖住。在被窝里闻着自己身上发出的微微的汗酸，韩风的心情平和了不少，觉得自己其实和这个世界一样也是污浊的，甚或有些贱。印象中这已不是第一次在自我鄙薄了，每当这时候他都恨不得把自己的影子给踩到地底下去。韩风以为这就是做人的悲哀，但这种悲哀是无法克服和抑制的，它已深入到身上每一根纤细的体脉之中。

2

一阵悉悉作响的声音把韩风从自我鄙薄的茫然中拉回，似乎有什么东西从他身上轻轻地抚过。是白若菲吗？头脑中刚闪过这样的念头，马上又被自己否定了。

白若菲再也不会来了。她说她就像一颗棋子，永远也摆脱不了命运中早

213

已冥冥注定的棋局，既然互相拥有是痛苦，那不如尝试着分开也许会是幸福。

其实对于幸福，白若菲心里一点信心都没有，只是给自己一个借口而已。一想起临别那一个午后，白若菲泪水涟涟的样子，韩风心里就一阵阵地绞痛。

既然不是白若菲，那是什么是谁就都已是无所谓的了。韩风猛地拉开被子，听到"扑通"的一声似乎有个重物被重重地摔到了地上，几乎与此同时一阵"喵……喵……"的哀叫，才让韩风猛地醒悟过来。是猫。

3

暑假一过，大三刚开始，逃离了英语过级的苦海，宿舍里就有好事者从家里带来了两只猫，一雌一雄，让它们堂而皇之地在男生宿舍楼定居下来。这一对猫公猫婆，起初还安分，后来就不行了，在整幢宿舍楼里乱闯，偶尔还会跑去对面美术系女生宿舍做模特儿捞点外块，猫公日渐发福起来了，猫婆也不再苗条，都没有刚来时的可爱了。

韩风觉得有许多事情都和这猫咪一样，是天意难违的，随着岁月的流逝，留下的徒有往昔美好的追忆。没有时光能够停住，没有岁月能够定格。韩风每每忆及自己和白若菲的交往，心中就隐隐作痛。

隔壁宿舍的收音机又在一遍遍地放着蔡琴的老歌。

韩风下床一手拧着一只，把猫儿们放逐到门外，让它们自由恋爱去了。

"彭"的一声把门关上，又重重地把自己扔到床上，因韩风的这一突如其来的激烈动作，风铃又被抖得叮当作响。总是在这样的午后重复着这样无聊的事情，韩风又长长地叹了一口气。

4

随手从床头抽出一本书，又是三毛的《梦里花落知多少》。此刻即使韩风不去翻开它，心却是无法不动无法不痛了。

记得在梵明山的时候，曾经多少个夜晚，当韩风在那边昏头昏脑地安排社会实践小分队的活动计划时，白若菲就在一旁为他诵读三毛的作品。韩风很喜欢三毛，那些夜晚，白若菲几乎把一整本《梦里花落知多少》全都为他诵读个遍。时至今日他还一点不漏地记得当时的每一个细节。

梵明山上夏日的晚风是如此的沁人心脾，然而韩风觉得真正要让他醉了的却是白若菲那独特的声线。白若菲那略带着些许凄婉的韵味和无加修饰的伤感，让韩风觉得唯有白若菲是最适合来阐释三毛的：

那一年的冬天，我们正要从丹娜丽芙搬家回到大加纳利岛自己的房子去。一年的工作已经结束，美丽无比的人造海滩引进了澄蓝平静的海水。荷西与我坐在完工的堤边，看也看不厌的面对着那份成绩欣赏，景观工程的快乐是不同凡响的。

我们自黄昏一直在海边坐到子夜，正是除夕，一朵朵怒放的烟火，在漆黑的天空里如梦如幻的亮灭在我们仰着的脸上。

……

我们十指交缠，面对面的凝望了一会儿，在烟火起落的五色光影下，微笑着说："新年快乐！"然后轻轻一吻。

我突然有些泪湿，赖在他的怀里不肯举步。

……

听着听着，韩风便觉得已和三毛一起走入了她的世界里。那一夜，韩风很贪婪地叫白若菲为他诵读了一篇又一篇的散文，而白若菲竟也毫不吝啬地读了一篇又一篇，直到东方露出鱼肚白来。韩风抬头凝视白若菲时，正与她的视线撞了个满怀，赶紧慌乱地把头低下，白若菲也局促不安地做环顾四周状。

5

回想起共同走过的那些日子，韩风又是一声长叹，倘若不曾有过心动，不曾有过冥冥中的契合，也就不会有这样一个悲情故事和干涸的夏季了。

韩风一直就不会掩饰自己的感情，知心的朋友不止一次地告诫他不要太

认真、太坦率、太真诚，否则受到伤害的总是自己。韩风知道朋友说的大抵都是实话，但他就是改不了，真诚率直已象骨髓一样深入了他的体质之中。

"以为不再会有椎心苦痛的经历，以为没有人能把这盏在多年前已经灭了的心灯重新点起，于是便放纵了自己，也放纵了你。"

分手的那一夜韩风这样对白若菲说。韩风真的有些痛心疾首，他说，天晓得会让你毫无道理地闯入我还未来得及筑起堤防的心里，大意，太大意了！

韩风说，为什么在这尘世间我总是比别人来迟一步，而今即使我一千次地想举起手来打自己的嘴，又如何能阻挡你进入我从此无眠的梦里？

那天韩风喝了不少的酒，有点醉意朦胧。

其实悲剧在于从一开始就注定了这是一个没有结局的故事。悲剧意味实在是太浓了，正好投合人们的口味，韩风不无自我解嘲地说，世人都喜欢且习惯于看悲剧。

分手的那个午后，白若菲曾答应过回到学校后要再为他诵读一次三毛的，而且还要录下来送给他，然而韩风心里却明白这恐怕将是一辈子都无法实现的梦了。此情可待成追忆。

6

太阳有点西斜了，午后的空气中似乎有微弱的风在笨重地蠕着步子，就是吹不动那串寂寞的风铃。

如果时光能够倒流，韩风愿白若菲留给自己的永远都是最初那份明眸善睐的神色中所闪动着的纯真和无忧，那种一见如故的契合。他至今犹记得当初与白若菲初相遇的情景，韩风是学校新闻社的社长，而白若菲是外语系的学生会主席，那次的见面完全是为了公事。

白若菲是学校里唯一的一个泛亚太奖学金获得者，韩风亲自出马去采访她。就是这样的简单，这着实是整个故事中最初写下的第一笔，令韩风没料到的是所有的情节都于此开始生根发芽。

往事如烟，可是烟也有散失的时候；翻开一本书终究又得合起，但是那段散不尽、合不拢的情衷要托付给谁去箴守呢？

认识白若菲很偶然，很不经意，韩风觉得是这样。倘若不是那次际遇再加上校团委组织的那次暑期社会实践，韩风从没想到会和全校闻名的白若菲走在一起。虽然在采访她之前，在校社团活动中，白若菲的身影曾几度在他面前闪现过，但他绝没意料到有朝一日竟会鬼使神差地和她成为搭档，在短短的几天中几乎成了朝夕相处的伙伴。

而后，多少事情的发生又是那么出乎意料。韩风如今忆及那段挥之不去的往事时犹觉得不可思议，太突然了，他也终于体会到了曾经很不屑的言情小说所惯常描写的聚散匆匆。

韩风算是明白了，老天爷想存心要跟谁恶作剧，谁就注定无法逃避。

7

韩风双脚高跷着，让意识四处狼奔豕突，存心要把往事一件件从地底下拎出，然后把它们排列在一块。他觉得唯有如此才能把它们风干。

在这样一个平静如水的午后，韩风期待着出现一种平静如水的心情，不再会有二十二岁生日时的那股不安和悸动。

二十二岁生日刚过不久，是在他和白若菲作别后的第二天。

那天，当太阳悲壮地写完最后带满激情的一笔，夜渐深，人渐静，燃起一根昏黄的烛火。韩风的心在抽搐着，没有激情，也没有为二十二岁的年轻而祈祷些什么，只是双目定定地看着烛火一点点地燃尽，就这样度过了二十二岁生日。

听不到祝福也听不到许愿，是真正的平平淡淡，却是无法真正的从从容容。烛泪点点，乃是青春年少欲忍都忍不住的凝然泪珠。就着生日的烛火，韩风重又捧读《梦里花落知多少》——

"记得当时年纪小/你爱谈天/我爱笑/有一回并肩坐在桃树下/我们不知怎样睡着了/梦里花落知多少……"

韩风真想毫无理由地笑一笑。但韩风终于没笑，韩风抬头看了看窗外，天边已露出鱼肚白了，今天会是一个艳阳天吗，在烛火熄灭的刹那，韩风说：今天天气哈哈哈。

一种无言的心酸和无奈，这就是韩风的二十二岁生日。狮子座的韩风说自己永远都是一头孤寂的狮子，有时甚至恍然觉得自己的前生就是在野性的非洲。

8

夕阳慢慢地滚到窗前那一方四角形的天地里，没有了正午时那种灼人的光亮，甚至暗淡得有点像那一夜的生日烛光，是一种苟延残喘的气息。风铃的影投射在床沿有点沉重，韩风又一次用手抖了抖蚊帐，于是风铃的投影便从床沿上摔到了墙角，四处乱撞。

韩风清楚地记得，在他和白若菲分手后的一个又一个不眠之夜里，他的小纸团也是如此漫无目的地四处乱飞乱撞，小纸团上满满的涂着尽是白若菲的名字。

其实韩风是想提笔给白若菲写信的，但是提笔之初到落笔之末，他永远都是信心不足。于是终究只是无奈地对自己解嘲说，这不算什么，早在多年以前我就被判定了永远的孤独。

韩风懂得白若菲的苦衷，虽然他觉得白若菲并没有义务要去替她的父辈还那原本就是非难分的情债，他也无权对那个自己从没有见过面的男人品头论足，但从白若菲宛若游丝的叹息声中已了然其中的沉重和无奈。

那一个午后，白若菲故作平静地举了许多例子用以说明自己总是能平静地把爱忘记。韩风不想说什么，只想从此沉默下去，可是事实上即使他的心不再悸动也无法不痛。

这种心痛是无所不在的。

有时韩风觉得自己已经很男子汉了，可是每次午夜梦回，当白若菲的身影突然在他面前出现时，他觉得整个人都要虚脱了。韩风不止一次大骂自己是孬种，不该再有心痛，然而骂归骂，这种心痛的"恶习"就是"改正"不了。

9

天空不知在什么时候已完完全全地暗了下来，韩风的回忆却一点点地依然清晰，亮如白昼。

犹记得心跳的那一刻，黄昏，在山坡上，白若菲指着谷底下的一棵松树笑说："你看，那棵松树的样子像不像你在打坐？"于是他顺着坡，一级一级地往下跳，山风轻送，听到白若菲在坡顶大喊"韩风，野蜂，一大群的野蜂来了……"他知道这是白若菲在故意吓唬他，只是从她的口中无意蹦出的一句，天真浪漫的一句，韩风觉得自己的某种感觉又复苏了，自从失落了多年前那场昏天昏地的恋爱后就钝化了的某种感觉。

没有刻意地去寻求，也没有刻意地去回避，就在这一瞬间，那道暖暖的感觉似夏日踩水的蜻蜓点点而来，浅浅淡淡。

一整个下午韩风的思绪就是这样毫无头绪地狼奔豕突。早就过了吃饭的时间，他却存心跟自己的肚子过意不去似的，躺在那里连动都不动。

宿舍里黑漆漆的，挂在床顶的风铃也变成模糊的一团黑影。这时候他正在回味多日前那道暖暖的感觉，门外忽又响起猫咪的叫声，它们大概早已进入恋爱的状态，或许不久的将来他们宿舍会"猫丁兴旺"起来的，宿舍的人都对它们寄以很大期望，就差没给它们包办了。

漆黑的夜使四周显得空荡荡的，在黑暗中和韩风的心情一样空落，韩风抬了抬脚，轻轻摁了摁开关，于是窄小的宿舍顿时亮堂起来，一下子那种空落的感觉又被拥挤窒息所替代，韩风真不知该怎样才好，

"叭"的一声又把灯给摁熄了。真烦，韩风说。但没有人应答，只有自己抖动蚊帐时风铃细碎的回声。

10

韩风料定自己是无法平静如水的，寂寞、烦乱和心痛无时无刻地在践踏他的心坎，虽然有时似乎也藏得很深，不易被挖掘出来，但事实上这种深度

是毫无意义的和不堪一击的，就好比一盏灯即使挂得再高，或亮或熄，倘若有谁在导线的这端轻摁开关，灯的那头是无可奈何的。又像一颗棋子，不由自主。韩风觉得自己就是墙上那盏无可奈何的灯，是那颗不由自主的棋子。

窗外已可看到三两颗疏朗的星星缀在天边。时间带不走空间，那些浪漫而又苦涩的日子已纷纷扬扬而去了，而这段往事却一如今夜闪烁的星辰，真切而又遥远。韩风重又想起那个午后，白若菲说"忘了我吧……忘了我……"。韩风什么也没说。

韩风早就不再说什么了，只是心痛。漫无目的地又打开了灯，随手翻起放在床头的另外一本散文选，韩风的目光落在一篇题为《无缘缘》的文章上，韩风把它看完了，心中似乎有所悟。散文里这样写：

情苗若萌于无缘土，也不握它，也不濯它，握它伤了自己，濯它苦了他人；不如两头都放。

无缘，不能代表所有生机的失坠，它仅仅是，而且只是，一个生命过程中注定要陷入的苦壳而已。茧都有能破，何况壳。

韩风记得上午替朋友买船票时，售票员对他说，倘若在船临行前遇上台风，可以退票。

韩风觉得白若菲就像是遇上了台风而不肯也没勇气退票的人。是这样的。

然而自己呢？韩风终究不甚了然，把书往床角一扔，引得风铃又是一阵叮当作响，细碎杂乱的。

1992 年夏天

220

笑看云起

上周我回到乡下时，收到杨发来的短信：我今天飞去北京，看我妈妈，下周五回来。

杨的老家在山西大同，国庆长假的时候，她刚回了一趟山西老家。我心想，春节还早着呢，怎么又回去？随手给她回了一条：我也回到乡下老家了，也是下周回，愿你阖家欢聚，共享天伦。

在返回福州的大巴上，用手机登录 QQ，碰到桔在线，她告诉我说：杨的母亲病得很重，她回去探望了。

这时我才恍然醒悟，原来是这样！当下，在心中为杨的母亲暗祷，愿她平安无事。

不料两天后就收到桔的短信：杨的妈妈前天下午走了。

听到这消息，我感到很突然很惊讶。曾经在杨的博客里看到过她母亲的照片，是今年五一到福建旅游时拍的，一家人其乐融融的。她母亲看上去很开朗健康，没想到就此和杨天人永隔。感叹之余，我给杨发了条短信：惊闻噩耗，心中惋痛无以言表，请节哀顺变，并保重。

稍后，我拨通了桔的电话。她告诉我，在得知消息的当天就直飞北京，再转乘大巴赴大同，帮杨料理后事。杨是家中的长女，下有一弟。桔的父亲在两个多月前刚去世，她也是家中的长女，当时是杨帮着料理后事的。一直以来，她们都情同姐妹。

我和杨相识，缘于桔。

桔是我大学时住同一幢公寓的女生，并同为公寓管委会的学生干部，多年来我们虽来往不多，但一直都有联络。我在建宁驻村扶贫时，桔得知我在搞助学结对子活动，也加入了进来，一起的还有她的同事兼好友杨。就这样，我认识了杨。

算起来，差不多有四年的时间了，我和杨仅有过两面之缘，一次是在她

们公司，一次是和桔一起吃饭的时候。真正对杨有更深的了解，是在她到了另一家公司担任董事长助理后，偶有事情叫我帮忙，才多了些电话联络。为了答谢我，她说要请我吃一餐饭，我笑纳，只是这餐饭至今依然挂在墙壁上。

偶尔也会在 QQ 上碰到，闲聊些许。点点滴滴的认知拼合起来，感觉杨是一个独立坚强的女性，有着北方人的率真和淡定，故其 QQ 昵称为：笑看云起。

我想对杨说，世界上最疼你的那个人走了，我感同身受。因为在六年前的那个秋天，我就经历过同样的痛。愿你一如以往，坚强。正如你的 QQ 签名——

People laugh and people cry,

Some give up, some always try!

2008 年 12 月 5 日

惊魂之旅

马航失联事件至今已多日，无论生死，生命等待一个答案。我们在感慨的同时也在思考，未来和意外不知道哪个会先到来，我们能做的就是珍惜现在。

在各种空难资讯的密集轰炸之下，我不由得回想起十几年前自己亲身经历的那次惊魂之旅。2000年6月9日，这一个在我脑海里定格已久的日子，虽不曾提起，却常常被想起。

那天，我和省直党校青干班同学一行六人，在结束了三天的对温州私营企业发展状况调查后，拟搭乘当天下午6：30的航班返回福州。我们早早就到机场候机了，但飞机在晚点了近二十分钟后才起飞，执飞的是架德国产的DH-8小型飞机。登机后听到有人开玩笑说这飞机简直比大巴还要小，我内心掠过莫名的不安。想起临行前夜电影频道上放的一部空难片，再加上最近南方持续不断的暴雨天气，种种因素叠加在一起，心中越发感到不自在。

真是怕啥来啥，飞机飞出温州空港不久，在夜空中巡航的机身就时不时地来一阵激烈的颠簸、震荡。身旁的朋友笑说心脏都快被颠出来了；而坐在前座的一位女孩起先还在叫好玩、刺激，渐渐地就没了声息，也不知是睡了还是吓的。

时间一分一秒似乎都过得特别慢，好不容易捱到乘务员说好的降落时间，然而却没有一点迹象表明是在准备降落，透过舷窗往外看，一道道的闪电过后，仍是漆黑一团，看不到丁点人间烟火。眼力好的人焦急地说，起落架还没放下呢，该不会出故障了吧。扩音器死寂死寂的，听不到来自机组的任何说法！我看了一下手表，时针已指向7：55，比预定降落时间已超过20分钟。正焦燥时，扩音器终于响了起来，说是因强雷雨天气，飞机无法降落，得复飞回温州。霎那间，机舱内起了一阵不小的骚动，有人在着急，有人在祈祷，有人在抱怨运气不好，有人在商量着飞机能顺利飞回温州后就要退票。也有略显镇定自若的人在劝慰旁人莫惊慌，这一航班他每个月都要来回几趟，只要不是飞机故障，没事的。这不废话嘛！

　　飞机在满舱乘客的忐忑和揣度中颇不平静地往温州方向飞回，我往窗外望去，依稀可看到一道道明亮的闪电在身后的夜空划过。面对茫茫夜空我不禁感叹，人的生命是如此的脆弱和渺小，似乎一不小心就会被撕裂，消失在苍茫的夜空中。大约过了四十分钟的时间，飞机终于又回到起点缓缓地降落在温州机场，我们就像一群迷途的羔羊，焦急地等待着牧羊人的出现。有人办理退票了，有人赶紧用手机向亲友述说原由并报平安，更多的人则在静观着事态的进一步进展。

　　不久，我们被告知说，福州的暴雨已停了，飞机在加完油后，将再次返航福州。

　　当晚9：50，飞机最终平稳地降落在福州长乐国际机场。直到这一刻，我心中悬着的那块巨石才算落地。毕竟人的生命只有一次！

　　原本故事发展到此，也算是一个有惊无险的结果了，真正让我后怕的事情发生在两周后。那天，我在办公室像往常一样摊开一份报纸随意浏览。突然，一则醒目的消息却令我不寒而栗。据报载：6月22日下午四时左右，一架武汉航空公司的民航客机在武汉市汉阳区黄金口失事，当时武汉正下着瓢泼大雨，十分钟内打了451次响雷，这架飞机恰在这段时间进入雨层，王家墩机场要求其复飞，没想到在失去联络后不久就发生了这一惨剧，机上四十多人无一生还……

　　天啊，这一过程和两周前我们所经历过的那次意外竟有着如此惊人的相似。不同之处只在于我们乘坐的那趟航班在历经盘旋往返后最终还是平安降落了，而他们却永远地回不来了。

　　尽管世间有种说法叫"生死由命，富贵在天"，尽管世人常说"是福不是祸，是祸躲不过"，但我依然无法停止悲伤。就像一阵风吹熄了蜡烛，四十几颗曾经鲜活跳动的心就这样如轻烟般散去了。在暴风雨中，在惊天动地的响雷中，他们就这样匆匆地走了，看不到至亲至爱的人在为他们肝肠寸断，听不到亲朋好友们一声声撕心裂肺的呼唤，就这样走了。

　　我庆幸，我活着。我不苛求要有如何非凡壮丽的人生，但我时时刻刻都会提醒自己好好把握生命中的每一天。因为，未来和意外不知道哪个会先到来，我们能做的就是珍惜现在。

2015年3月4日

再访天山天池

这是我第二次到访天山天池。

天山天池古称"瑶池",是传说中西王母宴请周穆王之地,《山海经》等史书均有类似的记述,因此千百年来,有不少文人骚客以此神话作题材,赋诗作文,将这一美丽的神话故事流传至今。唐代诗人李商隐就曾作诗云:"瑶池阿母绮窗开,黄竹歌声动地哀,八骏日行三万里,穆王何事不重来。"

其实,天池是在大约两百多万年前的第四纪大冰川活动中形成的,是世界典型的高山冰蚀冰碛湖。然而,因为有了众多的传说,使它成为美丽和神秘的化身,让人们仅听着天池的名字就心驰神往。所以一到乌鲁木齐,很多人第一站就想着去天池。

简单地用过早餐,就坐在旅游大巴上等着出发。时令已是初冬,导游细致地嘱咐大家要多带件衣服,山上的气温比起市区要低五度左右。

在福州的时候,还只需穿衬衣外加一件小马夹就足矣,在这里很多人都包裹得俨然像一只过冬的小熊。记得以前读书的时候,老师说起我们的国土有多么辽阔,那也只是停留在头脑里的一个抽象概念而已,此时方能感同身受。

汽车一出乌鲁木齐市区,沿途多是无垠的戈壁滩,偶尔有三两成群的牛羊或骆驼从车窗外掠过,总会引来旅伴们一两声夸张的惊呼,甚而后悔没来得及摁动相机的快门,这大概就是所谓的少见多怪了。间或,还可以看到高高的白杨树掩着土黄色的平房,而浮游于树梢之上的晨曦则有着绸缎般的金黄。

车越行越远,阳光洒在身上暖洋洋的,让人不由催生困意,原来不止是春眠才不觉晓!带着对重访天池的美好憧憬,在疲倦中睡去,一觉醒来已到了天山脚下。窗外溪流潺潺,那是天山的雪融水,清澈而透明。溪流边,萧瑟的榆树林里哈萨克牧民白色的毡房连成片,另有三三两两的蓝色小屋点缀

于其间，共同构成一幅凝固的油画。

在山脚下换乘景区的小巴士沿着盘山公路迤逦而上，气温越来越低，景色越来越美。俄尔，就到了被称为小天池的地方，遗憾的是由于时间的关系，我们的车子并不停留，只能作壁上观了。小天池，又称玉女潭，相传为西王母洗脚处，其状如圆月，四周塔松环抱，池水清澈幽深如翡翠。听导游说，如遇皓月当空，静影沉壁，清景无限，因而又得名："龙潭碧月"。想来，那王母娘娘也确有眼光，选了这样一个绝佳胜景供自己起居盥洗。而今天的人们，有幸来天池作一次神游，体验一下做神仙的感觉，也不可谓不是一件妙事。

峰回路转，不多久时，小巴士就来到了一处被辟为停车场的山间平地，车门一打开，没等停稳，就有人跨步而下，直奔不远处的雪地而去。这也难怪，随着全球变暖，原本在南方就难得一见的雪景，如今更是变得稀罕。于我而言，倘若不是因为几年前到建宁去驻村让我得以在寒冬里领略到银装素裹的胜景，今天恐怕也不见得就比旅伴们更沉得住气。在公路的两旁，在松林间，在远处的山顶上，一眼望去到处都是厚厚的积雪，而这才只是初冬呢，难以想象在隆冬时节该是怎样的一种盛况。

走走停停，行行摄摄，谈笑间就到了天池主景区。远远望去，天池宛若一块半月形清澈碧透的玉石，躺在峻岭之中。远远地望着这湖水，让我心动的不是她的颜色，而是她的宁静——蓝色的湖水安静地躺在蓝色的天空下面，层层的松针林遍布远近的山峦，远处的博格达峰衬在她的身后，仿佛是高山上的一位美丽的神女。

呼吸着从湖面过来的空气，觉得整个人都变得清新透明起来。这样的清新和透明让人似乎远离凡尘般的纯粹。世间最美的景物往往都藏于幽深的山谷之中，而高山湖泊的美丽就在于静美，将脑海中所有的词汇搜罗出来也难以形容出这份澄明与安宁。听闻有游人在天池湖畔曾发出这样的感叹："早知天池美，何必下苏杭！"我深以为然。

这个时节的北方并不是旅游的最佳季节，所以此时的天池游客也并不太多，少了些喧嚣正好，可以从容自若地在各个地方拍照留影。

当然遗憾也是有的，那就是因为时间仓促的原因，大抵都只能走马观花。

还是古人说得好，"此事古难全"。所以，我也不想花太多的笔墨去描摹风景，只是更多地记述当下的心情。我愿，也许在某年之后的某一天，当我能有幸再度踏访这一神奇而美丽的地方，最好是个春暖花开的季节，看开满山花的草原上，哈萨克人搭起一顶顶白色的毡房，奶茶、烤羊肉和手抓肉的香味让我驻足流连。运气好的话，也许还可以听到湖畔飘荡着阿肯们高亢的歌声和冬不拉悠扬的琴声，让我细致地领悟这个马背民族的豪迈与激情。

2007 年 11 月 15 日

晋江穿越

　　行走在晋江，我时常恍惚着，那是很奇妙的一种感觉，像是乘坐着时光之舟在过去与现实间来回穿越摆渡。忽儿是草庵石刻的庄严厚重，忽儿是足球公园的大气磅礴，忽儿是五店市充满温情的烟火气，忽儿是少体校飞扬的青春气息，忽儿是梧林古村落的隽美沧桑，忽儿是南岸公园的悦彩律动，忽儿是五里长桥上落日余晖，忽儿是成功大桥下浪潮奔涌……行走在晋江，一不小心就走进悠深的岁月，走入历史深处。

　　2015年的冬天，我应邀到晋江参加一个歌词创作奖项的颁奖典礼。热情的东道主安排我们四处走走，其中一站是安平桥——那座在各类历史和文学典籍中出现过无数次的著名石桥。当我穿过"望高楼"那高高的门洞，踏上结满岁月皱纹的石板条，我就有种穿越过时光之门的感觉。时近黄昏，夕阳把我们的身影映照在古老的青石板上，拉得顾长顾长的，那一刻我不禁想起李白的《把酒问月》"今人不见古时月，今月曾经照古人。古人今人若流水，共看明月皆如此。"我甚至想着，那个过了知天命之年才登进士，受命为兴化县令的林外，是否也曾信步于此长桥之上。而那个时候的他又何曾想到，他于杭州西湖酒肆饮酒后留下的《题临安邸》会令人吟诵至今，乃至被编入教材，妇孺皆知。

　　我还仿佛看到，主持建造此桥的泉州郡守赵令衿伫立于桥亭之上，把酒临风，因筑成天下长桥而欣然写下一首诗：

　　　　为问安平道，驱本夜已分。
　　　　人家无犬吠，门巷有炉熏。
　　　　月照新耕地，山收不断云。
　　　　梅花迎我笑，书报小东君。

这一年是宋绍兴二十二年（1152）。在历经十余载断断续续的修建后，这座五里长的跨海石桥终于竣工了。

至于为何要耗时耗力在此筑一座如此长的石桥？历史的真相已无可考，有个传说倒很是精彩。相传安海这地方常年遭洪水和海潮的双重侵袭，有人说这是东海和南海的两条孽龙在作祟。有一年，安海地界大雨下个不停，九溪十八涧的大水翻过了石壁峡，直冲安海港而来。一位得道成仙的道长在灵源山顶望见两条孽龙在作怪，便运功吐出一条七彩锁链，从安海跨过海湾，直到南安的水头，孽龙见状吓得魂飞魄散，马上潜入水底，大水随之退去。百姓见到长虹惊退了孽龙，怕以后它们又卷土重来，遂提议用长条大石，一段一段地铺砌，建造一条天长地久的锁蛟玉带，一来镇锁孽龙作怪，二来便于两县百姓往来。这就是这条长达五里的跨海石桥建造的由来。

传说归传说，石桥给当地老百姓带来的实惠却是实实在在的。据史载，长桥落成后，各地商旅船只相邀而来，商业日益发达，百姓安居乐业，这座桥就被称作"安平桥"，因为桥长五里，又称"五里桥"。

时间，它永远也不为谁而停留。时间，它永远在创造新的奇迹，然后又在岁月的洗礼中成为经典。

2020年，还是在晋江和南安之间，还是在安海湾之上，又一条"长龙"跨海而过。3月26日凌晨4时30分，随着长103米、重1272吨的钢箱梁吊装到位，泉厦漳城市联盟路控制性节点工程——跨海大桥顺利合龙，泉厦漳城市联盟路泉州段全线贯通。

这座跨海大桥的建成，使得泉州环城高速"大环"闭合成网，闽西南协同发展区域内的交通联系变得更加密切，城市之间的交流合作更为便捷，从晋江往返厦门车程缩短20公里以上，有力促进城市群的形成和各类沿线产业繁荣发展，对提升沿线港口的集疏运能力、拓展港口腹地具有重要的推动作用。

大桥合龙前的3月5日，泉州市高速公路建设指挥部在前期广泛征求各界人士意见的基础上，正式发文将该桥命名为"成功大桥"。仔细一想，于斯地，再没有比这更合适的名称了。郑成功祖上世居南安石井，出生于日本九州，后又在晋江生活，东石和安海都有他的史迹。在闽南，包括厦门鼓浪屿、

泉州大坪山、南安市区等多地都有郑成功塑像，郑成功奋发图强、救亡图存的精神正是闽南人血脉里流淌着的"敢拼会赢"的基因，也是打造出"晋江经验"的传承基因。

今时今日，当我登临八仙阁，伫立于阁上回廊，俯瞰晋江城，远处林立的高楼大厦和错落的红砖厝群比邻而处，再更远处的天际下，成功大桥若隐若现。此时，我又想起了柳咏的《望海潮》"东南形胜，三吴都会，钱塘自古繁华……"而今朝之晋江，又何止是"参差十万人家"？

当我听完现场施工人员有关八仙阁建造情况的介绍后，又不禁惊叹于其精湛的建筑工艺——除了传统的木、石、砖、瓦等施工技艺外，为满足抗震等要求，还创新性的以钢材作为主阁的受力结构，再采用抽芯木柱、木梁、斗拱、藻井等木构件外包装饰，完工之后钢结构将完全隐藏于木结构之内。

传统与现代，古朴与新奇，浑然天成。这不正是晋江的写照吗？

晋江，一座如此特别的城市，博大精深的自然人文之美和新时代超越发展的经济脉动，在此猛烈碰撞纠缠之后，又完美地融合在一起，和谐共生，气象万千。

《晋江经济报》2020 年 10 月 25 日

第六辑　读书观影

家是最小国，国是千万家

——读《习近平谈治国理政》有感

　　《习近平谈治国理政》明确阐述施政理念，传递共赢信号，展示出我们党的领导核心熠熠生辉的个人魅力，不仅有助于广大党员干部把学习贯彻习近平总书记系列重要讲话精神持续引向深入，而且为外界提供了一扇观察和感知当代中国的重要窗口。在我看来，作为一本经典著作，它是一座取之不尽用之不竭的精神"富矿"，每个人都可以从自身的维度和需求汲取到不同的智慧和营养。

　　在通读《习近平谈治国理政》第二卷第九专题《坚定文化自信》时，我对于其中的《注重家庭，注重家教，注重家风》一文感触尤深。古人说，"修身、齐家、治国、平天下"。家是最小国，国是千万家，欲治其国先齐其家。习近平总书记作为"中国梦"的倡导者和践行者，始终用自己的实际行动做出表率。

　　《习仲勋传》一书有这样的记述：一次，习近平的母亲齐心对孩子们说："家中的小事不能影响工作。"习仲勋听到后却严厉地说："大事也不能影响工作！"

　　以身教者从。正因父亲的言传身教，习近平将工作看得重如泰山。即使是父亲八十八岁大寿，中国人很重视的"米寿"，时任福建省省长的习近平也因工作未能回家为父亲祝寿。他给父亲写了一封信。信中，习近平提到希望从父亲这里继承和吸取的高尚品质"一是学父亲做人，二是学父亲做事，三是学父亲对信仰的执著追求，四是学父亲的赤子情怀，五是学父亲的俭朴生活。"

　　总书记用言传身教传承家风，因为家庭是社会的细胞，是人生的第一个课堂。"家风好，就能家道兴盛、和顺美满；家风差，难免殃及子孙、贻害

社会"。

　　笔者有一个廖姓中学同学，他们家的家训是：善良、上进、报恩。四兄弟三个考上北大、一个考上人大，当时在闽南山区小县城里被誉为"书写了几乎不可复制的家庭教育传奇"。1998年北大一百周年校庆，其父母作为家长代表走进了人民大会堂，现场聆听党和国家领导人做科教兴国总动员的重要报告，一时传为佳话。1999年，他们家被评为福建省第二届"五好文明家庭"。习总书记主政福建期间，也曾盛赞廖家教子有方。一直以来，他们始终践行着廖家的家训家风在各自的岗位上辛勤工作，廉洁自律，回馈社会。2014年厦门市举办首届"十佳家训家风"评选活动，廖家故事《积善之家必有余庆》在一万余参选家庭中脱颖而出，当期的报纸被缩印后嵌入水晶。人说这样的奖品不仅值得拥有，而且值得永久珍藏，代代传承。

　　家风如雨，润物无痕。在一个寒冬的傍晚，廖同学父女俩回家路上，快到家时发现地上有几块白色泡沫板，汽车压过便四处飞舞，路人都视而不见。廖同学立即让孩子回家拿来笤帚和簸箕，一点一点地把泡沫打扫干净。路人投来了赞许的目光，孩子也从中深受教育，积极参与打扫。有一次考试作文以《暖》为题，女儿有感而发写了这则小故事，被老师当作范文。她写道"在干干净净的路面上，我望着爸爸被夕阳拖得长长的影子，突然觉得爸爸变得高大起来，一股暖流涌上我的心头……"2016年，廖姓同学家庭荣膺第十届"全国五好文明家庭"称号，可谓实至名归。

　　家风，影响着一个人的品质和行为。对居于领导岗位、握有权力的官员来说，败坏的家风，更成为牵引其自身及亲属走向牢狱的绳索。纵观近几年查处的一些案件，出问题的干部普遍家规不严、家风不正，家属亲朋相互利用、以权谋私，有的甚至"全家总动员"，把公权力变成"私人订制"，最终一起走上不归路。刘铁男如是！周本顺如是！苏荣如是！

　　家风坏，腐败现。"家风败坏往往是领导干部走向严重违纪违法的重要原因。"习近平的这句话，直指要害。国有国法，家有家规。没有规矩，不成方圆。以习近平同志为核心的党中央为家风建设定下了"明规矩"：

　　2015年2月27日，习近平主持召开中央全面深化改革领导小组第十次会议，审议通过《上海市开展进一步规范领导干部配偶、子女及其配偶经商办企业管理工作的意见》，要求对领导干部的家庭建设情况定期检查；2016 年起开始实施的《中国共产党廉洁自律准则》第八条明确要求，党员领导干部要"廉洁齐家，自觉带头树立良好家风"；十八届六中全会审议通过的《关于新形势下党内政治生活的若干准则》中要求"领导干部特别是高级干部必须注重家庭、家教、家风，教育管理好亲属和身边工作人员。"

……

今天，在全面建成小康社会的攻坚阶段和关键历史节点，再提"弘扬优良家风"更是意义深远。伟大百年奋斗目标的实现，依托于党和政府的强力指引，同样有赖于全国各族人民的共同努力。实现民族伟大复兴的中国梦，需要大力弘扬优秀传统文化，从家国情怀中汲取民族复兴的不竭动力。

"家"是缩小的"国"，"国"即放大的"家"。家风文化源远流长，每逢春节，有副传统对联是很多人家的选择——"忠厚传家久，诗书济世长"。风吹日晒，字迹或会模糊，但好家风却会如春风化雨，守着家、护着国。

2018 年 10 月 25 日

峥嵘岁月何惧风流

——读陈毅达小说《海边春秋》有感

　　《海边春秋》是我省作家陈毅达发表于 2018 年第 7 期《人民文学》"新时代纪事"栏目的一部长篇小说，该作品同时被列入 2018 年中国作家协会重点作品扶持选题。

　　小说用十二万字左右的篇幅叙述了在建设 21 世纪"海上丝绸之路"这一战略大背景下，从北京名校毕业被引进回闽省工作的文学博士刘书雷，被派往距离海峡对岸最近的综合实验区——岚岛挂职，并深入蓝港村攻坚克难的故事和心路历程。

　　从京城到省城，再到海岛，最后深入渔村，一竿子插到底。正如《人民文学》在"卷首语"中所言，小说的主人公进入了以前做梦也想不到的现实熔炉，从好奇、热情、不懂、慌乱，再到倾听、观察、分析、判断，直至扎扎实实地与生活实地上的人心、实情和史事、蓝图相融。他遭遇了复杂而繁多、具体又紧要的疑难事项，也从实践中磨砺出了面对问题的辨别力、解决问题的穿透力。

　　"我们现在就是要培养大批善思能干的干部，我希望你能从学业上的博士，变成为岚岛改革开放奉献才智的斗士。"这是小说开头援岚工作队领队、省政府吴副秘书长决定派刘书雷到蓝港村蹲点调研时说的一段话，也是整部小说的"题眼"。

　　作为一部纪实小说的主人公，刘书雷虽然最终实现了从"博士"到"斗士"的嬗变，然而作为贯穿始终的重要线索人物，作者并没有把他人为拔高，他也有职场里常见的纠结和小算盘，也会迎合领导、察言观色，也有胸怀天下兼济苍生的抱负。在小说开篇之时，刘书雷的身份是省作家协会的副秘书长，机关最年轻的处级干部，同时也是"躲进文学的象牙之塔了，什么事都不关心"之人。直到领导亲自点将要他去援岚了，他还推辞"这么重要的政治任务，又是到基层工作，我可真是不合适，半点经验都没有，半点接触都没有，一片空白。"此时，刘书雷这种下意识的畏难情绪是本能的，也是当下"三门干部"的真实写照。

从家门到校门，再到机关门，学问的履历够了，但社会生活的阅历少，基层的历练少。因此，当刘书雷正式进驻蓝港村与下派第一书记张正海并肩作战时，他对于下派村支书这一做法的认识是觉得"挺新鲜的"。于是，张正海适时给他补了一课：这可是总书记早年在闽省任职，分管农业农村工作期间，通过对全省农村的深入调研，总结出来的具体做法和经验。上世纪末本世纪初，就在全省范围内建立了农村科技特派员制度，同时开展了下派村支书的改革尝试，从机关选派大批干部进村挂职。这一做法就此在全省延续下来，后来全国许多地方也学习了这个经验。

在为自身的局限和寡闻感到惭愧之后，刘书雷诚恳地对张正海说，"你才是真正的人才！"并主动要求借阅总书记在闽东任地委书记时写的《摆脱贫困》一书反复阅读学习，以"行动至上"的思想指导实践，主动融入当地村民的村务及感情世界，积极地帮他们解决问题，结合不同群体的实际所需与现实欲求来寻找岚岛建设与发展的最佳方式。最终，他悟出：打仗要牺牲，这是战争规律；经济发展的最佳境界是各方都赢，至少不能让群众有牺牲。可以用战斗的精神来谋发展促发展，但不能用战斗的方式来解决发展问题。

小说的圆满结局，其实早在之前综合实验区党工委书记给张正海所呈送报告的批示中就已留下了伏笔——"中央一再强调，不忘初心，要把一切为了人民作为我们的根本宗旨；省委也一再要求，要把人民的利益作为我们的第一追求。总书记视察我省时，提出了建设机制活、产业优、生态美、百姓富的新闽省，我们岚岛在改革开放的进程中必须牢记，要时刻把人民利益放在心头，要让人民群众能够实实在在地共享我们的改革红利和分享我们的开放成果。"从而最终解决了小说里真正的矛盾——"当时出发点是替他们的利益着想，但是却把利益当作他们的愿望了。"

纵观始终，作者将刘书雷这一角色放置于岚岛开发建设的"大熔炉"中去锤炼，其能力的提升、心性的转变和整体的成长是渐进的，水到渠成的。

除此外，还有以张正海为代表的本地干部、有着传统人格风骨的大依公、从懵懂莽撞到懂得组织性和纪律性的岛上新青年群体"海上蓝影"、常年外出打工的岛上村民、由谋利到谋发展的企业家们等等，都在围绕兰波国际项目与蓝港村整体搬迁的矛盾与破解中实现了"华丽转身"。

小说以《海边春秋》命名，"春秋"一词，来源于先秦年代鲁国史官以春、夏、秋、冬四季记录的编年史，后经孔子加以整理修订而成为儒家经典。《春秋》用语极为简练，虽无议论，但记叙之中无处不见作者的思想倾向，后人称之为"春秋笔法"。通览小说《海边春秋》，深以为然。笔者不禁想起根据高云览同名小说改编的电影《小城春秋》，二者可谓有着异曲同工之妙。同样发生于海岛的故事，一个是处于国难当头，抗日救亡运动如火如荼之时；一个是处于时代变革，大开发大建设热火朝天之势。不同的峥嵘岁月，一样的初心不改。

栉风沐雨，薪火相传，数风流人物，还看今朝。

2019 年 2 月 18 日

转化：主题的升格与迁移

——读施晓宇小说集《四鸡图》

　　生活在理想的世界，也就是要把不可能的东西当作仿佛是可能的东西那样来处理。

——康德

　　我们生活的世界诚然不是被定义了的理想世界，但康德的这一论述归根到底是符合于我们的现实并具有其特定意义的，就其对于文学创作过程来说需要这样一种从"不可能"到"可能"的转化。这种转化的形式自古以来存在于文学现象之中，丰富多样，五彩纷呈，从上古的神话寓言到魏晋的志怪小说乃至唐代传奇，大抵都是把"不可能的东西"转化为"可能的东西"，源于生活而又高出生活，虚实相生，从而起到文学反映现实生活的作用。

　　读施晓宇的小说集《四鸡图》（长城（香港）文化出版公司，1992）给我的第一感觉就是作者所要表达的意旨已超脱了其文学所构筑的框架，主题超越于文本，从而实现了由"不可能"到"可能"的转化。作品的第一辑"动物世界"最能体现这种意旨的升格与迁移。它以若干个看似怪诞的题材（如：《以姓氏笔划为序》《卵生人》等），构筑起一个非常特殊的世界，它们的共同对象（内容）是：形态各异的动物。然而，倘若以为作者所恣意渲染的就是为了完成一篇一篇单纯为哗众取宠的神话式寓言或童话故事，那无疑就大错特错了。作者立足于民间文学的土壤但又高出其上；民间文学的素养赋予他的创作以朴实的基调，本身细致敏锐的洞察力深呈笔端又赋于他的创作蕴藉空灵的一面，因此使"动物世界""都市人生""土地诗篇"三辑独具特色。而"大学春秋"这一辑则更多采用了一种白描式的写实手法，应是作者较早时期的作品。

欧洲城市文学有一个很明显的特点：内容一般都是讽刺性的，我们不难在施晓宇的作品中找出具有现实讽刺意义的小说（《以姓氏笔划为序》《说一声对不起》《猫捐》《会议花絮》《初恋》等），作者以深刻细致的观察、敏锐有力的笔触描绘了纷繁复杂的人情世态，或调侃或揭露或讽刺，这在第一辑里表现得极为淋漓尽致。例如《以姓氏笔划为序》一文，施晓宇是这样写中国雄鸡王国重新排列名次的公案中的一个细节的：

"无记名投票好固然好，但难免有拉票，搞小动作的行为，这不算最佳方法，我看，还是以姓氏笔划为序好，公公正正，皆大欢喜。"越鸡得寸进尺，洋洋得意。

"对呀，以姓氏笔划为序为好。笔划面前鸡鸡平等。"鸡辈一致举翅通过。"以姓氏笔划为序万岁！"

在这里作者笔下真正的意旨是潜隐的，在一种类似指桑骂槐的叙述中，所写与所指其实是分离的，主题已在潜隐中升格和迁移。十至十一世纪时，法国有一部《列那狐的故事》妇孺皆知，此书通过对动物生活的形象描绘，反映在小说里透视出隐于字里行间的严肃命题：人与社会，以及由此引发出的种种凝重的思考。

在《"酋长王国"》一文中，作者给我们展示了这样一个画面："我"被分到种鸡场落户，在和红康鸡群"酋长王国"打交道的过程中，逐渐熟谙了这个王国中几位主要英雄——"酋长"英勇沉稳，"坦克"勇猛凌厉，"孤狸"刁钻又不乏正义。当厄运（市里某局革委会副主任余大人到鸡圈里肆意捕鸡）降临"王国"时，以这三位英雄为首的鸡群同仇敌忾，顽强地与余大人搏斗宁死不屈，谱就一曲豪壮悲凉的英雄赞歌。作者赋予鸡群以人的睿智和性情，近似荒唐实则庄重，把处于"文革"背景下代表正义与邪恶的势力斗争转化为"人"与禽之战，主题含蓄委婉又不缺乏力度。这是一种潜隐不露的转化，作者的意旨是深刻的，情感也是真切的。

"能够站在山颠于苍烟晓照之中看崎岖的艰辛来程——那里洒着斑斑点点的世纪血泪，同时又把目光投向茫茫而未知的路径，这个世纪过程的拥有者此际大抵都会发出某种悲凉"（谢冕《跨世纪的机缘》）这种中国知识分子的忧患与悲凉感除在这里体现外，在第四辑"土地诗篇"中犹为苍凉沉重。

　　"动物世界"一辑，施晓宇大多是采用近似寓言故事的形式来转化所要表达的意旨。这使我想起欧洲中古时期的城市文学，可以说整个欧洲中古时期的城市文学都是在民意文学的基础上发展起来的，它取材于日常的现实生活，但又作了含蓄的转化，因此具有现实性和生动性而深受欢迎。在这方面施晓宇的《四鸡图》，可谓有着异曲同工之妙，是不可被忽视的。

　　　　　　　　　　　　　　　　《读书与评介》1993 年第 11 期

如果爱，请深爱

——越剧《唐婉》观后

红酥手，黄滕酒，满城春色宫墙柳。

东风恶，欢情薄，一怀愁绪，几年离索。

错！错！错！

春如旧，人空瘦，泪痕红浥鲛绡透。

桃花落，闲池阁，山盟虽在，锦书难托。

莫！莫！莫！

——陆游《钗头凤》

12月20日晚上，"纪念改革开放30周年福建省优秀剧（节）目展演"——越剧《唐婉》在芳华剧院演出，由于本次展演的都是经典剧目，拥趸者甚众。好在之前，已有朋友为我提供了四张票。

对于这一出戏，我是很期待的。一是因为多年以前，当我还是一名小学生的时候，就看过了由王馥荔和计镇华主演的古装戏《风流千古》，讲述的就是唐婉和陆游的爱情故事，里面的一些镜头至今仍在脑海里挥洒不去；二是因为《唐婉》的主演者李敏女士不仅是芳华越剧团的艺术总监，同时也是福建省政协最年轻的常委，由于笔者在省政协机关工作的缘由，多了一份亲近之感。

福建芳华越剧团，由尹桂芳先生一手创办，是尹派的根据地，以往的剧目大多以尹派小生为主角，而这次的《唐婉》却完全以女主人公为绝对的主角，让人未免多了一份好奇。

关于陆游和唐婉的爱情故事，民间流传颇多，情节大同小异。

陆游和唐婉本是表兄妹，结为夫妻之后相亲相爱，海誓山盟要执子之手、与子偕老，不想陆游的母亲迷信了一个道士的"预言"说唐婉会阻碍陆游的仕途，会克夫，于是一阵棒打鸳鸯。

越剧《唐婉》以唐婉被迫离开陆游为起点，通过《冬》《夏》《秋》《春》《余词》五幕剧来层层深入地刻画唐婉遭受情感打击后心灵、性格、命运的变化和苦楚。五场戏，场场都有女主人公的内心独白，这在越剧传统戏里是不多见的。

话说南宋绍兴十六年（公元 1146），唐婉被迫离开陆家，投靠其闺中好友赵心兰。临别之时，陆游策马前来送行，倾诉心中的伤痛与无奈，并承诺永不相负，希望唐婉等待转机。一年后，在赵家痴心等待破镜重圆的唐婉，却等来了陆家为陆游另聘王氏的消息。悲愤欲绝的唐婉深知事已不可逆转，遂做出了一个"惊世骇俗"的决定：央请赵心兰为媒，嫁与其兄赵士程，并与陆游同月同日完婚。洞房花烛之夜，唐婉百感交集，心绪恍惚。本以为"新婚"的喜庆可以抚慰被陆游的辜负所灼伤的灵魂，却因为无法忘却的往事，唐婉几至柔肠寸断，坠入深渊。在这一出戏里，李敏演得真，唱得好，让人动容。那浑浑噩噩的躯体似醉非醉，刻骨的锥心苦痛都凝结在那声声血泪中。

最终，面对赵士程真挚的爱，无奈的唐婉期待能创造新的幸福，也期待陆游"把你从前与我心，付与他人可。"

原以为生活就这样平静地继续，原以为伤痛滞留在了回忆中可以不必同行，谁知八年后的某个春日，唐婉偕同赵士程沈园游春，却偶遇报国无门、婚姻亦不美满的陆游。赵士程为他们创造了一个倾谈的机会。决意不谈往事的唐婉没有料到往事并不如烟。时间停止在那一秒，那一刻，埋藏在心底八年的爱恨情仇汹涌而出。而愧恨交加的陆游在三杯黄藤酒后，写下了千古绝唱《钗头凤》。这首句句浸透爱的血泪的断肠词，让唐婉惊觉诗人仍然对她一往情深，而她自己八年来努力营造的温馨与幸福，不过是"咽泪妆欢梦一场"，经不起陆游的几句断肠诗。在她内心深处，依旧是对陆游的爱，无怨无悔。只是，从今往后又徒增对赵士程的负疚……

整出戏，对唐婉的内心刻画入木三分，十分到位。既有对赵士程一往情

深的感动，又有对陆游薄情的怨恨，以及自己内心的痛苦挣扎。

在我看来，陆游的《钗头凤》就像一把"双刃剑"。"我不杀伯仁，伯仁因我而死"。唐婉因读了此词，不久郁抑而终香消玉殒，死的时候不到三十岁。而陆游对她的怀念也是此恨绵绵无绝期，直到84岁，临终那一年，他仍然在写：不信美人终作土……

沈园重逢，好比戒毒的人重新闻到鸦片的香气，蜂拥的思恋在瞬间酿成绝望，将唐婉吞噬、埋没。陆游的气息像风暴一样席卷了她，她平静的生活被击打得不成样子。她就像是失去心的比干……比干遇到的是卖菜的妇人，她更残忍，亲眼看见自己失去的部分重现。且在今生今世遥不可及的距离。

不禁想起陈奕迅的《十年》：

十年之后，我们是朋友还可以问候，只是那种温柔再也找不到拥抱的理由……

短暂的相逢只能是相逢，终究还要收回目光走各自的路，就这么擦身而过，如果是注定的结果，为何要遇到又为何要如此深爱？

有的时候缘分实在很玄妙，躲不开丢不了。曾经许下的诺言如今不能将它实现，只能用遗憾作笔刻在那三生石上等待来生再深爱。

相信，那时的爱，那时的情都是真切，只是有太多不能再爱的理由凝住满心的伤痛背转身去，留下了遗憾在今生。

留不住的过往。如果爱，请深爱！

2008 年 12 月 24 日

男人这东西

按照西方文学来说，女人是这么来的：上帝把魔鬼撒旦打到地狱后，感到寂寞就造了伊甸园。后来又造了个男人让他看管伊甸园，可是上帝看到他自己一个人寂寞，于是就在他的体内取出一根肋骨，造了女人。

一个巴掌拍不响。既然有不甘寂寞的男人，自然也有蠢蠢欲动的女人。

记得在盗版碟片横行的年代，曾经买过《失乐园》的碟片，看了开头以及其中若干个激情的片段后就放在一边了，觉得影片的节奏太过于沉闷和压抑，这一如渡边的其他作品。

渡边的作品大多描写的是中年人带着肉欲的情爱，在青春和爱情的梦渐去渐远之后，他笔下的主人公们往往像老房子着火一样不顾一切地去寻求一种生命难以承受之重的绝爱，一种绝唱似的爱情悲剧。因此，一直不是很喜欢渡边淳一的小说以及由他的作品改编的影视作品。

渡边淳一有一热门畅销书《男人这东西》。书中，他对男人进行了种种总结和解释：男人为何去风流？那是因为他们的雄性动物的本性；男人为何渴望他是她的第一个男人，那是他雄性占有欲的体现；男人为何渴望婚外恋，但又不想破坏婚姻，那是吃着锅里占着碗里的心理；男人在性爱中通过使她爱的女人达到高潮而获得满足等等，男人与女人永远会不同，渡边的这份男性"自供状"，可谓是一种对于生命本原上的思考。

无独有偶，香港有个导演叫黄真真。她曾经执导过一部探讨男人情欲的纪录片，也叫《男人这东西》。

黄真真在片中，通过访问三十多个不同年龄、界别及阶层的男士，包括圈外及圈内的人士，让他们痛快地表达今时今日作为男人，对爱情、事业、权力、性等等的看法。如：男人为何会得一想二？为何会觉得女人烦透了？为何会选这个做妻子而那个只可做女友？在事业及女人中为何始终会选择事业？为何可以只讲性不讲爱……

作为一个男人，当你亲眼看见一个个活生生的男人，听到从他们的口中告诉你的这些真相时，你不由得要感叹它的真实，也许他就是你的代言；而作为一个女人，我想，她们感受到的是更多的震撼，一种强烈的震撼，或许这些真相，她们原本就知道，只是没有这么真切直接而已。

其实早在《男人这东西》之前，黄真真就拍过一部惊世骇俗的电影叫《女人那话儿》。

《女人那话儿》这部纪录片完成于 2000 年，它从中国女性的角度全面而深入地审视着人们长期以来谈之色变的"性"。在影片开头，导演黄真真在屏幕上阐述了自己的观点：如果男人更多地了解女人，世界会变得更加美好。

我印象深刻的是，记得其中有这样一组画面，几个女性对着镜头讨论关于男人能不能经受诱惑的问题，最后她们得出了一致的结论：这个世界上没有不受诱惑的男人！

值得一提的是，当年《女人那话儿》一举荣获纽约国际独立电影展最佳国际电影奖和第 21 届香港电影金像奖最杰出青年导演奖，黄真真更是凭借着这一部电影，于 2002 年荣获香港十大杰出青年奖。

想必，在当今仍然由男性占主导地位，男人掌控着更多话语权的社会，这么多奖项不可能颁给一个说谎话的女人。

在我看来黄真真的《女人那话儿》只不过是镜头前的女人们为《男人这东西》所做的一个"呈堂证供"，其终极目的是要让《男人这东西》来说话，和渡边的同名畅销书一样，它才是男人们的"自供状"。

有人说，男人的本性中动物性本能的成分更多些。男人在看到美女时，上半身就归给下半身掌管了，所以有"男人是用下半身思考的"这一说法。尽管有很多男人对此深不以为然，但这种不屑却往往败给了事实。

多年前，曾经有位女性朋友跟我讲述她和网友的见面经历。网上相谈甚欢，于是相约见面吃饭。酒足、饭饱，男人的眼神就开始游移，开始迷离，想要带着女人去"那个"，女人花容顿失，男人悻悻然："不那个，见什么见！"

"暖饱思淫逸"，男人们酒足饭饱之后，便放了很多心思在美人身上。不要说是市井草民，就是帝王天子，也往往因贪恋美色而误了锦绣前程。

周幽王"烽火戏诸侯"，只是为了美人褒姒的"千金一笑"，终至国破身亡。

唐玄宗本是一代明君，只因宠爱杨贵妃终于误国。

农民领袖洪秀全打着"天王"的旗号，要为平民百姓打出个太平世界，但南京一称王，他与历代君王的区别，仅仅是把三宫六院七十二妃变成了四宫八院八十二妃。

其实，早在曹雪芹的巨著《红楼梦》中，他就假借贾宝玉之口说：男人是泥做的，女人是水做的。

泥做的男人喜欢水做的女人，天经地义。问题在于，泥与水混合，男人并没有因水的清纯变得洁净起来，女人却往往因泥的混浊而受到玷污。

记得曾经看过这么一则花边新闻（忘了是美国，还是韩国），有记者问男人假如中了彩票大奖后，第一件事情想做什么？

答案五花八门，有一个堪称经典：他说，我想多找几个老婆。

"女人变坏就有钱，男人有钱就变坏。"其实，很多时候男人不是有钱才变坏，而是没有变坏的本钱。

2006 年 5 月 24 日

云中谁寄锦书来

——电影《查令十字街84号》观后

"我来了，法兰克，我终于来了！"仿若离别经年的故人，穿越了千山万水，轻轻的一声问候，一个会心的微笑，怀旧的音乐再次响起。海莲与法兰克，一段跨越了二十多年的传奇书缘就此落幕。

Yes！电影《查令十字街84号》就这么结束了！而观影人宛在其里，时光仿佛倒流了，回到了那个笔墨留香，白衣胜雪的年代，真希望这就是生活本身在延续着。曾经多少个晨昏，在那个没有手机、没有电脑、没有微信、没有视频通话的年代，我们也像电影中的主人公般期待鸿雁带来远方笔友的消息。从未谋面，却已相知。就如电影中海莲所言，知道在远方还有一个人懂你。《查令十字街84号》就像一首老歌，轻轻唤醒沉睡的记忆。

这是一部根据同名小说翻拍的老电影。而小说的素材则来源于美国曼哈顿作家海莲和伦敦马克书店店长弗兰克及其家人、书店员工的来往信札。自小说《查令十字街84号》问世以来的几十年间，它始终是爱书人的心灵圣宴，并为广播、舞台和银幕所钟情，人们不断读它、写它、演绎它。最近为中国观众所熟知的便是电影《北京遇上西雅图之不二情书》。

关于查令十字街84号这家旧书店，电影借助海莲友人的书信有一段详尽的叙述。

"这家书店深具狄更斯时代风味，你绝对会非常喜欢的，店外面有个书架，进去逛之前我还先停下来确定自己像来找书的，内部有点暗，人未到就会先闻到它的气味，是种很好闻的气味，很难形容，它融合了霉味、灰尘、陈腐的气味，还混有墙壁和木地板的味道……书架四处都是，向上延伸到天花板，老旧而灰暗，就像吸收多年灰尘的老橡树，早已失去原来的颜色，哪里有卖杂志，上面摆满了克鲁尚、瑞克汉……以及许多我不太认识的英国旧时插画家的作品……"

现如今，世间已无查令十字街 84 号的旧书店，但英国文学、古本图书、伦敦街巷，以及书中所展现出来的一切如亚麻布般质朴的美好和纯真，仍不时激起后来者的追思和共鸣。

人们感念于海莲和弗兰克以及其他人之间的那种亲切。随着时光轴的推移，剧情的铺陈，从最初法兰克礼节性回复海莲的信札，到众多店员以及法兰克的妻子、邻居都和海莲建立了书信情谊。

借助书信，他们凝望着远隔重洋的彼此。经由你的眼，照见我是谁。

海莲大方、幽默、真性情，当他看到窗前拥吻的情人，他跟法兰克写道："春天到了，我要一本情诗集，不要济慈或雪莱的，要给我不煽情的诗人的诗，书要小到能放进口袋，带到中央公园阅读。"完全把法兰克看成了好朋友般，向他抱怨书的不好，甚至娇嗔他的懒惰。

而弗兰克对海莲的称呼也不断改变着，由夫人，小姐变成亲爱的海莲，甚至还说了想念你。

一切都是那么美好！作为观影人，心底不由也期待着电影里的主人公，能够从笔墨走向现实，相逢。

在历经一次次梦想破灭之后，海莲终于来到了伦敦，在笔墨传情了二十年之后，在法兰克离世之后！

"我来了，法兰克，我终于来了！"

似了非了，欲说还休……留给观影者几分不舍，几分回味，还有几分淡淡的伤感。

这份伤感与美好其实一直杂糅着，自从马克书店资深雇员乔治马丁的病逝后就开始弥漫开来。"很遗憾，我们的朋友乔治马丁先生因为病重上周在医院病逝，他在书店服务多年，由于他和英王乔治六世骤然去世，此刻我们都相当悲伤。"

而后，因了海莲的牙齿出了问题，需要一笔高昂的费用，使得她的伦敦之行泡汤。

"她不来了！"

"不来了？"

"至少近期不会来了!"

在听到这消息后,法兰克和员工之间简约的几句对白,以及电影镜头呈现出来的众人的落寞神情,我见犹怜⋯⋯

好在,伴随着感伤更多的是,在舒缓、怀旧的音乐中铺展开来的美好——那种已经不容于世的,如恋人的絮语一般,云中谁寄锦书来的生活方式。

2016 年 12 月 15 日

相濡以沫或相忘于江湖

花了将近两个下半夜的时间看好莱坞三集科幻大片《百慕大三角》（*The Triangle*）。到现在大脑中仍然是电影故事中那种时空交错的感觉。

百慕大三角，又被称为"死亡三角"。它是指从大西洋上的百慕大群岛到美国佛罗里达半岛南端的迈阿密，从迈阿密到加勒比海的波多黎各，然后回到百慕大所连成的三角形，整个区域有一百万平方公里。在众多传媒的报道中，它一直是一片神秘的海域，几十年来，有无数的船只、飞机在这里神秘失踪，而且从来没有留下任何痕迹。

电影讲述的是四个在各自领域有独特贡献的人被一个富豪罗织，派去探寻为何他公司所属的六艘大型运输船接连在百慕大神秘失踪的故事，随着他们调查的深入和逼近百慕大的核心地带，他们发现一些恶梦般无法解释的异常现象在他们自己身上也发生了。

剧中，把常见的一些百慕大三角神秘现象的"解释"都做了呈现，并通过电影的表现形式将"因果"和"时间"与百慕大联系了起来。最后，电影把百慕大一切神秘现象的起源，都放在了1943年的"费城实验"上。

所谓的费城实验，是指——

传说，二次大战期间，美国海军出于"反雷达"的目的，在维吉尼亚州诺克福的费城海军造船厂，进行了一连串的秘密实验，希望能达成"船只隐形"的效果，让敌方的雷达"找不到"己方的船只。实验的方法，是以非常强大的人工磁场，笼罩在一艘驱逐舰上，结果这艘船舰和舰上的官兵竟然"消失"了一段时间。而且，事隔多年，当年在舰上参与实验的人员，还常常在街上、酒吧、饭店等地突然重现而后又消失。很多人坚持认为，是当年军方的试验最终导致了时空的异常。即，强大的磁场，将物质引向另一个空间，从而导致了时空的转换。

影片同好莱坞以往的大片一脉相承，奇妙的构思，恢宏的场面，眩目的

特技……无所不用其极。然而，最让我感到震撼的是，主角之一米奴，对家人无以言表的挚爱和痛彻心扉的无助。

米奴是国际绿色和平组织的一名工作人员，在一次前往百慕大执行任务的过程中，船只被莫名的海潮所吞噬，同行的七个人全部遇难，唯有他得以幸免。然而，恶梦刚刚开始。当他从医院康复回家，正和儿子热情相拥时，又一个机灵的小鬼扑到他怀里，亲昵地叫他爸爸，可是他却怎么也想不起来自己曾有过这么一个小儿子。

慢慢的，当他已经习惯了这样的亲情，某日，带着新买的小玩具回到家里，妻子却又诧异家里唯一的孩子都那么大了，怎么还给他买这么小的玩具？米奴心中一惊，回看，家里一点小儿子存在过的痕迹都没有！

受不了这样反复时空交错的折磨，米奴几尽崩溃。他将车开到了海边，将手枪对准了自己的头部。此时，天上乌云密布，雷电交加，他意识到一场大灾难即将来临，亲情难舍，又驱车返回去，先到学校带上儿子，然后又返回家中，欲带上妻子一起逃离。天哪，进门的瞬间，却惊喜地发现小儿子正对着他会心微笑，然而回望身旁，刚才还紧拽在手中的大儿子已化为乌有！在这么短的时间内，从大喜到大悲，情何以堪？

人们常常用"脑袋中一片空白"来形容那种遭遇突然变故时的自然反应，作为当事人，如果可能，我相信多数人也许会选择就如此空白下去。至少，当电影进行到此时，如果我是米奴，我愿意如此。那种痛彻心扉的无助，几人能承受得住！

有人说，世界上只有两种可以称之为浪漫的情感：一种叫相濡以沫，另一种叫相忘于江湖。和最爱的人相濡以沫，和无法再爱的人相忘于江湖。然而，人的生活毕竟不是双向选择，只有生活选择你，你别无选择。更不是简单的 A 或 B，Yes or No。

想起另一部名为《我脑中的橡皮擦》的韩剧，那是一部关于爱情和遗忘的故事。

从小被父母抛弃，怀揣梦想独自生活的俊朗男主角哲洙偏偏邂逅了糊里糊涂刚刚失恋的富家女秀贞。然而两个人刚刚幸福地结合在一起，女主角就不幸罹患阿尔茨海默症，病魔像橡皮擦一样慢慢地擦掉她的记忆，而且越是最近发生的事情越容易忘掉。

忘掉忘掉，忘掉手机怎么用，忘掉怎么开门，忘掉生命中所有或悲伤或甜蜜的记忆，忘掉爱她和她爱的人……当女主角意识到自己因为丧失部分记忆，而对男主角感情上造成了巨大的伤害之后，她留下了一封信独自离开了，到一个海边去疗养，希望在那里慢慢死掉。

剧中用旁白的形式把信的内容娓娓道来，把女主角对男主角的爱表达得淋漓尽致，真是痛彻心扉。

同样撕心裂肺的痛，只不过是痛苦的原因各有不同，米奴的痛源于时空交错所造成的混乱，"想得到偏又失去"，而后者的痛源于病症所带来的失忆，"想记起偏又忘记"。

虽说，"相濡以沫"和"相忘于江湖"被人们称为是世界上两种最浪漫的情感，然而自古以来，就有"相濡以沫，不如相忘于江湖"的说法，此语出自于《庄子·大宗师》。原文："泉涸，鱼相与处于陆，相呴以湿，相濡以沫，不如相忘江湖。"

有人说，庄子贵族出身，潇洒得可以。他只是未曾体会身处"泉涸"的窘境，所以站着说话不嫌腰疼地讲"相濡以沫，不如相忘江湖"。话糙理不糙，我深以为然！对于更多人来讲，原本想要的仅是相濡以沫，只是终不可得而已。既然如此，不相忘于江湖，又能如何？

在电影《我脑中的橡皮擦》里，秀贞离开后，哲洙还是千方百计找到了她，然而女主角迷茫的眼神却无可置疑地告诉他，秀贞已经忘掉他了。男主角只有面对现实。相比于米奴身陷于超自然的时空错乱中，哲洙要面对的总算稍好一些，他可以尽自己最大的努力让女主角重新爱上他，哪怕是只有一天，又得周而复始。

当电影最后的画面慢慢定格：哲洙开车和秀贞去兜风，秀贞笑得很开心很单纯很幸福，而哲洙留给大家的却是沧桑悲凉的背影。我眼中有泪，也有微笑。因为，米奴是悲伤的也是绝望的，而哲洙虽然悲伤却并不绝望。

佛家有这样的说法，你今生如果看到谁，莫名其妙地讨厌他，那是无数又无数个前世中的一个，他曾恶待过你；你如果看到谁，莫名其妙地喜欢他，甚至甘愿为他放弃生命，那么，无数前世中的一个，他曾帮过你，或许，就

是寒冬大雪里的一碗热粥。

　　愿意相濡以沫的那个，一定就是前生曾帮过你，在寒冬大雪里给了你一碗热粥的那个。

　　或许之所以"相濡以沫不如相忘于江湖"只是因为世人已经习惯于麻木，习惯于让这世界上最真的东西瞬间打动我们的心灵，然后又茫然地继续活着。

　　常常在想，我们的岁月里被橡皮擦擦掉了什么呢？

2006 年 7 月 20 日

陪 伴

——电影《马利与我》观后

电影《马利与我》是约翰·杰尼甘根据自身的真实经历撰写的小说而改编的，记录的不仅是这只狗，更是作者自身的成长过程，从一个年轻冲动的男子变成一个丈夫，一个父亲，一只狗的主人和专栏作家。

在电影中，主人公约翰（威尔逊饰）和她老婆珍尼（安尼斯顿饰）均靠报纸吃饭，新婚不久的他们怀着无限美好的憧憬抱回一只毛茸茸肉乎乎的拉布拉多小狗马利，作为他们为人父母的预习。谁料到这是一个恶梦的开始。

拉布拉多犬的精力旺盛强壮有力本就众所周知，马利尤其是个典型的人来疯，体重一百多磅的它每每将来客扑倒在地。它无所不吃无所不嚼，桌子腿、窗帘、电线、毛毯……更夸张的是有一次甚至将女主人的钻石项链吞下害得男主人每天拿着根小棍子翻检它的粪便。在狗学校里它是个顽劣不可教化的坏学生，给主人丢尽了脸面，最后被踢出学校。然而，它的主人还是一次次原谅它，无可救药地爱它，因为它虽最顽劣，却也最忠诚最有情。它陪伴这个家庭走过了种种的喜怒哀乐，在女主人失去第一个孩子的时候善解人意地安慰她，在她卧床的几个月里形影不离地陪伴她，在它自己生命弥留之际，仍固执地拖着沉重的身体，留恋不已地跟随主人屋里屋外的每个脚步。

电影记录了一个家庭从最初的组建到后来其乐融融的五口人，记录了一只狗从降临到离开这个世界的十几年，没有惊心动魄没有惊世骇俗，只是充满了日常生活的小欢笑与小辛酸。

电影接近尾声时，马利已经垂垂老矣，再也没有力气爬上台阶去主人的卧房，于是男主人搬了睡袋和他一起睡在客厅的地板上，抚摸着生命垂危的马利，他想到十几年前把马利抱回家的第一个晚上，那时马利还是一只小狗崽，在夜里害怕得不断狂吠，他也是这样陪在它的身边和他一起入睡……

马利是幸运的，主人公一家也是幸运的，而我是被他们感动着的。

马利纯洁而任性，但是他对这个家庭的爱和忠诚却是永恒的，并且尽情施展和享受自己的活力。他分享约翰一家所有的快乐，也分担着这一家的所有苦痛。他与约翰一家血脉相连、不离不弃……从马利身上，约翰懂得：爱无所不在。

在我们的生活中，很多人也因为禁不住诱惑一时冲动养了它们，却在狗长大无法容忍或处理时，将它们抛弃，于是才有了那么多的流浪狗。特别当你碰到像马利这样的"淘气王"的时候，但凡没有耐心，很难坚持到底。

电影《马利与我》成功之处在于它不仅记录了一只狗的一生，更写出了这只狗给一家人生活带来的巨大影响，以及如何见证了这家人的成长。约翰夫妇虽然被婚后生活折磨得疲惫不堪，却从不曾因婚姻的艰难而放弃过彼此，就像他们不曾放弃过马利一样。《马利与我》让我又一次亲近了人类最亲密的朋友，又一次看到了人性的光辉。

2017 年 2 月 26 日

爱情里的"板砖"和"虎牙"

——电影《爱情的牙齿》观后

《爱情的牙齿》,一部伤情的电影。

貌似清淡,却让人看得心痛,而且不是一般的痛,切肤入骨,却落不下泪。

钱叶红是一位三十多岁的美貌少妇,由于常去看牙,和青年牙科医生日渐熟悉,钱叶红告诉他自己背上受过伤,一到阴天下雨就会疼痛发作,比天气预报还灵。从而引发出一段悲情往事。

1

1977 年的高中校园,到处弥漫着浓郁的禁欲色彩。钱叶红是京城一所中学毕业班中的"大姐大"。她和她领导的女生无不严格恪守那时的风气,不与男生有任何私下的接触,以恋爱为耻,并以武力对同班偷食禁果的女同学林洁加以隔离、孤立。

就是这样一个"大姐大",每天骄傲地活着,她自认能呼风唤雨,却管不了那个暗恋上自己的青涩男孩,那个叫何雪松的男生。

当钱叶红轻轻展开那一封没有署名的情书,并当着全体同学念出来的时候,尽管信没有落款,大家还是很快从信的内容猜出了写信人。于是所有的嘲讽和笑骂一齐指向何雪松。自尊受损的何雪松逃也似的跑出教室,但很快又回来,让所有人都没想到的是,他缓缓走至钱叶红身旁,突然将一块板儿砖重重地拍在她的后背上……好像就是从那时起,爱和痛有如两生花,始终同时在钱叶红的生命里开放。

课后钱叶红纠集一大帮同学要找何雪松算账,除非何雪松连叫她三声

"姑奶奶"方可罢休，但何雪松若无其事地将一块板砖又拍到自己的脚上，濯濯的鲜血让钱叶红不由自主地让开了路，也感觉到了一种从未有过的青春萌动。

这以后，钱叶红想找何雪松搭话，想要用自行车捎带他，何雪松表面上做出一付拒人千里之外的样子，望着钱叶红踩着自行车远去的背影，却又拄着拐杖在胡同里追着她的自行车……

跳跃的镜头带着我们一起感受青涩单纯、倔强隐忍、胆怯又冲动。然而正当所有人被感动而陶醉于这种青涩的恋爱滋味的时候，男孩却意外溺水而亡。就像一出好戏才刚刚开了个头，却已落幕。

在男生溺亡的河边，钱叶红第一次静静地流下了眼泪，在那个给她带来短暂幸福的男孩意外死亡后，陪着她落泪的还有那个曾被她孤立的林洁。

2

那年高考，钱叶红成绩出众，却刻意选择了外地一所医科大学。

转眼，到了大学四年级，二十二岁的钱叶红在医科大学附属医院当实习医生，一个因急性阑尾炎住院的中年人将她发展成玩扑克的搭档，他们研究了一套作弊的暗号，在医院中百战百胜。钱叶红被这个中年男子的成熟魅力所吸引，两人展开了一场热烈的爱情。

这个中年男人叫孟寒，已经有老婆和一个十岁的孩子。

很快，钱叶红发现自己怀孕了。她十分清楚如果事情被揭开对他们意味着什么。当时的孟寒正面临党员转正和提拔，而自己正在争取留校的机会。

于是，钱叶红制定了一个周密的计划，她要自己给自己做流产手术，唯一的助手就是孟寒。当孟寒把那团东西用张报纸包着扔进了垃圾箱，钱叶红再次留下了两行清泪，"没想到杀掉一个人这么容易"。在自己的指导下，让情人在家中为自己做流产手术，前所未见，真实而震撼。

然而，第二天上午，孟寒还是被请进了保卫科，因为那报纸上写着他的名字。钱叶红把所有的责任都揽了下来，一口咬定是她勾引孟寒的。于是，孟寒转正暂缓，钱叶红失去了学籍、团籍，被退回原籍。

钱叶红走的那天，孟寒的老婆允许他去车站，但不许他们说话，于是两个人隔着玻璃挥了挥手。当钱叶红手中举起了那张他们第一次合作偷的"红桃A"，脸上带着淡然的一笑。那瞬间，我相信，纵是铁打的汉子也要为之心疼。

3

钱叶红回到北京，进肉联厂当了一名工人。心灰意冷的她现在只想要一段现实的婚姻。林洁给她介绍了魏迎秋，一个被动乱耽误了的大龄青年。他们迅速结婚、生子。因为魏迎秋在外地工作，他们开始了两地分居。钱叶红甚至喜欢这样，不用天天和一个没感觉的人厮守在一起。每年，他们有二十天的探亲假在一起，两人相处得客气而和睦。

第五年探亲假，魏迎秋告诉钱叶红这是最后的一次，因为他已调回北京，多年的分居问题终于解决，魏迎秋满怀憧憬地设想他们未来的小家庭生活。可突然要和一个自己其实并不熟悉的人生活在一起，钱叶红感到陌生而恐惧。同时，她还发现，如果离开这个人，这个自己孩子的父亲，她可能会很快就忘了他的样子，而魏迎秋表示自己也是这样的感觉。

曾经沧海难为水。钱叶红说："我的家庭里面一直没有你！"于是，一向谨小慎微的魏迎秋突然做出了一个惊人的举动，他用钳子拔下自己那颗被钱叶红夸赞过的虎牙，送给钱叶红，并对她说：只有疼才能让我记住你！

影片最终又回到了开始的那个场景。钱叶红独自去了牙医那里，讲了自己的故事，然后要求对方不打麻药地为她拔一颗牙，"就是他虎牙位置上的那颗"。

至此，影片戛然而止，剩下一个未知的结局让所有人自己去猜度，去臆想。

4

一个从飞扬跋扈到失魂落魄的女子，用她的前半生经历给出了"爱情就

是痛"的结论。构成她内心体验的是伤痛、爱情和记忆相互缠绕的复杂关系，正如电影海报所写：爱情制造伤痛，伤痛铭刻记忆，记忆见证爱情。

导演仿佛要借此告诉人们，如果爱胜在付出，那么痛也要痛得刻骨！

钱叶红的扮演者颜丙燕凭着在这一部电影中对角色的准确把握和入木三分的演绎，一举和刘嘉玲并列荣封第 26 届金鸡奖影后。

也只有看完了《爱情的牙齿》之后，你才会明白为何当初默默无闻的颜丙燕和刘嘉玲一起拿了金鸡影后之后敢放话说"是刘嘉玲沾了我的光"，不是没有理由的。

正如导演所说：她不只是像红卫兵，像少妇，她做到了演绎角色的灵魂和内心，她是个非常好的演员，这个角色不是谁来演都可以的。

2008 年 11 月 24 日

爱的罪与罚

——电影《生死朗读》观后

几天前又看了一遍电影《生死朗读》（又译《朗读者》），重温凯特的精湛表演。1997年，那部风靡全球的旷世巨片《泰坦尼克号》，让凯特一夜成为国际瞩目的明星。

转眼间，二十年的光阴就这样溜走。这位曾被美国《人物》杂志评为全球最漂亮五十位女性之一的明星，如今发梢间也已留下些许时光的印痕。庆幸的是岁月同时也给了她成熟女性的魅力和睿智，给了她演绎悲欢人生的彻悟。

电影《生死朗读》是一部2008年的电影，改编自1995年本哈德·施林克所创作的小说《朗读者》，由史蒂芬·戴德利导演。电影以叙事人米夏尔的视角，记录了纳粹集中营女看守汉娜的个人史。

故事发生在二战后满目疮痍的柏林，某天一个名叫米夏尔的少年从学校回家时突然晕倒，一个叫汉娜（温丝莱特 饰）的陌生女人帮助了他。米夏尔病愈后，特意带了一束鲜花去汉娜的住所，以表示感激之情。临离开汉娜住所时，隔着一道半开的门，米夏尔无意中窥见正在穿长筒袜的汉娜。从她的脖颈到肩膀，被衬衫半遮半掩的乳房，直到光滑的大腿。

汉娜的动作镇定自若，旁若无人，她穿完一条长筒袜再穿另外一条，完全不自知在诱惑。当汉娜感觉到米夏尔的目光，他面红耳赤，转身奔下楼梯，跑出了房子，也跑进了他一生无法解脱的爱情。

汉娜身上的成熟与神秘顿时像木偶的提线牢牢拴住了米夏尔，为他打开了欲望的世界。就这样，十五岁的米夏尔爱上了三十六岁的公共汽车售票员汉娜，两人保持了一段有畸形色彩的性爱关系。

身体与身体纠缠，灵魂与灵魂对抗。他俯首称臣，战栗着，不安着，完

全迷醉。在她所给予的身体盛宴中不能自拔。情欲似鼓起帆的轮船，轻易就扬帆启程。他几乎完全被这种新鲜的情欲占据了思想，只有身体的相互撞击才能释放他对她的思念。

在他们隐秘的恋情中，米夏尔发现汉娜是个情绪不稳定的女人，她最爱听他读书，因此米夏尔为他朗读各种文学作品，从《奥德赛》《哈克费恩历险记》到《带狗的女人》。尽管他们的关系和谐而美好，米夏尔对汉娜却几乎一无所知。直到一天汉娜突然离开，从此杳无音信，唯剩下米夏尔怅然若失。

八年后，米夏尔作为法律系大学生参与法庭实习，在旁听审判纳粹集中营罪犯时，发现汉娜作为二战战犯坐在被告席上！汉娜的过往就此被揭开，而她誓死要维护的是她文盲的秘密……

悲剧是出其不意地揭开的。

在法庭上，面对证据：一份至关重要的、向纳粹上司的报告，法官要求汉娜作笔迹鉴定。为了不暴露自己是个文盲，她居然承认是自己撰写了那份报告，从而成为二战末期一场犹太人悲剧的责任承担者，被判处终身监禁，直到十八年后才被赦免。

十八年中米夏尔虽然经历了种种变迁，却始终关注着狱中的汉娜，并给她寄去了一卷又一卷他朗读的文学名著录音带。不料，在汉娜出狱的前一天，她却以自缢的方式在黎明时分结束了自己的生命。

在这部影片中，温丝莱特演绎得非常到位，整部电影几乎是她的独角戏。温丝莱特所饰演的汉娜在片中是个悲剧人物。她一直以来都在隐瞒着自己是个文盲。所以，当她拿着菜单便不知所措，更因被公交公司提拔到办公室上班而懊恼不已。虽然她是文盲但她又是热爱文学的，她喜欢听人讲书里面的故事。

汉娜是自卑的，她因为没有文化而感到自卑。他粗暴地对待男主人公，只是为了掩饰自己的自卑，就像有时人生气并不是因为愤怒，而是为了自我保护。这不是虚伪，而是痛苦。

当她歇斯底里发着火的时候，正是她最脆弱的时候。内心脆弱，外表刚强，交织在这种奇怪的情绪中，痛苦不堪。同时，她又是极其有自尊心的，宁愿冒着被绞死的危险也不向人们解释她是文盲所以不是纳粹俘房营总管。

汉娜在狱中自己学写字是本片的最后高潮。

当米夏尔拆开汉娜从狱中寄来的信的时候他哭了。信虽然只有短短一行字。但可以想象身在狱中而又肯定不会向人请教的人独自学写字是件何等困难的事情！

汉娜自杀的时候是光着脚站在一堆书上。那么热爱书的汉娜是不会用鞋和袜子去玷污它们的。这也表明了导演对细节的追求，也是电影能取得成功的因素之一。

悲情的音乐响起，宛如心的哭泣。她死了，没有得到救赎。因为他连自己都无法救赎。

他叫米夏尔。她叫汉娜。他在流年中爱过她，终在流年中放弃了她。

2017 年 1 月 6 日

爱与占有

——电影《狐狸与孩子》观后

在看完电影《狐狸与孩子》后，我深信导演的灵感肯定来自于《小王子》中那只等爱的狐狸。

薄雾冥冥，在金色的阳光下，原野中的秋晨如梦似幻。

电影《狐狸与孩子》在这样唯美的画面中展开了叙述。十岁的小女孩丽诺推着单车缓缓地行走在山间小径上，无意中她发现了一只狐狸的踪影，深深被它的魅力吸引，完全忘记了惊惧，并开始好奇地尾随它。然而狐狸天生警惕、聪敏，总是小心翼翼躲避着她的追逐。

经过漫长的等待与追寻，小女孩终于让狐狸知道她并没有伤害它的恶意。渐渐地，狐狸对小女孩也友好起来。他们一起在野外玩耍、一起冒险……她发现了从未看过的自然景观，踏足一片片隐秘的国度，她和狐狸彼此间更孕育出一段奇妙的友情。遗憾的是，小女孩做错了一件事情。她在取得狐狸信任之后，自以为是地用绳子把狐狸的颈项套起来，希望它永远与她在一起，以为这就是爱它，呵护它的方式。狐狸非常惊惧痛苦，拼命挣扎，最终逃脱。

小女孩很难过，知道自己错了，真诚地向狐狸承认了错误，狐狸才又回到她的身边。然而，好景不长。这一天，小女孩邀请狐狸去她的家中作客。看见人类狭小昏暗的房子，狐狸犹豫着，但是本着对小女孩的信任和喜爱，它还是一步步迈进了她的卧室。随着"砰"的一声，小女孩把卧室门关上，狐狸惊惧异常，满屋逃窜，因为找不到出口，它不顾一切撞破窗玻璃从窗口一跃而下……

女孩急忙奔跑下楼，抱起流血不止的狐狸，一路狂奔到它的洞穴旁，看着小狐狸们舔舐着受伤狐狸的伤口，她的心中满是心疼与内疚。

狐狸最终虽然痊愈了，它的眼神也依然像从前那样纯洁清澈，然而只是刹那的对视凝望，狐狸就错身走过，小女孩和它虽近在咫尺，却已形同陌路……

最后小女孩有一段顿悟式的独白，其核心即"原来我把爱和占有搞混了！"

主人公这一如同经历了凤凰涅槃般的嬗变和顿悟，也正是这部电影真正触动人心的地方，耐人寻味。

《狐狸与孩子》是部对白并不多的影片，甚至连主人公的名字都只出现一次，因而电影配乐在帮助观众进入剧情上扮演了重要的角色。配合着剧中常常出现的细微情感变化，例如短暂的快乐、童年的喜悦与烦忧等，音乐时而轻快，时而舒缓，时而起伏，时而紧张，时而静谧，再加上唯美壮丽的自然景色，给人予极大的震撼。

淡淡的爱，淡淡的童真，淡淡的忧伤。

于情，于景，于音乐，《狐狸与孩子》都是一部不可错失的好电影。它的导演就是大名鼎鼎，曾经执导了《帝企鹅日记》的吕克雅克，这次他带着几乎是原班人马打造出了这一部《狐狸与孩子》。

最近，还有一部关于狐狸的电影也很热火，那就是根据蒲松龄的《聊斋志异》改编的《画皮》。只不过《画皮》中的"狐"是凄婉的，它被承载了太多人类纷繁复杂的情感诉求，集善与恶、美与丑的矛盾对立于一身，让人爱之恨之痛之怜之，千般滋味，欲语还休。

而《狐狸与孩子》中的狐狸，则是灵动跳跃、纯洁清澈、富有张力的，它透明得像一泓碧水，让人看上一眼就会如片中的主人公一样不由自主地喜欢上它。

2008 年 12 月 16 日

第七辑 低吟浅唱

风　景

窗外的风吹窗里的铃
窗里的人是窗外的风景
宛如那依恋的美好的时光
碧水涟涟，芳草青青

江畔听不够那渔歌唱晚
江上看不尽那秋水长天
宛如那清新的写意画面
风帆点点，魂绕梦牵

我要你打开临江的那扇窗
让风景在你我眼里流淌
让我们走进浪漫的霞光
梦想就在你我心中生长

2001 年夏

注：由黄国林作词、李式耀谱曲、黑鸭子组合演唱的歌曲《风景》先后获福建省第四届百花文艺奖一等奖，中宣部精神文明建设"五个一工程"第九届入选作品奖，第三届中国音乐"金钟奖"优秀歌曲奖（不分等级），福建省总工会"五一文化奖"特别奖。

从今天起，做一个更好的自己

从今天起

做一个简单的人

把属于时间的还给时间

到三坊七巷看人山人海

到后山看花落花开

向清晨的阳光问好

给陌生人予祝福

从今天起

做一个快乐的人

暂时忘记银行的欠债

也不计较职位升迁的快慢

每天吹着口哨出门

在单位认真地工作

回家做可口的饭菜

从今天起

做一个善良的人

向灵响菜市场的老林学习

即便每天起早贪黑

也要始终对客人都报以微笑

相信每一次善意的付出

都会得到丰厚的回报

从今天起

做一个健康的人

该吃饭的时候就吃饭

该休息就安心休息

在朋友圈占领封面

在大排档喝革命小酒

开心了，就回家和儿子吹吹牛

从今天起

做一个更好的自己

2017 年 1 月 1 日

蛹

我是一条没有作息时间的爬虫
常常在人们熟睡的夜里　蠕动
如果每个梦都生长于一片不同的土壤
请告诉我你最想在哪里播种
我不是想圈地
也不是要做别的活动
只是想
让土质变得肥沃疏松
让你的每一个梦都能挂上果实
让每颗果实里都包藏着笑容

也许在将来的某一天
当我再也无力爬动
我想我还可以成为一个蛹
等着岁月把我的外壳风干
等着蚁群把我的躯体掏空
只是在这之前　请你
不要揭开我看似坚硬的外衣
不要看透我内里柔弱的秘密
就当我在远古的时代
就是一个静静地躺在这里的　蛹

2006 年 5 月 5 日

午夜的街头

夜，燥热的夜
风儿已沉沉睡去
就连路灯也打起了哈欠
寂然行走
期待，来一场不期而遇的台风
把心底微澜掀起
成一串
长长的长长的涟漪

然而，风它终究不来
路灯依旧无精打采
蓦然地，抬头看见
白昼里那些寻常叶片
在夜灯下竟有着
澄明　透亮的色彩
不堪摘，也不堪风来

午夜的街头
心事像叶儿一片一片挂起来

2018 年 6 月 15 日

清 明

昨夜　山中的那一场细雨

又在我无眠的梦中　零星洒落

纷纷扬扬

恍若你们挽手相牵

在我梦中轻轻走过

我已听到花开的声音

我已触摸到哒哒的脚步

远在天边　近在心头

在梦呓与梦醒的边缘

在我每一次呼吸之间

我的梦很浅　我的记忆很多

像四月草青青

铺满那一条归乡的路

摊开掌心　放出一只千纸鹤

飞进山间　飞进这个季节的花海

天涯不再路杳迢

也许　若干年之后

当我和岁月一同老去

那些前尘旧事　是否依旧伴着星光闪烁

或是　将渐渐斑驳　脱落

我问佛　佛拈花微笑

不可说　不可说

2003 年清明

狼

我是一匹随意走动的狼
疲惫又困乏
在月亮下山以后
在伸手不见五指的路上

无边的夜在脚下疯狂生长
烘托出我眼中　最后一道蓝光
我的灵性　我的冥顽
缤纷如往事随月归去
草原　是一支美丽的歌谣
我永远也找不到的地方
我却得一路奔波一路提防
来自任何隐蔽处的
一管猎枪

月亮下山以后
想起往事
美丽如盛妆浓抹的谎言

2006 年 6 月 16 日

城市台风

台风来临的时候
阳光被迫提前睡眠
这座古老的城市里
我是唯一醒着的人

走出斗室
看台风满街跳舞
瓦砾纷飞
竞相要和我招呼

我淋湿的风衣里
囚禁着整个季节的
日落与日出
有种情绪在穿梭行走
当台风贴近我时
和它相拥着起舞

1997 年夏

八月菊花黄

想和你一起去看潮涨
我就一直等到
八月菊花黄
回望身后
云雾迷茫
看不到风景
看不到星光
在这个月黑风高的晚上
纵使是肖邦也弹奏不出
我心中的忧伤
而你却是
我再也触碰不到的
那一丝温暖

一个人在路上行走
我等到八月菊花黄

1998 年 8 月 21 日

倾　听

我想倾听
阳光在树梢上跳动的节拍
我想倾听
雨水落在池塘浅浅的涟漪
我想倾听
风儿轻抚过我脸庞的歙动
我想倾听
花儿在行人注目下的笑靥
我想倾听
小鸟飞过枝头轻轻的羽翼
我想倾听
万物复苏生机盎然的声音
我想　我想了又想
其实　我是想倾听你

2004 年 3 月 2 日

蝴蝶飞不过沧海

（五月的最后一天，大雨滂沱而下，一只断翅的蝴蝶跌落在窗台上。）

山间的野花静静地开
山上的蝴蝶飞不过海
多少尘缘纷扰从此都不再
你何时走，你何时来
嬗变的前生你为谁精彩

山间的野花静静地开
山上的蝴蝶飞不过海
我依稀看到佛祖拈花微笑
你为谁走，你为谁来
化蝶的瞬间谁见证精彩

山间的野花静静地开
山上的蝴蝶飞不过海
或许是逃不过命运的安排
静默地走，静默地来
自己演绎着自己的精彩

2006 年 5 月 31 日

生命的色彩

如果，生命可以用色彩描绘
我想，它是白色的
是纯洁如一尘不染的童心
是还来不及着色的记忆
是天边飘过的一抹云
是落在南方轻盈的初雪

如果，生命可以用色彩描绘
我想，它是粉色的
是春天里姑娘羞涩的脸
是十六岁花季的旖旎
是含苞欲放的丁香
是情窦初开的甜蜜

如果，生命可以用色彩描绘
我想，它是蓝色的
是朗朗晴空的清爽透彻
是辽阔大海上的深邃
是理查德的钢琴曲
是情人枕边窃窃的私语

如果，生命可以用色彩描绘
我想，它是绿色的
是微凉中剔透的牧草

是柳枝下荡漾的春水
是屋檐上寂寞的苔藓
是飞掠过天空的羽翼

如果，生命可以用色彩描绘
我想，它是黄色的
是收获时节翻滚的麦浪
是陶渊明东篱下的秋菊
是石穴边慵倦的几声蛙鸣
是历经风霜后的一片枯叶

如果，生命可以用色彩描绘
我想，它是红色的
是山坡上丰硕的果实
是深秋枝头矜持的枫叶
是江面上斜阳的余晖
是郊野外熊熊的火焰

如果，生命可以用色彩描绘
我想，它是黑色的
是落魄潦倒时漫无目标的挣扎
是汪洋大海中迷失方向的无助
是暮色苍茫里的一棵劲松
是暗夜里寻找光明的眼睛

如果，生命可以用色彩描绘
我想，它是多彩的
让我们珍惜每一天
细细品味生命的色彩

不管你经历过几种

那都是，生命的色彩

2017 年 2 月 11 日

菩提韵，玉兰香

菩提韵，玉兰香，
春风十里醉晋江。
安平桥上箫声远，
围头湾畔落日长。
几处明月共潮生，
一曲欢歌舞霓裳。
但愿岁岁春常在，
花枝儿俏，人安康。

菩提韵，玉兰香，
香飘十里醉晋江。
罗裳山下惠风畅，
瑞桐城里夜未央。
几处春江明月夜，
一缕吹面杨柳风。
最喜年年春常在，
花枝儿俏，福泽长。

《福建歌声》2015 年第 3 期

注：《菩提韵，玉兰香》获《福建歌声》编辑部、晋江市文化体育新闻出版局、晋江市农业局、晋江市文联等单位共同主办的"玉兰菩提"海内外征歌入围奖（应征作品 445 首，入围 20 首）。

东南有爱，爱在东南

杏林春暖　东南有爱
栉风沐雨　初心不改
妙手点亮火种
爱心传递希望
苦与痛　喜与乐　为理想
万水千山只等闲

光明之梦　共追求
百年东南　同期待
当揽日月入怀
笑看花落花开

大医精诚　爱在东南
八闽启航　九州扬帆
见证每次花开
成就无数精彩
酸与甜　汗与泪　为使命
浪遏飞舟誓不还

光明之梦　共追求
百年东南　同期待
他日百战归来
依旧明眸善睐

2018 年春天

注：本作品获东南眼科医院面向全国征集院歌歌词第一名，并由作曲家蒋舟谱曲。

从江滨走过

那一天我从江滨走过
望龙台上看秋水泛舟
都说那悠悠的闽水是榕城的眼眸
你看她　楚楚动人　荡漾秋波

那一天我从江滨走过
展览城前看烂漫焰火
都说那跳动的焰火是城市的节奏
你看她　激情燃烧　光彩夺目

那一天我从江滨走过
缤纷园里看花儿朵朵
都说那绚丽的鲜花像我们的生活
你看她　生机盎然　美不胜收

那一天我从江滨走过
迷人的风景呀那么多
都说那榕城的美丽怎么也看不够
你看她　日新月异　四海传说

2004 年春

注:《从江滨走过》荣获福州市文联 2004 年举办的福州城市系列歌曲征集活动入选奖
（232 件选 25 件）。

我要住进你眼底

多少个日子悄悄过去
我已经习惯在你的眼眸里
把酒临风，起舞放歌
你的眼眸就像是一泓清泉
映照出你我无尽的欢乐
你的眼眸就像是一条小河
河面上荡漾着幸福的歌

我想轻轻告诉你，我要住进你眼底
今生今世做你唯一的房客

多少个日子悄悄过去
当你的眼眸不再那么清澈
花依旧开，春天还在
我依旧与你心相映手相牵
让我们一起在宝岛流连
在这一个五彩缤纷的世界里
帮你把心灵的窗户擦亮

我想轻轻告诉你，我要住进你眼底
今生今世做你唯一的房客

2012 年 12 月 3 日

注：《我要住进你眼底》为某眼镜连锁公司形象歌曲，作曲卢声华。

七 月

七月流火　花开花落
关于铁锤与镰刀的记忆
宛如这个季节的莲花
亭亭玉立　不蔓不枝
悄然盛开在你我的心窝

曾经　九州苍茫　风雨急骤
长征铁流踏出一路山水　一路欢歌
历史的洪流书写出一个永恒的真理
没有共产党　就没有新中国
你看那　铁锤与镰刀交织在一起
旗风猎猎　像是无数先烈昂首阔步
又像是傲然绽放的山丹丹　开满山坡

七月流火　花开花落
多少未曾被岁月尘封的往昔
都在这个特别的日子
行走在现实与旧梦的边缘
共和国流金的岁月
给了你我　阳光下最真实的感受
没有共产党　就没有新中国

2011 年 7 月 1 日

注：本作品在 2011 年福建省直机关纪念中国共产党成立 90 周年诗与歌作品征集评选
活动中，荣获诗歌类三等奖。

延安，不朽的篇章

山丹丹花儿开满山坡的时候
胜利日也如期而至
一望无际的黄土地
遍地生长着，英雄礼赞
仰望宝塔山，巍峨依旧
延河在阳光下闪耀着粼粼波光
那些曾经的峥嵘岁月，过往的狼烟
这个午后，又在心海里澎湃
冒着敌人的炮火前进
这是我们永远不变的信念

山丹丹花儿和风而眠的夜晚
在高山之巅，在延河之畔
我仰望星空，追寻北斗
满天的繁星中它依旧是
那么耀眼，那么闪亮
在那艰苦卓绝的战斗岁月里
是它，指引着我们前进的方向
是它，以星星之火点亮了
燎原的熊熊火光
照亮神州，照亮沙场！

山丹丹花儿璨然醒来的早上
带着满满的行囊，再次远航

哪怕，前路坎坷山高水长

听，是谁又把《回延安》轻声吟唱

宝塔山啊！我一次次地回望

既然，无法成为你的影子

就给我一双隐形的翅膀

让我可以，时时在您的上空翱翔

或者，赐我一支如椽妙笔

把多少峥嵘岁月都谱成，不朽的篇章！

2011 年 6 月 15 日

注：本作品在 2011 年福建省直机关纪念中国共产党成立 90 周年诗与歌作品征集评选活动中，荣获诗歌类二等奖。

最忆是金谷

（白：我打江南走过，那等在季节里的容颜，如莲花的开落。）

望云山下古渡口，
涛声桨影下泉州。
谁人不晓延安颂，
哪个不夸白毛猴。
定明古刹钟声远，
陌上花香满逸楼。

江南归来何所思？
恍然见故人，
最忆是金谷。

此地自古多豪杰，
孝道文化美名播。
时光溯流琼林寨，
一代新人壮志酬。
百座茶山披绿妆，
春风送暖入屠苏。

江南归来何所思？
点赞在心头，
幸福新金谷。

注：

1. 古渡口：指位于金谷镇金谷村望云山麓的溪坻古渡口（佛口船巷古渡）。

2. 延安颂：著名革命歌曲。词作者莫耶，金谷镇溪榜村人。

3. 白毛猴：乌龙茶的一个优良品种，产地在金谷镇金山村石竹岩。

4. 定明古刹：定明院，位于金谷镇金谷村石峰山麓，至今已有1100多年的历史。

5. 陌上花香：指投资4000万元，面积200亩的特色鲜切花基地。

6. 逸楼：莫耶故居，建于1907年，位于金谷镇溪榜村。

7. 豪杰：泛指与金谷有关的各类才彦英豪。

8. 孝道文化：指金谷辖区内闻名海内外的宗教圣地所孕育出的广泽尊王信仰文化。

9. 琼林寨：位于金谷镇洋内村，留存有可上溯到4000多年前的新石器时代遗址。

10. 百座茶山披绿妆：指近几年来，金谷通过实施"百座茶山绿化"等活动，大力推进的生态环境保护。

2018年5月8日

新时代，新福建

岁月是一首歌
谱写着开拓进取和慷慨激昂的乐章
岁月是一盏灯
映照着无数个精彩的过往和辉煌
岁月是一条河
万涓成水　奔流到海不复还
回首过去五年
我们一起披荆斩棘　走过璀璨
历史再次眷顾勤劳智慧的八闽儿女
政策叠加　定位清晰　力度空前

我们，矢志追求机制活——
大胆试　大胆闯
从商事登记到行政审批
从简政放权到多规合一
深耕试验田　竖起新标杆
敢拼爱赢　百炼成钢
机制活　活在思想解放
机制活　活在一马当先

我们，矢志追求产业优——
做大增量　优化存量　创新驱动　转型升级
在跨越发展中凤凰涅槃
在破茧化蝶中完美嬗变

鹰击长空，只为自由翱翔

鱼翔浅底，志在浩瀚海洋

产业优　优在新旧动能平稳接续

产业优　优在发展后劲不断增强

我们，矢志追求百姓富——

没有比人更高的山　没有比脚更长的路

从造福工程到精准扶贫

调结构、补短板、惠民生

小康路上　一个都不能少

一切发展　都是为了人民

百姓富　富在"最后一公里"落地

百姓富　富在协调发展　成果共享

我们，矢志追求生态美——

"生态资源是福建最宝贵的资源"

总书记的嘱托牢记心间

守住绿水青山就是拥有金山银山

我们用智慧和担当

交出一份靓丽的答卷

生态美　美在水更净　天更蓝

生态美　美在风景宜人　万象更新

回首过去五年

我们始终不忘初心　砥砺前行

谷文昌　廖俊波……

每一个鲜活的名字

都是一份忠诚、干净与担当

在这片曾经的红土地上

党风政风　　焕然一新
政通人和　　百业俱兴

时序更迭　　斗转星移
甲子轮回　　潮落潮涨
新征程的号角已经吹响
新时代的旗帜迎风飘扬
让我们一起踏着迎春的舞步
扬起新思想的风帆
从一个春天走入另一个春天
唱响中国梦　　礼赞新福建
新福建，正待扬帆起航
新福建，必将永续华章

《政协天地》2018 年第 1 期

注：本诗为 2018 年福建省各界人士新年茶话会所创作的朗诵诗。

芬　芳

——安溪县进来学校校歌

清水叠翠，进来焕彩；
蓬溪浪涌，瑞鹊花开。
勤敬校园书声朗，
国学雅韵绕亭台。
一曲新词落天外，
青春飞扬枕梦来。
谁家少年初长成？
明日栋梁材。

一方书斋，三尺讲台；
桃李芬芳，百川入海。
品质学园春意闹，
杨柳清风共摇摆。
薪火相传恒久远，
茶乡儿女尽开怀。
谁家少年初长成？
明日栋梁材。

2021 年春天

后 记

"后天能做的事儿，就别赶着明天做了。"作为一名重度拖延症患者，我常常用优秀段子手马克·吐温的这句话来安慰自己。然而，这次当我在出差途中，收到责任编辑晓闽老师发来的微信："黄主任好，后记、作者照片、简介尽快发给我。"时，内心还是惴惴不安，特别是她在这段话后头还带着一个微笑的表情，让我更感过意不去。于是，连忙回复："好的好的，我这周在外头调研。"

几天前到出版社送交校对稿时，我还催促人家尽快让我的这本小集子面世呢，到头来却是自己给耽搁了。

说起这本集子的由来，还得感谢我的师弟林滨。2018年初春，他正忙着谋划由他和陆永建先生主编，海峡文艺出版社联合平潭综合实验区作家协会推出的《石帆》文丛第6辑征稿事宜。"大侠，你也来一篇呗，到时也赏你一点烟酒钱！"某天，师弟半带戏谑地对我说。那时，我手边正有几篇尚未发表的文章，通过微信发给他后，他独独相中了其中的《那些名留"青屎"的事儿》。文章不长，不到两千字。他让我就照着这样的风格再写上一两篇，而我则一发不可收拾，接连完成了《尿里乾坤大》《说些"屁事"》《像勒夫那样挖鼻屎》等几篇有点"重口味"的杂记。之后，这四篇文章就以《随笔四题》在文丛上刊载。文丛出版后，林滨给了我若干本样书。

我所在单位领导省政协党组成员、秘书长陆开锦，早年毕业于北大，写得一手漂亮的文章。某日，趁着汇报工作的间隙，我把刊有我随笔的文丛递呈给他指教。过了些时日，机关开大会，会前他递给我一张便签，上面写道："国林同志：读了你的几篇散文，深为钦佩。这么'俗'的事，被你写得如此雅致、生动、有趣；这么形而下的事，被你上升到人生、政治、历史的高度，文笔也极精练、精当、精彩，隐约有大家的风范。希望做好本职工作之余，写出更多的美文。建议你适时出一集子，供更多人欣赏，也作为自己为文的

纪念。"我深知，领导给予的这些溢美之辞更多的是出于对一个习作者的鼓励和爱护，但确实给了我莫大的激励和鼓舞。

"适时出一集子"，秘书长的这句话就像风乍起，吹皱一池春水。把自己的习作结集出版，其实也是多年来我内心一直未对人提起的一个心愿。是时，正好我的母校福建师范大学文学院面向在校学生、本院教师和校友征集出版《福建师范大学文学院创作丛书》——《闽水泱泱》。我向时任文学院书记李建华，以及具体负责此项工作的副院长李彬源提出了我的意愿，并很快得到了回应。于是，开始着手整理书稿。

作为一个文学爱好者，在上世纪八十年代求学于安溪一中时，就在各类文学刊物上发表习作，如今那些稚嫩的作品早已不知所终。手头能找得到的最早留存是刊发于1992年第12期《福建文学》上的《永远的山庄》，那年我在读大三。真正形成写作习惯则是在2000年前后，那阵子我一边供房子，一边还有个襁褓中的娃，以及长年卧病在床的母亲。百无一用是书生，除了工资收入之外，只能靠着码文字赚点稿费补贴家用，那阵子每周都会有一两篇或长或短的习作见诸报刊，然而不知从何时起又变得慵懒起来，一年难得有一两篇习作出炉。最近的作品，是写于去年春天的一首歌词《芬芳》，后交由知名音乐人蒋舟谱曲，成为安溪县进来学校的校歌。

收录于这集子中的习作时间横跨三十年，体裁多样，水平不一，或老辣或肤浅，或理性或感性，这些诉诸笔端的文字，点点滴滴伴随着我从青春到白首，读者或褒或贬我都坦然受之，对我来说诚如陆开锦先生所言，呈现于眼前的一字一行都是"作为自己为文的纪念"。

黄国林

2022年5月于福州